金時計

ポール・アルテ（著）
平岡敦（訳）

この物語を書くよう、巧みにわたしを導いた呉非《ウー・フェイ》に。

La Montre en or

— 登場人物 —

現代の物語

アンドレ・レヴェック　謎の映画に取りつかれた劇作家
セリア・レヴェック　アンドレの妻。ファッション・デザイナー
クリスティーヌ・ティシエ　六十代の快活な婦人。アンドレとセリアの隣人
アンブロワーズ・モロー　引退した精神分析家
カール・ジュランスキー　改装した古い風車小屋に住む天文学者
リタ・メスメル　美しいドイツ人女性。ランブラン家の友人
ハインリヒ・メスメル　リタの弟
ギー　アンドレの幼友達
ジャン゠ポール・ランブラン（ジャン゠ピエール・ラングロワ）　ギーの父親
ジャニーヌ・ランブラン（ジャンヌ・ラングロワ）　ギーの母親

過去の時代の物語

ヴィクトリア・サンダース	織物輸入会社の社長
ダレン・ベラミ	ヴィクトリアの双子の弟で、名うての漁色家
アンドリュー・ヨハンソン	サンダース社の副社長
アリス・ヨハンソン	アンドリューの妻。刺繍が趣味
シェリル・チャップマン	元モデル。アンドリュー・ヨハンソンの秘書
チャンドラ・ガネッシュ	ヴィクトリア・サンダースのインド人執事
ベンソン夫妻	レヴン・ロッジの雑用係と料理係
ジェイン・ミラー	十年前に殺された未亡人
ウェデキンド	ロンドン警視庁の警部
オーウェン・バーンズ	ロンドン警視庁でも名の知られるダンディな探偵
アキレス・ストック	バーンズの忠実な友

目次

プロローグ……9
1　蜘蛛の巣……12
2　金時計……20
3　オリエントのイヴ……32
4　らせん階段……46
5　磔刑像……58
6　未知の色……71
7　黄衣の王……81
8　奇妙なまなざし……92
9　アリスとアンドリュー……103
10　リタの家で……118
11　ダレン……130
12　姿なき殺人者……140
13　チャンドラとシェリル……147

14 古い採石場 155
15 星々 162
16 星雲 175
17 カウボーイの話 183
18 モロー博士の訪問 190
19 鉄のアリバイ 199
20 再びブルターニュへ 207
21 出発 215
22 風車小屋 220
23 最後のチャンス 226
24 説明 239
25 リヴァプール 249
26 逃走 257
27 完璧な計画 270
エピローグ 281
訳者あとがき —— アルテ『金時計』 291

プロローグ

一九〇一年十月十一日、ロンドン

その晩、イギリスの首都はどしゃぶりだった。クレセント通りは篠突く雨と突風のむこうにかすんでいる。このあたりはロンドンでもなかなか高級な一画だからして、数時間前までは丹念に描かれた小粋な水彩画の趣だったのに、今は暗色の絵の具をたっぷりと含ませた筆で、画面いっぱいに夜の闇を塗りたくったかのようだ。雨の激しさを物語る青白い線が無数に走り、ぴちゃぴちゃという雨音があたりを包んでいた。

近くにある教会が午後十時を打つ音も、ほとんど聞こえなかった。通りのむこうまで点々と続く街灯の鈍い光が、闇に必死の闘いを挑むばかりで、生き物の気配はまったくない。とそのとき、狭いアーケードから女があらわれた。五十歳くらいだろうか、黒っぽいマントを着て帽子を目深にかぶり、肩のあいだに首を縮こまらせている。彼女は鉄柵の囲いに沿って、足早に歩いた。それから顔をあげ、急に歩を緩めて立ち止まった。顔に驚きの表情が浮かんだのは、いったいどういうわけだろう。女が見つめているのは、なんの変哲もない家だというのに。レンガ造りのどっしりとした建物。明りの灯った窓がふたつ。そもそもそこは、彼女がよく知っているはずの家だ。クレセント通りの八番は、女の自宅なのだから。彼女は雨のなかで、しばらく呆然と立ちすくんでいた。やがて足もとで金属音がした。車道に金色の光がきらめき、跳ね返って鉄柵のうしろに消えた。女は深いため息をついた。まったくついていないわ。今日は一日中、ろくなことがなかった。彼女が運命を呪ったのもまんざら的外れではなかったことは、このすぐあとに待ちかまえていたなりゆきが証明していた。

金の懐中時計は女にとって、昔の恋を思い起こさせるとても大切な品だった。それがポケットから滑り落ち、拾いにくい場所に転がりこんでしまったのだ。彼女はなんとか体をかがめ、鉄柵のあいだから必死に腕を伸ばしたが、どうしても手が届かない。金時計は雨に打たれて、あざ笑うように輝いていた。長い数秒間がすぎ、女はとうとう歩道にひざまずいた。大粒の雨が水たまりにいくつもの小さな穴を穿っている。あとから考えれば、その数秒間が彼女の生死を決することになったと言えるかもしれない、しかし今、運命はすでに閉ざされてしまった。

腕が鉄柵の隙間を通りやすいよう、女は首をねじった。すると車道の反対側に、ちらりと人の姿が見えた。もっとよく確かめようと体のむきを変えた瞬間、人影はポーチの下に消えた。女はなにか不穏なものを本能的に感じ取った。恐怖がじわりと胸を締めつける。彼女はパニックに襲われ立ちあがると、迫りくる危険から大急ぎで逃れるかのように、反対方向にむかって走り出した。

多少時間は無駄になろうとも、自宅の玄関に駆けつけるほうが賢明だったろう。大急ぎでドアの鍵をあけ、なかに逃げこむべきだったのだ。けれども、もはや考えている余裕はなかった。女は息を切らせて疾走し、もと来た狭いアーケードに戻った。人影は暗いポーチの下で女のようすをうかがっていたが、すぐにあとを追い始めた。

十一番の家の二階から、雨に濡れた窓ガラスに顔を押しつけ、この出来事を注視している者がいた。十歳くらいの少年だ。目の前で繰り広げられた異様な光景は、少年の注意を引くに充分だった。けれども両親に知らせたところで……尻を叩かれるのがおちだろう。こんな時間まで起きていたのかと言って。

ほどなく女は、ぜいぜいと喘ぎながらアーケードの入り口を見やった。街灯に照らされ、正面の塀にくっきりと影絵が浮かんでいる。恐れていたとおりだった。何者かが、わざと彼女を路地の奥に追い詰めようとしたのだ。女は恐怖で身をすくませた。大きく見ひらいた目の奥に、ゆっくりだが抗しがたい足取りで近づく人影が映る。叫び声をあげようと口をあけた瞬間、恐ろしい雷鳴が頭のなかに炸裂し、喉の奥からはなんの音も出なかった……

1　蜘蛛の巣

一九九一年六月五日

セリア・レヴェックは朝日に包まれた庭で、もの思わしげに目を凝らせていた。屋敷の入り口近く、バラと石塀のあいだに蜘蛛の巣が張っている。彼女の口もとに、称賛の笑みが浮かんだ。なんて複雑で、洗練された形だろう。まだ朝露が珠をなしている細糸の網は、とても魅力的だった。緻密な構成と厳格な幾何学模様のなかに、ほんの少しだけ未完成な部分が残っている。あらゆる芸術作品の常として、そこにはインスピレーションの妙が感じられた。彼女自身が作りあげるものと同じように。

セリアはパリの服飾メーカーに勤めるデザイナーだが、出社するのは週に一日か二日だけだった。残りの時間は自宅で仕事をしている。フォンテーヌブロー近くの静かな小村オルヴィルに、夫のアンドレとともに引っ越してきたのは、数か月前のことだった。セリアは完璧主義者だった。新たなモードをデザインするだけでは飽き足らず、時間があれば糸と針でもって作品の試作もした。

そう、この巣を作った蜘蛛のように。蜘蛛は日陰になった隅っこに身を潜めているけれど、彼女はすでにその姿を見つけ出していた。

わたしと蜘蛛のあいだにはこんな共通点があると夫の前で言ったら、いったいどんな顔をするだろう？　そう思うと自然に笑みが漏れた。片や何本も足が生えた、毛むくじゃらのおぞましい生き物。片やすらりとしたブロンド美人で、歳はまだ三十そこそこ。女優のグレース・ケリーに似ていると言って、アンドレに口説かれたくらいだ……恋は盲目とは言うけれど、自作の服を試着して鏡の前に立つたび、確かに魅力的だと自分でも思った。整った卵型の顔を縁どるブロンドのほつれ毛。明るく輝く青い目。しなやかな体型……かの名女優に通じるものが、まんざらないわけじゃない。

そんなことを考えていると、近所に住むクリスティーヌ・ティシエが通りをやって来るのが見えた。歳のころが六十あまり、おしゃべり好きで愛想のいい老婦人だ。白髪まじりの髪を男の子みたいに短く刈り、首にはけばけばしい色合いのスカーフを巻いた姿は、遠くからでもひと目で彼女とわかった。実を言えば、そろそろ通りかかるころだと思っていた。朝の九時。彼女はこの時刻、判で押したように買い物に出かける。少なくとも村にいるときは。というのもクリスティーヌ・ティシエは、定期的に留守にしていたから。きっと彼女は足を止め、立ち話をしていくだろう。セリアの予想ははずれなかった。

ほどなくクリスティーヌはセリアの傍らで、すばらしい蜘蛛の巣について惜しみない称賛の弁を喜々として披露し始めた。彼女によれば蜘蛛の巣は、まさしく自然の驚異なのだそうだ。

「みんなが思っているのとは違って、蜘蛛は決して害虫じゃないわ」とクリスティーヌはしゃがれ声で、もったいぶって説明した。「むしろこの星にとって、とても有益なのよ。ありとあらゆるところ、無数にいるし。そりゃまあ、極地は別だけど。だって蜘蛛はわたしたち人間と同じで、寒さに弱い生き物なんですもの。ともかく、蜘蛛を殺しちゃいけないわ……」

「まさか」とセリアは笑いながら答えた。「そんなことをするつもり、まったくありませんよ。この蜘蛛はわたしのバラをせっせと守ってくれているんですもの」

「本当にきれいなバラだこと」クリスティーヌはうっとりとした表情で言った。「セリアさん、あなたはとても恵まれているわ。幸せで当たり前だと思っている歳だから、まだわからないでしょうけれど。でも、時がたつとともに……」

「いえ、完璧なものなんか、どこにもありませんよ。いつだってなにか、うまくいかないもので……」

「そのとおりね」クリスティーヌは重々しくうなずき、傍らのセリアをちらりと盗み見た。「でも、心配させないでちょうだい。別に深刻な問題を抱えているわけじゃないわよね？」

「ええ、ただの一般論ですよ」

しばらく気まずい沈黙が続いたあと、クリスティーヌは陽気な口調で言葉を続けた。

「ところで、旦那様はお元気？　あんまり村でお見かけしないけれど」

「ええ、いつも書斎にこもって考えごとをしているもので。だってほら、芸術家っていうのは……

いったん創作にかかると、まわりのことなど目に入らなくなるんです。というか、たいていいつもそうなんですけど。例えば夫のアンドレはあなたやわたしと違って、蜘蛛の巣の前を通っても、気がつきもしないでしょうね。それを話の筋立てに使うつもりでない限りは……」

「わかるわ」

もちろんクリスティーヌは、アンドレ・レヴェックが劇作家だと知らないわけではなかった。それについては前にも、根掘り葉掘りセリアにたずねている。彼は第一作『パシファエの息子』の爆発的なヒットにより、一躍名を知られた。クリスティーヌもこの作品はすばらしいと思った。続く『蝋人形の男』も好意的に迎え入れられたものの、それ以上ではなかった。最初に楽々と成功を勝ち取ってしまったつけがまわってきたのだ。アンドレはそう感じて、次作に賭けねばと決意した。世間から忘れ去られたくなければ、次がふんばりどころだ。彼はここ何週間も仕事に専念しようとしていたが、いっこうに筆は捗らなかった。

「実を言うと、このところ調子が出ないみたいで」とセリアはため息まじりに言った。

「あら、そうなの?」クリスティーヌはちょっと驚いた風を装ったものの、興味津々なのは隠しきれなかった。

「創作っていうのは、なかなか思いどおりにいくものじゃないから……」

「確かにね」

「でも、問題はほかにもあるんです。曖昧模糊とした古い記憶が、胸に引っかかっているのだとか。

ささいな事柄なんですが……どうにも気になってしかたない、インスピレーションを妨げていると。それが解決しない限り、執筆に専念できないなんてね。あんまり考えすぎると、かえって思い出せないものだと言ったんですけれど、夫は聞く耳を持ちません。すっかり強迫観念になっているんだわ」

「気になる記憶って……なにか個人的な、秘密の話かしら？」

「いいえ、ご想像しているような意味ではありません。少年の気まぐれみたいなもので……」

「ああ……なるほど。気が進まないなら、無理に話さなくてもいいのよ」

セリアは顔をのけぞらして、くすくすと笑った。

「本当に秘密でもなんでもありません。大袈裟に考えるのが馬鹿馬鹿しいくらい、ささいなことで。夫にも繰り返し言っているんです……彼だってよくわかっているのですが、題名がわからないその映画のことを知りたい、どうしてもそれを見つけ出したいの一点張りで。その映像は少年時代の夫に強烈な印象を残し、劇作家としてデビューするにも多大な影響を与えたそうなんです」

「映画の題名を知りたいですって？」クリスティーヌはびっくりしたように言った。「それだけ？」

「ええ。しかも夫はその映画を、全部観たわけじゃないんですよ。聞くところによると、予告編だけだっていうんだから。そんなことで大騒ぎするなんて、普通の人間には理解できないわ……」

彼は古い映画を山ほど漁ってみたり、映画マニアの友人にたずねたりしたけれど……今までのところ成果なしなんです」

沈黙が続いた。雀の陽気なさえずりが聞こえる。クリスティーヌ・ティシエは蜘蛛の巣を見つめながらじっと考えこんでいたが、やがてこう切り出した。

「旦那様の助けになりそうな人がいるわ……」

「この村に？」

「ええ、心あたりが二人もあるのよ。カール・ジュランスキーさんはご存知？」

「お名前は聞いたことがあるわ……風車小屋を改装した家に住んでいる外国人の方では？」

「そのとおり。いつも家にこもりっきりでめったに外出しないので、村の人たちとはあまりつき合いがないの。見かけは年老いたフクロウみたいだけれど、すばらしい天文学者よ……」

「そのジュランスキーさんが、どうして夫の助けになると？」

「彼はほかの人たちには見えないものが見えるのよ。ともかく本人は、そう主張しているわ。ちょっと狂信的だけれど、悪い人じゃないと思うの。それに彼の不思議な眼力には、びっくりさせられたこともあったし。だめもとで、一度訪ねてみてもいいんじゃないかしら。話し相手ができれば、彼も喜ぶわ。でももうひとり、わたしが当てにしているのは、なんといってもドクター・モローね」

「頭のてっぺんが薄くなりかけたおじいさんのこと？　森の近くに住んでいる？」

「あれでもまだ、六十代よ」とクリスティーヌは愛想よく答えた。

「ええ、まあ……確かに。でも、あの方がお医者さんだとは知りませんでした」

「ドクターといっても、哲学博士なの。だけど、精神分析にたずさわることもあったそうだから」

「精神分析ですって？　別にアンドレは……」

「彼は映画の大ファンで、とっても詳しいの。特に古い映画について、よく知っているわ。おまけに心理学に関する学識が深いとくれば、うってつけじゃない……それに魅力的な人だし。旦那様のお話を聞いたら、彼もきっと喜ぶわ。貴重な手助けをしてくれるはずよ」

「そうね」とセリアは困惑げに答えた。「ありがとうございます。ともかく夫に話してみます。きっと彼も興味を持つでしょう。本当にどうも。よかったわ、ちょうどあなたが通りかかって。それに……」

「どういたしまして」とクリスティーヌは答え、蜘蛛の巣を指さした。「お礼を言う相手はこの蜘蛛だわ。運命の糸を紡いでくれたのだから」

「そのとおりね。決して巣を払ったりしないで、そっとしておくことにするわ」

「ところで、その映画について」とクリスティーヌは、首に巻いたけばけばしい色合いのスカーフを直しながら続けた。「印象的な場面があったと言ったわよね。旦那様にとって……」

「確かに」

「具体的には、どんな場面だったの？　覚えているんでしょ？」

「もちろん」とセリアは肩をすくめて答えた。「それについては、二人でさんざん話したわ。さっきも言ったけれど、本当にありふれた場面なんです。ミステリ映画としてはですけれど。陰気な裏通り、篠突く雨、黒い鉄柵の囲い、そして怯えた女……」

2　金時計

一九九一年六月十日

アンブロワーズ・モローの広々とした居間は、心を落ち着かせる薄暗がりに沈んでいた。明りはと言えば、シェードをかぶせた電気スタンドがひとつ。部屋の片隅に灯るその淡い光が、書棚に並ぶ本の金箔を輝かせ、部屋の主《あるじ》の顔を赤銅色に染めている。モロー博士は威厳に満ちた男だった。がっちりとした体格、毛むくじゃらの大きな手。丹念に撫でつけた薄い髪の下には、愛想のいい、にこやかな表情が広がっている。青い小さな目がときおり険しくなるけれど、それはじっと考えこんでいるときだけだった。いつも手もとにあるけれど、字を読む際にしかかけない眼鏡のつるを軽く嚙むのも、意識を集中させている証拠だ。彼は肘掛け椅子にゆったりと身を落ち着け、訪問客のアンドレ・レヴェックを眺めた。歳は三十代か四十代くらいだろうか、ソファの端に腰かけ、ぼんやりと宙を見つめている。中背で、黒い髪を短く刈り、顔には取り立てて特徴はない。悲しげで、夢見るような表情をしているが、目つきはどこか謎めいていた。

「できるだけ、あなたに余計な影響を及ぼさないようにしたいんです、アンドレさん。ああ、すみません、ファーストネームでお呼びしてもかまわないですよね」とモロー博士は言った。「ですから最初は、あなたのほうで出来事を順番にお話していただくのがいいでしょう。とりわけ重要だとお思いになる事柄を取りあげて。そうすればわたしのほうでも、概要がつかめますからね。しかるのちに二人して、ひとつひとつ詳細に検討していきましょう。こんなに部屋を薄暗くして、やけに芝居がかっていると思わないでくださいね。意識を集中させ、感覚を研ぎ澄ますにはこのほうがいいのだと、経験的にわかっているんです。あなたには、ゆったりとくつろいでもらわねばなりませんが……個人的な事情により、伏せておきたい地名や人名もおありでしょう。それならそれで、いっこうにかまいませんからご安心を」

アンドレ・レヴェックは何度も唾を飲みこんでから、話し始めた。

「確かわたしが十歳くらいのことでした。ええ、一、二年の誤差はあるかもしれません……すみません、正確には覚えていなくて。当時わたしには、ギーという幼なじみの親友がいました。とても活発で、頭がよくて。でもまあ、それはどうでもいいでしょう。わたしは彼の家でその映画を観たんです。正確に言えば、映画の予告編をですけれど。その映像が、頭にこびりついて離れなくなってしまったんです。一九六〇年代半ばのことですから、まだわが家にテレビはありませんでした。それは贅沢品だったんです。家にテレビがあるのは、友達のなかでもギーだけでしたし、ミステリ映画の映像を観たのも初めてでした。両親に連れられて映画館に行くことはあっても、『白雪姫』や『ピーターパン』といったアニメばかりでしたからね。当時は子供に殺人の話を観せるなんて、考えられなかったんです。放映までの数日間に、一、二回予告編を観たはずです。わたしは激しい好奇心に駆られ、なんとか友人宅でその映画を観られるよう、あれこれ手を尽くして母を説得しました。けれども母が冷たくこう答える声は、今でも耳に残っています。『だめよ、とんでもないわ。フリッツ・ラングの怪奇映画なんて、おまえの歳で観るものじゃありません』てね。もっともそれは、母の思い違いでした。フリッツ・ラングの映画ではないと、あとからはっきり確かめましたから。でもそんな誤解のせいで、ずいぶんと惑わされてしまいました。母にはだめだと言われましたが、わたしは放映の晩、こっそり友人の家に行けるよう手はずを整えました。ところがなんとも間の悪いことに、肝心のテレビが故障してしまったんです。そのあたりの細かないきさつは抜きにして、予告編の印象的な場面に話を戻しましょう。まずは雨に打たれた家、陰気な雰囲気、そしてあたりをうろつく怪しげな人影……玄関の石段か歩道か、雨に濡れて光るさまが大写しになり、その奥には鉄柵の囲いが見える。地面には、不気味で異様なものが……なにか貴重品だろうか、それはきらきらと輝いている。ドアノブがゆっくりとまわり、恐怖に慄く老女の顔が大写しになる。今、まさに殺されんとしているかのように歪んだ顔が。

初めは単に好奇心が満たされなくて、欲求不満に陥っているのだと思っていました。やがて何年かがすぎ、アガサ・クリスティの作品を山ほど読んだり、サスペンス映画を観たりするにしたがい、ミステリ好きが高じていきました。例えば『サイコ』や『ベイカー街まで二十三歩』[1]など、あの謎めいた映画に勝るとも劣らない恐怖を掻き立てる、数少ない傑作です。いつかきっと例の映画も観られるだろう、とわたしは思っていました。あのころはそうした映画を、しょっちゅうテレビで放映していましたから。はたして機会は訪れましたが、ちょうど二十歳をすぎたばかりで、わたしはほかのことで頭がいっぱいでした。ギターを掻き鳴らしたり、女の子のあとを追いかけたり、飲んで騒いでの毎日です。だから当時の記憶は、いくら思い返しても曖昧模糊としています。わたしはかつてと同じ予告編を再び目にして、今度こそこの映画を見逃すまいと心に決めました。ところが放映の晩、あまりに疲れていて——たぶん、ひと晩中飲み明かした翌日だったのでしょう——映画の途中で眠りこんでしまったんです。覚えているのはストーリーが想像していたほど恐ろしくなかったこと、怪奇性よりミステリ色が強かったこと、わたしの目からすると犯人の正体がわかりやすすぎるということくらい。いったいどんな話だったのか、これ以上なんとも言えません。他方、ドアノブがまわるシーンには目を凝らせました。わたしにとってもっとも印象深かった場面のひとつでしたから、待ちかまえていたんです。あっという間に終わってしまいましたが。殺人犯が家に入りこもうとしているかのように、ノブがまわります。けれどもドアはあきません。鍵がかかっていたんです。ドアに体を押しつける女の、怯えた表情が大写しになります。この場面は、二度繰り返されました。この映画を観て新たに記憶に残ったのは、屋敷の一階と二

1　一九五六年公開、ヘンリー・ハサウェイ監督のミステリ映画

階をつなぐ白い大きならせん階段があったことだけです。最後の場面は二階で繰り広げられます。わたしに断言できるのは、これくらいでしょうか……そうそう、あともうひとつ、予想に反して監督はフリッツ・ラングではありませんでした。ヒッチコックでもありません。もしそうだったら、覚えていたはずですから。タイトルはなんの変哲もない、平凡なものでした。あとでまた観なおせるよう、覚えておこうと思ったのですが、どうやら自分の記憶力を過信していたらしく、すっぽり頭から抜け落ちてしまいました。

　そうしてまた何年かがすぎ、わたしはミステリもののシナリオを書き始めました。そのうちの一作で大当たりをとると、あの映画のことがますます気になり始めました。少年時代のわたしに多大な影響を与えた強烈な映像。わたしはそこから多くのものを得ているのです。この手の話題に精通している仲間たちにも話してみました。ミステリ・ファンや映画マニアたちです……けれども、成果なしでした。この謎めいた物語の正体を突きとめた者は、誰ひとりいません。無数の誤った手がかりを追い、山ほど映画を観たけれど、すべて空ぶりでした。

　わたしは最近になって、本気でこの問題に取り組もうと決意しました。ぜひともそうしなければなりません。うまく説明できませんが……それがわたしの仕事と精神の安定にとって、とても重要だと感じたんです。鮭が急流をさかのぼって、生まれた場所に帰るようなものです……今のわたしを作ったのは、いわばあの映画なのですから。父親の名を知らねばならない。そういうことなんです。わかっていただけますよね？」

「なるほど」とモロー博士は答えた。聞く者の心を和ませるその声は、アンドレのたどたどしいためらいがちな口調と対照的だった。「あなたの想像力の成果が、そこにかかっているというわけですね。果実を実らす木の根を枯らしてはならない。できれば、いっそうしっかり張り巡らさねばと。お手伝いできると思いますよ。正直言って、今のところ確かなことはなにもわかりませんが、これでも六〇年代以前の映画については少しばかり詳しいんです。そりゃまあ、ミステリ映画の専門家ではありませんけどね。でも友人のなかには、その映画の正体を突きとめる手助けをしてくれそうなエキスパートも何人かいますし。

あなたのお話から得られる手がかりは、確かにわずかです。なんなら、このジャンルを象徴するものばかりだと言ってもいいでしょう。うろつく人影、雨に打たれた屋敷、恐怖に慄く女、ゆっくりとまわるドアノブ、らせん階段……どれもこれもサスペンス映画ではお馴染みのものばかりだ。この条件にあてはまる映画なら、ゆうに百本以上挙げられるでしょう。とりあえずアドバイスするならば、そうした要素をすべてきっちり書き出すことですね。各々どれくらい確実なのかをメモして。それをもとにして、こちらで調査を始めることにします」

少し間を置いたあと、精神分析家はこう付け加えた。

「でも、慎重になさい。できるだけ、公平無私に臨むんです。記憶というのは、危ういほど主観的なものですから……とりわけ、あなたのように感受性豊かな人の場合は……」

「そんなふうに見えますか?」アンドレはしかめっ面をして言った。その表情は、悲しんでいるようでも、面白がっているようでもあった。

「それがあなたのお仕事なのでは？　何時間も想像の世界に浸り、月並みな日常から逃れることが。あなたの記憶は否応なしに、現実離れしたものや郷愁《ノスタルジー》の念から影響を受けているんです。あなたの場合、少年時代の輝かしい日々、発見に満ちた神話的な時代から。そのなかには恐怖のような、激しい感情の発見もあったでしょう……ひとは幸福と同じように、恐怖も好むのです。子供は人食い鬼や魔女の話を聞きたがるじゃありませんか。けれども忘れてならないのは、郷愁には愛よりも強い力があるということです。言うなればそれは、失われた幸福のようなものなのです。もう二度と見つけられないとわかっている幸福のような。不可能な愛が達成されることも、ときにはありえるでしょう。しかしすぎ去った出来事は、決して戻ってはきません。だからそうした危険な郷愁には、大いに警戒しなければ。ひとはえてして郷愁にとらわれるあまり、こうあって欲しいという願望にもとづき、現実には存在しない細部を作りあげてしまうものなんです……」

「つまり、わたしの想い出は歪曲されているかもしれないと？」

「そのとおりです。記憶というのは本来とても複雑な領域ですから、そんな破壊工作員に入りこまれてはなりません」

モロー博士は自惚れの笑みを抑えかねるようににんまりすると、こう付け加えた。

「とはいえ、そこはわたしもよく心得ていますからね。敵の武器を逆に利用して、裏をかいてやろうじゃありませんか」

「お話がよくわかりませんが……」

「つまりその郷愁を、いや正確には感情の弱点を、われわれにとって有利に働かせようということです」

アンドレは申しわけなさそうに首を横にふった。

「やっぱり、どういうことなのか……」

精神分析家はアンドレをなだめるかのように片手をあげ、たずねた。

「あなたにとって、記憶とはなんですか？　記憶と聞いて、どんなものを思い浮かべますか？」

「そう……脳みその塊でしょうか」

「失礼ながら、あなたはもっと想像力豊かだろうと期待したのですがね。どこにでもある、もっとさりげないものですよ。ほら、屋根裏部屋とか庭とか……これ以上、焦らすのはやめておきましょう。わたしは蜘蛛の巣以上にぴったりな喩《たとえ》はないと思っています」

「蜘蛛の巣ですって！」アンドレはびっくりして繰り返した。「そいつは面白い。実はわたしの妻も、最近よくその話をするんです。わが家の庭に、見事な形をした蜘蛛の巣があって……」

「問題は、まさしくその形態なんです。今にも消え去りそうな淡い想い出が、蜘蛛の巣に引っかかったとしましょう。巣を形作る糸の数が多いほど、思い出はしっかりと捕えられます。想い出を心のなかにつなぎ止める網の目が密なほど、われわれのなかにしっかり定着するんです」

アンドレはうなずいた。

「確かに、そうですね」

「そうした網は破れやすいこともあります。その場合は新たな糸をできるだけたくさん増やし、網を強化しなければなりません。なかでももっとも強い糸は、愛情にかかわるものです。誰か知り合いの名前をど忘れすることはあっても、わが子の名前は決して忘れませんからね。あるいは、映画を例に取りましょう。役者や監督の名前をすらすらと挙げてみせる人が、よくいますよね。彼らは非凡な記憶力の持ち主なのでしょうか？　決してそうではありません。ただお気に入りの主題に関する細々《こまごま》としたことをすべて、熟知しているだけなんです。誰と誰が恋人だとか、敵対しているとか、ライバル関係にあるとか。要するにその小さな世界に張り巡らされた多彩な人間関係をくまなく知っている。だから役者の名前がひとつ出ただけで、たちまち何十もの連想が働くというわけです。なにも難しいことではありませんよ。あなたの場合、問題の《映像》が記憶のなかで孤立しているのでしょう。しかしそのまわりに、好ましい環境を整備してやればいい……そうやって連想を徐々に強化し、発展させていくんです。ギリシャ神話の怪物ヒュドラみたいに、頭をいくつも生やして……」

「そして想い出が、魔法みたいによみがえってくると？」

「そのとおり」モロー博士はうなずき、目にしわを寄せた。

「なるほど、理屈はよくわかりました。でも、それを実践するとなると……」

「わたしを信頼してください、アンドレさん。余計な疑いは抱かず、わたしの経験を信じて、しっかりと問題に取り組むことです。プレッシャーに負けてはいけません。あなたはただ急がず、慌てず、一歩一歩確実な発見を勝ち得るため、ここにいるのですから。ことを先へ進める前に、わたし自身の見解をご説明しておきましょう。あなたが抱えている問題は、お話を聞いてよくわかりました。謎めいた映画の正体を突きとめることが、あなたにとって個人的な挑戦、仕事にも関わるような挑戦だということですね。けれども話しぶりをうかがっていると、ちょっと気になりまして。長年の経験から言うのですが、どうもその背後には、もっと奥深いものがあるような感じがするんです……ときおり、あなたの人格が変わってしまったような感じが。まるで……」

劇作家は体をこわばらせた。

「ほう、わたしはまったく……」

「強烈な印象を残したという、その厄介な映像は、あなたが無意識のうちに遠ざけている、なにかもっとつらい別の記憶に結びついているのではないかと……」

アンドレはわずかに引きつったような笑みを浮かべ、首を横にふった。

「まさか、そんな！　だとしたら、自分で気づいているはずです」

「わかりました。とりあえずそれは、脇に置いておきましょう。今日のところはもう充分話しましたから、ここまでにしておきます」モロー博士はそこで眉をひそめ、こう続けた。「けれども、最後に一点だけ確認しておきたいのですが。例の《映像》――と呼んでおきましょう――のうちのひとつを思い返して欲しいんです。わたしの感じでは……いや、まあ、それはどうでもいい。

ともかくゆったりと目を閉じ、その時代に意識を戻してみてください。あなたが十歳くらいだったころに……友人のギー、彼の家、テレビが置いてあった居間のことを考えて……どうです、目に浮かびますか？」

「ええ、ぼんやりと。テレビはフランス窓の近くにありました。大きな植物が茂る庭に面した窓です」

「そのとき、どんな天気だったか思い出せますか？　あなたが予告編を観たときです」

「ええと……予告編は二回観ました。一回目は夕方ごろで、確か天気は悪かったかと……」

「悪い天気ですか。映画のなかと同じく……雨が降っていた。歩道に打ちつける雨音が、まだ耳に残っている……濡れた歩道に、なにかが落ちました。貴重な品らしい、光り輝くものが。その場面を思い浮かべてください。ナイフや拳銃のような、細長いものではないでしょう。だとしたら、よく覚えているはずですから」

「ええ、おっしゃるとおり」アンドレは目を閉じたままつぶやいた。「もっと小さなものです」

「もしかして、丸いものでは？」

「おそらく」

「宝石？　結婚指輪？」

「いえ、それでは小さすぎます。でも丸くて、目にとまるくらいの大きさがあって……」

「懐中時計？　金時計？」

アンドレはしばらく眉をひそめていたが、やがて目をあけ、口を開いた。

「金時計……」と彼は口ごもるように言った。「そう……金時計です」

3　オリエントのイヴ

一九一一年一月七日

　アリス・ヨハンソンはソファの端にぴんと背を伸ばして腰かけ、せっせとテーブルセンターに刺繍をしながら横目で夫のようすをうかがっていた。夫のアンドリューは暖炉の脇で、懐中時計をいじくっている。気持ちが迷っているときはいつも、無意識にそうするのだ。金の懐中時計からは、チョッキを横切るように金の鎖が伸びていた。まるで絵に描いたようだわ……仕事で成功した実業家。まさしくそれがアンドリューだ。ここぞという場面では、ぱりっとしたグレーのスリーピースがこの印象をさらに際立たせる。そんなときは少し老けて見えるけれど、いささか堅苦しい物腰を別にすれば、彼は沈鬱な雰囲気を漂わせたまだ三十代の若いハンサムな男性だった。しかし東洋の布地を輸入しているロンドンのサンダース社で働きだしてからは、ずいぶんと変わった。彼はそこで、とんとん拍子に出世した。アリスが出会ったのはその何年も前のことで、アンドリューはまだ芝居と絵に情熱を傾け、自らの進むべき道を模索してボヘミアン生活を送っていた。役者の仕事に舵を切ろうとしていたころに描いた一枚の絵が、彼の人生を変えた。運命が突然、行く手に立ちはだかり、反対方向を指示したかのように。そして彼は今日、サンダース社の女社長として崇められるヴィクトリア・サンダースの右腕にほかならない。彼女はブルームフィールド村の森のはずれにたつ大きな別荘レヴン・ロッジに、週末をはさんだ数日の予定でヨハンソン夫妻を招待したのだった。それにしても凍えるほど寒い一月初頭に、彼らをふくめた何人かを集めようとヴィクトリアが思い立ったのは、いいことだったのだろうか？　予定のメンバーはまだそろっていなかったものの、緊張感はすでに高まっていた……ことのなりゆきが吉と出るか凶と出るか、もう少したってみないとわからないけれど、とアリスは口もとを結びながら思った。初めにヴィクトリアが予定していたとおり、この集まりが去年の末に行われていたならば、とっくにすべて片づいていたのに。ところが彼女の会社に不慮のトラブルがあって、延期を余儀なくされてしまった。そうこうするうちに雪が降り始めると、一面の銀世界のなかにぽつんと一軒だけたつレヴン・ロッジはいっそう寂しげに見えた。アリスがこの別荘に招かれたのは初めてではなかった。ここへ来るたび、そわそわと胸にさざ波が立つが、今回はそれがいっそう強まった。彼女にはわかっていた。凍りつくような不安感は、寒い冬のせいばかりではないと……

「なにを考えているんだい？」アンドリューは懐中時計に目をやったあと、いきなりたずねてきた。針は午後五時をさしている。

「これからやってくる女のことよ。あの高慢ちきなシェリルのこと……なんだって彼女まで呼んだのかしらね。それに無作法者のダレンも……」

「ダレンはさっきロンドンに行ったから、戻るのは明日になるだろうよ」

「わかってる。おかげでほっとしたわ。あの男がいるだけで、本当に気分が悪くて。わたしのことを見る目ときたら、まるで……」アリスは顔を赤らめた。「あなたも真剣に考えてくれなくちゃ、アンドリュー……」

アンドリューはいらだたしげに髪を整えると、こう答えた。

「わかったって。でもその話はあとにしよう。仕事の件で社長に会わねばならないんだ。呼び出されたんだよ。それにほら、社長は時間にとてもうるさいから……」

「仕事のことではそうでしょうけど。まったくもう、わたしたちはここに休暇できているんじゃないの？」アリスはため息をついた。

けれどもその声は、夫の耳にほとんど届いていなかった。彼はすでに部屋の出口にむかい、すたすたと歩いている。

ほどなくアンドリューは、ヴィクトリア・サンダースの書斎のドアをノックした。「どうぞ」という声が聞こえると、彼はなかに入った。

部屋のようすは、ロンドンのオフィスとよく似ていた。家具はどれも機能一点張りだが、派手な布地の壁紙がそこに暖かみを与えている。女主人は椅子にゆったりと腰かけ、なにやら考えこむように指を唇にあてていた。どっしりとしたマホガニーの机を前にしているせいか、とてもちっぽけに見えた。歳はアンドリューとほぼ同じくらい。外見からは、サンダース社を率いる女社長とは思えない。もともとサンダース社を経営していたのは、死んだ夫だった。ヴィクトリアよりずっと年上だが、秘書として入社した彼女に彼のほうから求婚したのだ。恋愛結婚？　それとも仕事がらみ？　あるいは、その両方なのか。そこのところは当人たちにしかわからない。ヴィクトリアはおよそ美人とは言えなかった。小柄でがりがりに痩せていて、頬はげっそりとこけている。ややわし鼻気味の鼻。黄ばんだ顔色。髪は真っ黒で、ぱさぱさだ。彼女の美点は、もっと別なところにあった。勤勉で粘り強く有能で、こうと決めたらまっすぐに突き進む。たとえ夫がまだ生きていたとしても、財産と会社をヴィクトリアに譲ったことを、決して後悔しなかっただろう。彼女は今日、社長として辣腕を奮い、大きな業績をあげている。しかしこの短い人物評だけでは、ヴィクトリアの人となりを描くのに不充分だろう。彼女の芸術的な感性、美しいものを見わける確かな目についても、触れておかねばならない。これから述べるように、彼女にとってそれは仕事の残り半分を占めていた。

「まあ、すわってちょうだい、アンドリュー」ヴィクトリアはさっそく本題に入ろうというように、机の前の椅子を指さした。「せっかくくつろいでいたときに、ごめんなさい。めったにない休暇なのに。でも、悪いニュースがあって……カリヤンのことは覚えているわよね」

「もちろんです、社長。ジャイプルのカリヤン・ヒレシュはわが社とつき合いのあるインドの職人のなかで、いちばん腕利きですから。染色家のチーパ一族も彼には全幅の信頼を置いています。

わが社が扱う商品のなかでもっとも美しい布地や人気の高い品は、彼の手によるものですし……」

「でも、亡くなったのよ」ヴィクトリアはひと言、そう言った。「さっき、知らせが届いたわ」

アンドリューは顔をしかめた。

「それは大打撃です。カリヤンに代わる者はいません。しかも、彼の場合……」

「彼は友人でもあったわ。直接会う機会はめったになかったけれど、すぐに意気投合して……わたしがいくら賃金をあげてやるともちかけても、名誉にかけて断るって言うのよ。彼とわたしの関係は、損得づくではないからって……」

ヴィクトリアは一瞬言葉を切って唾を飲みこむと、遠くを見るような目をした。

「死というのは不思議なものね。いくら考えても、正体がつかめない。人によって捉えかたさまざまよ。苦しみだと感じる人たちもいれば、幸福な出来事だと思う人たちもいる。インド人の多くは新たな生の始まりと言っているわ」

「社長は輪廻転生《リインカーネーション》を信じているんですか？」

ヴィクトリアは微笑を浮かべた。

「カリヤンが生き返ってくれれば、わたしたちにとってありがたいけれど。でも、そのときは別の姿になっているかもしれないわ。なにかの動物とか。ともかく職人としての能力は、もう残っていないでしょう……わたしにとって、死は大いなる謎だわ。今のところ、その問題にはまだ直面していないけれど。少なくとも、わたし自身に関しては」

今、社長に死なれたりしたら、みんな困りますよ、とアンドリューは言いかけたが、結局黙っておいた。ヴィクトリアはお追従が大嫌いだから。

「わたしたちが初めて出会ったときのことを覚えている?」とヴィクトリアは口調を変えてたずねた。

「もちろんです。忘れるはずないじゃないですか。あなたは魔法の杖のひとふりで、わたしの人生を変えてしまったのですから」

ヴィクトリアはやさしい笑みを浮かべて、こう応じた。

「あらまあ、わたしは逆だと思ってるわ、アンドリュー。あなたのほうが、わたしに大きな貢献をしてくれたのよ。今日、サンダース社があるのは、色彩に対するあなたのセンス、芸術を実利に結びつける才能のおかげなんだから。あなたの絵を初めて見たとき、わたしにはすぐにそれがわかったわ。あなたは確かな美的感覚を持っている、将来、布地の買いつけをするとき、きっと貴重な助言をしてもらえる人だって。あなたの絵が、なによりも雄弁に物語っていたもの。青緑とオレンジ、紫を大胆に混ぜ合わせた色調。わたしたちの国では、どれもあまり使われない色だけど、それが女性の優美さを見事に純化させ、うっとりするようなイヴの姿を描き出していた……」

アンドリューにしても、あのときのことは決して忘れられないだろう。ちょうどスランプに陥っていた時期で、これを最後の個展にしよう、ささやかな成功を収めたところで絵筆を折ろうと心に決めていた。ところが『オリエントのイブ』の前で、うっとりしている女がいるではないか。

作者本人の目からすると、それはどちらかといえば地味な作品だった。色づかいは暗めで、古典的すぎる。ところがその女は、いきなり法外な金額でその絵を買いたいと言った。アンドリューが黙っているのを見て——それほど彼の驚きは大きかった——女はためらわず金額を倍にした。そして翌日、絵を引き取りに来たとき、自分の会社で働かないかと魅力的な申し出をした。かくして数年のうちに、アンドリューは海外商品の輸入を手がけるサンダース社で副社長の地位にのぼりつめたのだった。

「そうよ」とヴィクトリアは続けた。「あの日、あなたと出会ったとき、わたしが下した判断は間違っていなかった。決して後悔させられることはなかったわ。でも、話したかったのはそのことではなくて……こんなふうに集まったのは、いい考えだったのかどうか……」

「えっ、どうしてそんな?」アンドリューは驚いたように言った。「すべてうまくいっているのに……」

「だめよ、なあなあで収めようとしても、わたしの目は節穴じゃないわ。あなただって、よくわかっているでしょ。弟のダレンは最低の人間よ。お金が必要なときにしか寄りつかない寄生虫。今までずっと、弟の泣き言を受け入れてきたけれど、この前はっきり言ってやったのよ、もう我慢の限界だ、一人前の大人として自分の力で生きていきなさいって。それで少しは目が覚めただろうと思ったわ。しばらくのあいだ、顔を見せなかったから。でも、とんだ買いかぶりだった。弟は生活態度をまったく改めようとしなかった。あいかわらず傲慢で、反抗的で、ふしだらで……今日だって、仕事で急用があるからってロンドンに出かけたけれど、あれは絶対に口実だわ。むこうで羽目をはずそうっていうのよ。ここにいたら、最低限のつつしみを求められるってわかっているから。女と見れば、相手かまわず追いかけまわさずにはいられないのね。あなただって、わかっているでしょう。さもなければ、奥さんにたずねてごらんなさい。弟はずいぶんと失礼なふるまいを何度もしているから」

別荘の女主人はそこでひと息つき、重々しい顔つきでしばらく考えこんでいたが、やがてこう続けた。

「でも、そのことなの、あなたに言っておきたかったのは。ダレンはわたしの弟よ。いくら似てなくても、血を分けた姉弟なの。それに、つらい過去をともにすごした仲だもの、どんなに馬鹿をしでかそうが、不快なふるまいをしようが、見捨てたり、きっぱりと縁を切ったりはできないわ。わたしがなにを言いたいのか、わかるわよね?」

アンドリューはうなずいた。

「ええ、社長、よくわかります。おかしなことがないように、わたしのほうでも目を光らせておきます」

「でもまあ明日には、あなたたちもひと息つけるわね。とりわけ、奥さんのほうは。シェリルがこの別荘に到着すれば、きっと弟は彼女を追いかけ始めるでしょうから。ひと目でわたしが気に入るタイプではないけれど、なかなかいい娘《こ》だわ。あなたが彼女を秘書にしたのは、悪い選択じゃなかったわね。仕事には、真面目に精一杯取り組んでいるし。たとえあとさきのことを考えず、なんと言うか……無謀な冒険に飛びこんでいくとしても。意思は知識に勝るというのが、そもそもわたしの座右の銘だもの、彼女のことは信頼しているの。遺言書を書き変えるときも、考慮に入れたほどよ。彼女には借りがあると思うし」

「借りといいますと？」

「あなたがわたしの目にとまったのも、もとはといえば彼女のおかげだってこと……」

「なんのお話か、よくわかりませんが」

アンドリューは身を固くして眉をひそめ、もごもごと言った。

ヴィクトリアは悪戯っぽい笑みを浮かべて、彼を見あげた。

「わたしは顔の特徴を見わけるのが、とても得意なの。それはあなたも、前からよくわかっていたでしょ。採用の面接で彼女を見たとき、すぐにピンと来たわ。あの悩ましき『オリエントのイブ』は、ここからインスピレーションを得たんだって」

アンドリューは社長の書斎を辞去し、背後でそっとドアを閉めた。体中がかっと熱くなっている。ヴィクトリアが最後に発した言葉を、どう解釈したらいいのだろう？　彼は深いため息をつくと、アリスが待つ居間にきっぱりとした足どりでむかった。妻は話があると言っていた。だとすると、面倒なことになりそうだ。アリスはさっき別れたときのまま、背筋をぴんと伸ばして刺繍を続けていた。アンドリューはしばらくのあいだ自らの気苦労を忘れ、初めて出会ったころのように妻をじっと見つめた。彼女の尊大そうな顔だちには、いつもながら感嘆させられる。それに北国の女王然とした優美な体形や、ブロンドの髪を三つ編みにし、巧みに巻きあげた髪形にも。これで毛皮のチュニックを着て、昔風の鉄兜をかぶったら、北欧神話に登場する愛の女神フレイヤさながらだろう。けれどもアリスは、そんな絵姿をカンバスのうえに永遠に残そうとは決して思わなかった。その点では、シェリルと正反対だ……シェリルはアリスと同じくブロンドだが、もう少し小柄で顔がふっくらとし、頬骨が張っている。ひとたびカンバスの前でポーズを取れば、文字どおり――それに比喩的な意味でも――しなやかで官能的で、わざとらしさは微塵も感じさせない。

アリスの澄んだ声がして、アンドリューははっとわれに返った。

「あなた、どうかしたの?」

「いや、まあ、ちょっとね。いちばん腕のいい職人が亡くなってしまって。カリヤンというインド人の老人なんだが、名前を聞いてもきみは覚えていないだろうな」

「ええ、そうね。でも、こんな状態がいつまでも続くようなら、わたしだって落ちついてはいられないわよ」

「なにが言いたいんだ?」

「ダレンのことよ。忘れたの? あの男の不躾な態度には、もう我慢ならないわ。わざとらしいほのめかしをしたり、まるでわたしが素っ裸でいるみたいに、嫌らしい目でじろじろと眺めたり……言っておきますけど、こんなことがいつまでも続くようなら、わたしはさっさと荷物をまとめて帰りますからね」

「まあ、落ち着いて。そこまでするほどのことじゃないだろ」

「この際だから、はっきりさせておきたかったの。あなたが自分でなんとかできないなら、ダレンのお姉さんに話してちょうだい。彼女なら少しはダレンに節度というもの教えられるはずよ」

アンドリューはため息をつくと、首を横にふった。

「そうは言っても、アリス、実の弟だからな。ぼくらが暮らしていけているのも、彼女のおかげなんだし」

「ああ、そう。だったらシェリルのことはどうなの？　あなたの大事な秘書のことは……」

アンドリューは憤慨したように目をむいた。

「シェリルのことだって？　この話に、彼女がどう関わっているんだ？」

アリスは口もとをきっと結び、夫をにらんだ。

「あなたにはがっかりだわ、アンドリュー。もっと演技がうまいかと思ってたけど……だったらまずお訊きしますけど、あの高慢ちきな女を呼ぼうと思いついたのはいったい誰なの？」

「もちろん、社長が考えたことさ。まだ書斎にいるはずだから、行って本人に確かめたらいい。それがそんなに大事なことならね」

「書斎にいるのね？　だったらちょうどいいわ。彼女の寝室をそっと覗きに行きましょう。あなたに見せたいものがあるから……さっきドアを間違えて、偶然入ってしまったのよ……そしてわかったの。本当なら、とっくに気づいていてしかるべきだったのに」

「おいおい、社長の寝室を覗きに行くだって？　だめだ！　断る！　それこそ、無作法の極みじゃないか」

アリスは夫を見下すように腕組みをした。

「今、寝室へ行くか、食事の真っ最中に夫婦喧嘩を勃発させるか、どっちがいい？」

ほどなくヨハンソン夫婦は、大きな白い階段をのぼり始めた。階段は二階のところでゆるやかに曲がって、寝室のドアへと続いていた。アリスはヴィクトリアの部屋の前で立ちどまり、もの思わし気にドアを見つめた。

「なかなか独創的だわ、このギリシャ風装飾。ドアの横枠はすべて、同じ模様で統一されてる。古典的だと同時に、とても現代的で……」

「のんびりしている場合じゃないだろ。いつなんどき、人に見られないとも限らないんだぞ。ほら、社長の忠実なインド人執事のチャンドラが、地獄《ケルベロス》の番犬よろしく屋敷をうろつきまわっているし」

「チャンドラが、地獄《ケルベロス》の番犬ですって？　面白いわね。わたしはぜんぜんそんなふうに感じなかったけれど」

「頼むから、時間を無駄にしないで……」

部屋にそっと忍びこむなり、アリスは小テーブルのうえにかかっている絵を指さした。青緑色の絹のカーテンが、絵の美しさをいっそう際立たせている。

「ほら、あれよ……わかるでしょ、自分の作品なんだから。題名はなんていったかしら。『楽園のシェヘラザード』？　それとも『オリエントの夢』？」

「『オリエントのイヴ』だ」とアンドリューは言って、額を拭った。

「あら、そう。でも、問題はそこじゃないの。わたしたちに関わる大事な点、それはこの若い女。木々に囲まれ、薄物姿で煽情的に身をくねらせているこの女なのよ。とりわけ、彼女の顔が……どう、なにか気づかない？」

「そう言われても……」

「作者なんだから、覚えているはずよ。どう、あなたの秘書の傲慢そうな顔つきにそっくりじゃない？　なんとか言いなさいよ。いつまでも黙っているなんて、ますます怪しいわ。どうして言ってくれなかったの。新しい秘書とは昔からの知り合いだ、彼女はあなたのために、素っ裸でポーズを取ったんだって」

「つまりそれは、わざわざきみに知らせることはないと思ったからさ」アンドリューは観念して、そう答えた。「きみに責められると思ったから。たった今だって、そうだっただろ。でも、彼女にはモデルになってもらっただけだ。それ以上のことは、なにもない。いいかい。そもそもこの絵のおかげで……」

「わかってるわよ。この魔法の絵が、わたしたちの人生を変えたんだっていうんでしょ。すばらしきミス・シェリルに神の恵みあれってことね。明日、彼女が着いたら、会ってじきじきにお礼を言わなくては」

「やめろ。なにもするんじゃない、アリス。きみだって、よくわかっているだろ。そんな育ちの悪いこと、できやしないって」

薄日に包まれた寝室のなかに、長い沈黙が続いた。アリスは気を取りなおし、ふうっと息を吐いた。

「でも、わたしに言ってくれてもよかったじゃない」

アンドリューは妻の声が聞こえていないかのようにベッドの脇を通り抜け、スタンドと黄色い表紙の本がのったナイトテーブルに近寄った。

「妙だな、これは……」と彼は言った。

「妙って、その本のこと?」

「ああ……社長がこんなものを読むとは思わなかったが……」

アリスは夫のそばへ行き、本を手に取った。

「『黄衣の王』……おかしな題名ね」彼女はぱらぱらとページをめくると、肩をすくめて本を置いた。「ただの戯曲じゃない。期待はずれね」そこで彼女ははっとふり返り、ドアを凝視した。「廊下で足音がしたわ。もしかして……」

アンドリューは数秒待ったあと、忍び足でドアの前へ行った。細目にあけたドアの隙間から廊下に目をやり、妻に合図する。

「もう誰もいない。さあ、戻ろう」

4　らせん階段

一九九一年六月十一日

セリアのアトリエには、陽光がさんさんと射しこんでいた。彼女は明るい光に包まれたわが王国をぐるりと見渡し、満足げに伸びをした。今は朝の九時。この穏やかなひとときを、彼女はこのうえなく愛していた。まわりのすべてが、自分に微笑みかけているような気がする。体中に力がみなぎり、最高のコンディションで仕事にかかることができる。大きな鏡の両側にある二体のマネキン人形が、彼女にうやうやしくお辞儀をする。絵筆や鉛筆は、早く使って欲しいとうずうずしている。部屋中に散らばったたくさんのスタイル画も、見直しと仕上げを今か今かと待ちかねている。それからセリアは、アンドレのことを考えた。彼女が起きたとき、夫はまだ拳を握りしめて眠っていた。昨日は精神分析家のもとを訪れたはずだけれど、そのあとまだ話をしていない。昨晩、セリアが夜遅く帰宅したときには、もうぐっすり眠っていたから、あえて起こさなかった。

セリアはやさしげな笑みを浮かべて、オリエンタル風の大きな戸棚の前に行った。黒い漆塗りの戸棚には、大切な品々がしまってある。引き出しをあけると、なかには薄紫色の古い手帳があった。彼女は表情を緩め、すぐに引き出しを閉めた。なにもあわてることはなかったわ。隣の引き出しには、小さな箱があった。セリアはふたをあけ、中身を取り出してテーブルに置いた。貝殻の破片が二つ。どうやら、ひとつの貝殻を二つに割ったものらしい。彼女はそれを確かめるため、破片と破片を近づけた。もう、何度繰り返したことだろう。二つはぴったりと合った……映画なら、画面がぱっと輝きだすシーンだ。ここぞとばかりに、感動的なBGMも鳴り響くだろう。彼女はまだうっとりとしていた……破片の断面は完璧に一致している。割れた拍子に、小さなかけらがほんの少しなくなっていたけれど。

本当に信じられないような話だわ。本人たち二人以外、誰が聞いても嘘だと思うだろう。アンドレだって最初にこれを自分の目で見たとき、「信じられない！」と口ごもるように言ったものだ。「わたしたちの物語は、星々のなかに書きこまれていたのよ……」セリアは重々しくうなずき、二人は熱い口づけを交わした。前にも何度か会っていたけれど、彼らはそのとき初めて、運命の結びつきを確信したのだった。

セリアはあるとき、祖母の形見にとっていた貝殻の破片の話をアンドレにした。祖母は彼女にその破片を託し、こんな打ち明け話をしたのだった。もう半分の破片は、若かったころ船旅の途中に出会った男性が持っている。祖母と男性は満天の星空の下、船の甲板できれいな貝殻を二つに割り、熱い情熱の証として持っていることにしたのだと……けれどもそれは、つかの間の情熱だった。二人はその後、二度と再会することはなかったのだから。けれども祖母にとって、貝殻の破片はなによりも大切な一生の宝物だった。だから大事にして欲しいと言って、孫娘に託した。セリアもそれを捨ててしまう気にはなれなかった。アンドレはこんな思い出話を聞き、びっくり仰天した。世界中を旅してまわった大叔父のひとりが、似たような話をしていたからだ。当時アンドレはまだ若く、あまり本気でとりあわなかったので、細かいところまでは覚えていなかった。けれども船の名が《リュジタニア号》だったことだけは、はっきりと記憶に残っていた。《イリュストラシオン》誌にのっていた絵を、よく眺めていたからだ。やがて大叔父は亡くなり、遺品が分けられた。アンドレの母親は、大叔父が小さな箱に大切にしまっていた貝殻の破片をずっととっていた。アンドレは処分してしまおうかと何度も思ったものの、なぜか決心がつかなかった。

数日後、セリアとアンドレはレストランで待ち合わせをした。二人とも、貝殻の破片を持ってきていた。ありえないことが起こらないかと、胸を高鳴らせながら……呆気に取られている二人の目前で、二つの破片はぴたりとひとつになった。

セリアがこんな思い出に浸っていると、絶妙のタイミングでアンドレがあらわれた。セリアは夫の腕に飛びこんだ。

「ああ、なるほど」ほどなくアンドレは貝殻の破片に気づき、そう言った。「だったらきみには、しょっちゅうそれを見ていてもらわなくちゃな」

「だめよ、貝殻に頼ろうとしても……さあ、真面目な話に入りましょう」

「へえ、これ以上大事なことなんてあったかな」

「まあまあ……まずは昨晩のことを聞かせてちょうだい。どうだったの？　あの謎めいたモロー博士って、どんな人だった？　部屋のようすは？　ともかく、ひととおり知っておきたいわ」

セリアがあんまり待ちかねているものだから、アンドレは面白がってわざと焦らすことにした。

「部屋のなかは、屋敷の外見から期待するとおりだったな。広々として、簡素で、飾りらしい飾りもなく……」

「大袈裟に言わないで」

「ぼくを迎えてくれた居間は、いかにも主人の教養を感じさせたな。選りすぐりの本や百科事典がずらりと並び、凝った造りの置物があちこちに飾られていて。プラトンの胸像やミロのヴィーナス像や、大きな磁器の象もあった。あれはおそらく、記憶の重要性を強調しているんだろう。象は記憶力がいいって言われているから……」

「アンドレったら、余計な話はいいから……モロー博士はひとり暮らしなの？」

「見たところ、どうやらそうらしい。二足動物の雌がソファの下に隠れているようすはなかったな。ともかく女っ気はゼロだ。礼儀正しくて、愛想がよくて、ぼくはとても好感が持てたな。それになかなか有能な人だってことも、言っておかなくては……ある重要な品にぼくの注意を引きつけ、成果をあげたからね。でも、まずは博士との話をひととおり語って聞かせてから、きみの判断を仰ぐことにするよ」

そして数分後、アンドレが話し終えると、セリアは結んだ口もとに笑みを浮かべた。

「懐中時計ね……それ自体はありふれた品だけど、確かにあなたの探索には重要だわね」

「そうとも」とアンドレは勢いこんで答えた。「あのときぼくは、正しい道を進んでいると確信したよ。そして自信がわいてきた。例の映画の正体を突きとめられるかもしれないぞってね。すっかり希望を失いかけていたけれど……ぼくにとってどんなに大事なことか、きみもわかってるだろ……」

「それはもう、わかりすぎるくらいわかってるわ」セリアは天を仰いで答えた。「じゃあ、また近いうちにモロー博士と会うんでしょ？」

「ああ、来週の初めに。そのあいだに、博士のほうでも調べておいてくれるそうだ」

「つまりあなたの話に、博士はうまく食らいついてきたってことね」

アンドレは貝殻の破片をつまんで、陽光にかざした。貝殻がきらきらと虹色に輝く。やがて彼は重々しい声で答えた。

「そうだな。でもぼくが思っているのとは、ちょっと違う意味かもしれない。この一件の背後にはなにかもっと深いものがありそうだって、博士は言うんだ。封印された記憶を、無意識の底から引っぱり出そうというつもりなのさ。どう思う？」

セリアは悩ましげな目をして、夫の腕に逃げこんだ。

「すばらしいじゃない。あなたは人の熱意を掻き立てる天才だわ。その力に、最初にやられたのがわたしってわけね」

一九九一年六月十七日

精神分析家の居間は、薄明りに照らされていた。若い劇作家はぼんやりと光る磁器の象を見つめながら、主の声に注意深く耳を傾けた。

「アンドレさん、われわれはとても慎重にことを進めねばなりません。《金時計》の件は確かに有望な手がかりですが、無理やりあなたにそう思いこませてしまったのかもしれません。あのときわたしは、ちょっとした実演をするだけのつもりだったのに」

「でも、あれは……」

「その話はあとにして、まずは問題の映画について現実的な観点から、すぐに役立ちそうな手がかりをまとめておきましょう。テレビ放映は二回あったんですよね。一回目は一九六五年から六七年のあいだ、二回目は一九七八年から八〇年のあいだくらいに。不思議に思われるかもしれませんが、われわれの調査にとってより好都合なのはより古い時期、つまり第一の時期なんです。なぜかというと、その時期、アメリカのミステリ映画を放映した局はアンテヌ2だけだし、それもあまり頻繁ではなかったからです。一本残らずリストアップしても、せいぜい百本程度、それ以上にはならないでしょう。さらにそこから、フリッツ・ラングとヒッチコックの監督作品を除きましょう。あなたがすでに確認して、成果がなかったのですから。それにジョン・ヒューストンの『マルタの鷹』や、オットー・プレミンジャーのあの忘れがたい『ローラ殺人事件』のような古典的名作にも、あなたはもちろん目をとおしていますよね。すると最終的に残るのは、せいぜい三十作くらいでしょう。大傑作とは言わないまでも、まずまずのレベルに達しているはずです。放映に値すると判断されたわけですから。となると、いちばんてっとり早いのは、一九六五年から六七年まで地方紙のバックナンバーを調べて、放映された映画の題名と概要を確認することです。もしあなたに、二、三日時間を割く用意があるなら……」

「大丈夫です」とアンドレは目をうるませて答えた。「あなたの手にかかると、どんなことでも簡単に片づいてしまいますね」

「それでも、まだまだ成功にはほど遠いですよ。題名や概要だけでは、わからないですからね。そのあと、録画を見つけ出さねばなりません。経験的に言って、古い映画のコピーは今日手に入らないことが多いんです。とりあえず、あなたからうかがった情報をもとに、何人かの友人にあたってみました……」

「それで?」とアンドレは勢いこんでたずねた。

「三つの作品が候補にあがりました」モロー博士は謎めいた笑みを浮かべてそう言うと、手もとの紙を取りあげ、眼鏡をかけて読みあげた。「ひとつはアナトール・リトヴァク監督が一九四八年に撮った『私は殺される』で、主演はバーバラ・スタンウィックとバート・ランカスター。もうひとつはロバート・シオドマク監督が一九四五年に撮った『らせん階段』。三本目はルイス・アレン監督による一九四五年の作品『姿なき殺人者』で、主演はジョエル・マクリーとゲイル・ラッセルです。なにか心あたりはありますか？　これらの作品は知ってましたか？」

「いいえ、最初の作品は題名くらい聞いたことがありますが」

「わたしは前に観ましたが、ずいぶん昔でしたからね、おぼろげな記憶しか残ってません。でも友人がビデオを送ってくれるはずです。それに『らせん階段』のほうも。概要を読んだ限りでは、『らせん階段』がいちばん有望な気がします。『姿なき殺人者』はちょっと厄介ですね。なにしろ、めったにみられない映画ですから。でも三本のなかでは、これがいちばん可能性が低いでしょう。妻に先立たれた男から、子供の世話を頼まれた女性家庭教師の話です」

知らないなというように、アンドレは口をとがらせた。

「確かに、まったく聞き覚えが……」

「まずはビデオが手に入り次第、初めの二作を観てみましょう」とモロー博士は遮った。「そのときまでに、われわれのほうでもきっと進展があるでしょう。ところで《金時計》の件は、わたしの押しつけでなければいいのですが。なにしろ、とても象徴的な品ですから。金のまばゆい輝きは、それだけで欲望を掻き立てます。そして時計の針は、時の流れ、すぎゆく人生を見せつけるのです……」

「それについてはわたしも、あのあとじっくり考えてみました。おそらく、あなたのおっしゃるとおりでしょう。なるほど金時計は、わたしの古い個人的な記憶に結びついているような気がします。つまりなにか……友人のギーと毎日遊んでいたあのころと結びついているような……単に映画の場面だけでなく……」

「それでは、お友達のことも聞かせてください。あなたがたは、どんな遊びを好んでいましたか？」

アンドレの目のなかで磁器の象がぼやけ、友人宅の裏に広がる芝生の緩やかな斜面がそれに取って代わった。敷石が下方のガレージまで続き、そこから地下室にくだると卓球台があった。アンドレはそこで何時間も、興奮に満ちた楽しい時をすごしたのだった。

「……わたしの家には卓球台なんてありませんでしたから、それを使えるのが嬉しくてたまらなかったんです。隣の部屋には、漫画本が山積みになっていました。《ブレイクとモーティマー》シリーズの『巨大ピラミッドの謎』とか。わたしが古代エジプトの謎に触れたのは、あれが最初だったでしょう。絵を眺めているだけで、夢が広がりました。家には漫画本もなかったんです。わたしたちは試験管で、化学の実験もしました。硫黄の臭いがうえまでのぼっていったときは、ギーの両親に大目玉を喰らいましたけどね。そうそう、わたしたちはブーメランを作るのも得意でした。まずはのこぎりで慎重に木を切り抜き、翼《よく》の部分に丸みをつけるんです。それから、ニスを何度も重ね塗りして……

あのときもギーのお父さんにこっぴどく叱られました。ジャン＝ポール・ランブランさんは、とても厳格な人だったんです。ともかく、当時はそう感じていました。わたしたちは危なそうな玩具づくりをすぐにあきらめねばなりませんでした。事実わたしたちは、怪しげな実験をあれこれやりましたからね。ランブランさんはそのたび、冷や汗を流したことでしょう。それに奥さんのジャニーヌも。彼女はとても心配性でしたから。でも二人とも、わたしにとても親切でした。ある晩、いっしょにピザを食べようと誘ってくれたくらいです。ピザ屋に入ったのは、それが生まれて初めてでした。わたしの両親は、決してレストランへ行きませんでした。そんな余裕はなかったんです。わたしはもう有頂天でした。でもランブランさんにフォークの持ち方が悪いと叱られて、せっかくのお祭り気分も少し損なわれてしまいましたけど。ええ、そういうときは本当におっかなくて。でも……」

そのままアンドレがいつまでも黙っているものだから、モロー博士はたずねた。

「どうしました？」

「奇妙なことに……ランブランさんはときおり、不可解なふるまいをすることがあって……あれはいったいなぜだったのか、それもいずれ思い出すでしょう。こうしてわたしが映画の予告編を観た、あの秋がやってきました……」

「秋ですって？　それは新情報だ。われわれの調査に役立つかもしれません。間違いありませんか？」

「ええ、そのはずです。毎日どんよりと曇って、しとしと雨が降って……」

アンドレは今まで何度もしたように、あの不気味な予告編を観たときの状況を思い返した。しかし今回はモロー博士の的確な指示のおかげで、いっそう細部が明確によみがえった。場面や役者の顔もはっきりと目に浮かぶ……

「……その場には、もちろんランブラン夫妻もいました……いや、違う。ランブラン夫人はもう、亡くなっていたんだ。前の年に不幸な事故があって。でも、夫妻の友人がいました……美人のドイツ人女性と、その弟です。名前がとてもドイツ的で……そう、ハインリヒです。控え目で、なんだか影の薄い人物でした。彼らはよく、ランブラン家を訪れていました。姉のほうは、なんていう名前だったかな？　そう、リタです。あの二人のことは、ドイツ人だということでよく覚えています。大戦の記憶がまだ生々しく、心の傷がふさがっていないころですからね。リタはつやつやとした、きれいな黒い髪をしていました。それと対照的な赤い唇に、魅力的な笑みを浮かべて……彼女はいつも暗い色の服を着ていました。黒とか、紫とか、体にぴったりした服です。歳はずっとうえですが、なんだか白雪姫みたいに思ってました。でも、どうしてこんな話をしているのかな」

モロー博士は顔を曇らせ、もの思わしげにうなずくと、毛むくじゃらの手で顎をさすり、こもった声で言った。

「それはおそらく、あなたが思っている以上に重要なことでしょう。こんなふうに分析を続けていいのかどうか、心配になるくらいに」

「なんですって？」とアンドレはたずね返した。「でも、調査は進展しているじゃないですか」

「まさしく。しかし一歩前進するごとに、最初に抱いた印象がますます強まるんです。単なる謎の映画探しよりも、なにかもっと激しい衝動が、この話の背後にはあるんじゃないかという印象が。確かにあなたのお仕事がら、そのミステリ映画が気になってしかたないというのはわかりますが。ただ、そんなふうに取りつかれている裏には、忌わしい過去が隠されているような気がして……」

「でも、そんな記憶はまったくありませんが」アンドレはそう言うと、神に誓うとでもいうように、ひらいた手を前に差し出した。「わたしの人生には、なんら怪しげなところなんかありません……あれば自分でわかっているはずだ」

「もしかしたら、あなたが直接関わっていることではないのかもしれません。あなたはただ、無意識のうちにそれを目にしていただけで……今のところ、これ以上はなんとも言えませんが。わたしは確かに精神分析家ですが、科学的な根拠や学問的な裏づけがある話でもありません。ただ直感と経験から話しているだけです。過去を蒸し返しても、いいことなんかめったにありません。だから最後にもう一度、確認したいんです。あなたはまだこの探索を続けたいですか?」

若い劇作家は唾を飲み、架空のなにかを見つめるようにまっすぐ前に目をやった。そして彼はこう答えた。

「ええ、そうしいいいいなければならないいいいんです……」

5
磔刑像《カルヴァリー》1

一九一一年一月八日

ロンドンのチャリング・クロス駅を午前七時三分ぴったりに出発した普通列車のコンパートメントで、シェリル・チャップマンは雪に覆われたケント州の荒野を眺めていた。めったにロンドンを離れることがないだけに、目の前に広がる田園風景をもっと楽しんでもいいだろうに。けれども彼女は、心ここにあらずだった。同じコンパートメントに腰かけているもうひとりの客は、どうして話しかけてこないのだろう？　ちょっとした会話のきっかけくらい、作ってくれればいいのに。この男、そもそもわたしの存在に気づいているのだろうか？　今日は一張羅《いっちょうら》を着こんできたのに。花飾りのついたピンク色の帽子をちょっと斜《はす》にかぶると、ブロンドの髪がいっそう引き立って見える。茶目っけのある顔は、とても魅力的なはずだ。ともかくシェリルは、今日までそう信じていた……なのに目の前にすわった不粋者ときたら、なんにも感じていないみたいだわ！

1　キリストの磔刑像に、さまざまな人物の像を配した群像

かてて加えてこの男、ブーツだけはもの珍しげにじろじろ眺めるんだから。そこが今日の取り合わせで、唯一の弱点だった。冬真っ盛りの季節、実用性と快適さを兼ね合わせるのは難しいことだから。それに田舎の気温は、首都よりもずっと低いっていうし。彼はシェリルの脚を、というか膝に、あえて視線をむけまいとしたのだろうか？　スカートの下から見えているのは、そこだけだから。グレーのウールのスカートは、同じ色のジャケットとよく合っている。男はなかなか経験豊富そうだから、彼女がスタイル抜群なのをひと目で見抜いたはずだ。いくら服に隠されていても、見る人が見ればわかるわ。なのに彼は、汽車がガタンと動き出してから、ひと言も発していない。彼の気を引くためには、まさか服を脱がなきゃいけないっていうの！　出発時間ぎりぎりにコンパートメントに入ってきたときは、愛想のいい笑みをちらりとだけ浮かべ、席は空いていますかとたずねたけれど。空いているもなにも、コンパートメントには彼女ひとりきりだ。あの笑顔には期待が持てたのに、続きはなかった……シェリルを前にして、ときおり目まで閉じたりして。相手がうとうとしている隙に、彼女はじっくり観察した。歳は三十すぎ。でも、まだ若々しい感じだわ。茶色いビロードのスーツはいささかくたびれているけれど、とてもよく似合っている。どことなく鷲を思わせる顔つきがちょっと不良っぽい感じだが、魅力を損なってはいない。ウエーブのかかった黒髪とちょっとくすんだ顔色が、俳優のハリー・B・アーヴィングに似ている。けれどもやつれた表情なのは、明らかに寝不足のせいだ。きっとひと晩中、飲み明かしたんだわ。だからわたしにも、やけに無関心なんだ。そう思ってシェリルは納得した。

男が瞼をあげ、立ちあがると、シェリルはさっと窓のほうに視線をそらした。そして男がチョッキのポケットから懐中時計を取り出すのを、横目でちらりと見た。見事な金時計だった……それが薬指にはめた印台指輪のように輝いている。シェリルはすぐにアンドリューのことを思った。彼も同じような金時計を持っていたから……しかし、二人の男の共通点はそれだけだった。体格こそ似ているが、今、目の前にいる男はもっと精悍で、自信に満ちていた……

アンドリュー……彼はわたしにとって、どんな存在なのだろう？　もちろん、ただの上司ではない……アンドリューの気持ちは一瞬たりとも疑ったことはないけれど、自分がどう思っているかというと、よくわからなかった……女は複雑なのよ、とシェリルは、輝く金時計を見つめたまま心のなかで混ぜ返した。とそのとき、男が笑いながらこちらのようすをうかがっているのに気づいた。

「この時計がお気に入りのようですね、奥さん」

「結婚はしていません」とシェリルは訂正した。だめじゃないの。ついつい考えに気を取られてしまって。「実はその……（わたしったら、どうしてこんなに口ごもっているんだろう？）お友達に、というか知り合いに、それとよく似た時計を持っている人がいて……」

「その人がぼくに似ているとか？」そう言う男の声が、シェリルの耳に悩ましく響いた。

「いいえ、まったく！　全然……全然違う人よ」

男はシートの隅に身を寄せ、額にかかった髪をかきあげると、疲れているけれど楽しげな表情で言った。

「それをお世辞と取るべきかどうかわかりませんが、まあ、どちらでもいいでしょう。わたしはダレンといいます。あなたは?」

あらまあ。シェリルはびっくり仰天した。いきなり名前を訊いてくるの? なんの前置きもなしに? 本当に、アンドリューとは大違いだわ。

「シェリルです」と彼女は口ごもるように答えた。

「シェリル?」男は驚き顔でそう言うと、じっと彼女の目を見つめた。「とてもきれいな名前ですね。あなたにぴったりだ。もしよかったら……」

コンパートメントの二人は、そこで突然目を丸くして見つめ合った。長い沈黙のなかに、列車がレールのうえを走るガタガタという音が響く。

「シェリル?」と男は繰り返した。「もしかして、サンダース社にお勤めのシェリルさんですか?」

「で、あなたはダレンさん? 社長の弟さんの?」

二人はうなずき合うと、同時にぷっと吹き出した。五分後、彼らは失った時間を取り戻そうとする古い友達のように、とりとめのない話に興じていた。二人のあいだには、悪戯仲間みたいな連帯感が生まれていた。これから数日間、同じ屋根の下ですごすのだから、心ゆくまで会話を続けられるとわかっていた。

「前にもレヴン・ロッジに行ったことはあるの?」とダレンはあごをさすりながらたずねた。

「いいえ、一度も。これが初めてなの。わたしまで招待してくださるなんて、本当にありがたいことだわ」

「きっときみは、姉貴に気に入られているんだろうな。誰かれかまわず家に招いたりしないから。ぼくに対しては、ちょっと違うけれど……姉貴はぼくに、いささか負い目を感じているんだ。いいかい、当ててみようか。ぼくらが姉弟だなんて信じられないと思っているね。そうだろ?」

「ええ、確かに」シェリルはにっこりとした。「でもあなたがたはあんまり似ていないって聞いていたから……」

「するとぼくのことは、いろいろと聞かされているんだろうな。欠席裁判は世の常だし」

「わたしは他人《ひと》の意見に左右されないことにしているの」シェリルはきっぱりと言った。

「じゃあ今回も、ぜひその方針でいって欲しいな。ぼくは別段、さほど気難しい人間じゃないさ……」

ダレンはふり返ると、窓の外に広がる景色をじっと見つめた。

「どんなものにもいいところがある」と彼は続けた。「ぼくはみんな好きなんだ。町も、野原も、夏も、冬も、それに雪も……」

「わたしも雪は大好きよ」シェリルは頬を紅潮させて叫んだ。

「そいつはいい。たっぷり雪を楽しめるぞ……むこうに着いたら、さっそくちょっと散歩に出ようと思っているんだ。朝食をとったあとだけどね。なにしろまだ、元気いっぱいとは言えないからな。実はあんまり寝ていないんだ。でも新鮮な空気を胸いっぱい吸えば、しゃきっとするだろうさ。ぼくはどんな困難にも、真っ正面から立ちむかうタイプでね」

「わたしもよ！　正直言って、これまでつらいこともあったけれど……」

「よかったら、別荘のまわりを案内するよ……」

「ぜひお願い。実は退屈しないかと、ちょっと心配だったの。でもほら、お姉様の誘いを断るわけにはいかないし……」

「チャンドラのことは知ってるだろ？」とダレンは出し抜けにたずねた。

「チャンドラって、社長のお世話係の？　もちろん知ってるわ。会社でもよく見かけるから」

「そりゃそうだ」とダレンはうなずいた。「うっかりしてたな。それにあいつは目立つ男だし」

「でも、どうしてそんなこと訊くの？」

「彼が作る朝食は絶品だからさ。朝食の準備は、彼の仕事でね。料理係はほかにも山ほど仕事があるので、負担を減らすためそうしているんだ。あいつとは決して仲がいいとは言えないが、優秀なところはたくさんある。料理の才能もそのひとつだ。彼が作る目玉焼きと炒めたソーセージ、湯気の立つ紅茶があれば、ぼくはたちまち元気いっぱいさ。医者が束になってかかっても、これにはかなわないだろうよ」

「どうやら着いたみたいだわ」シェリルは窓をふり返って言った。「ここがブルームフィールド駅ね。時間がたつのはなんて早いんでしょう。ほんの五分前に出発したような気がするわ」

午前八時。二人をのせた二輪馬車は雪道を苦労して進んだ末、レヴン・ロッジの前に着いた。ダレンが御者に運賃を払っているあいだに、シェリルはあたりのまばゆい景色を見渡した。どこまでも広がる銀世界。こんもりと茂る小さな林。どっしりとした別荘の赤レンガが白い雪のなかでくっきりと浮かびあがって、なにもかもがすばらしかった。ダレンは自分の旅行鞄とシェリルの大きなスーツケースを持って入り口にむかい、呼び鈴を思いきり押した。そして応答を待たずにドアをあけ、手入れのいい漆喰塗りの玄関ホールに入った。ワックスがけをした床に、雪まみれの靴の跡が点々と広がる。

「やあ、チャンドラ」ダレンは執事があらわれると、大声で言った。「調子はどうだ？　お客さんをお連れしたぞ。わかってるだろ、こちらはシェリルさん……そうそう、きみたちはすでに知り合いだったな。おや、どうかしたのか？」彼は執事の非難がましい視線に気づいてたずねた。執事はダレンの背後の床を、じっと見つめている。

「ああ、そういうことか」ダレンはうしろをふり返って、もごもごと言った。「忌々しい雪のせいで、ちょっと汚してしまったな。すまないが、スリッパを持ってきてくれないか。それから、シェリルさんをお部屋に案内してくれ。ぼくは自分の部屋で、ちょっと着がえるから。たっぷりとした特製朝食も頼む。三十分後には準備を整えてくれよ。こっちは腹がぺこぺこなんだ。いやなに、みんなはまだ寝かせておけ。猟犬の群れに立ちむかう前に、ぼくもシェリルさんも力をつけとかねばならないからね」

午前九時ごろ、期待どおりのおいしい朝食ですっかり元気を回復したダレンとシェリルは、暖かく着こんで散歩に出ることにした。食堂で顔を合わせたのは、チャンドラのほかにアリスだけだった。しかしアリスは、すぐにまた引っこんでしまった。朝食を食べに来たのだとしたら急に気が変わったか、ダレンとシェリルを二人きりにさせようとしたのだろう。「おはよう」と言ったアリスの声は、外の気温に劣らず冷たかった。アンドリューやヴィクトリアはもう起きているのかたずねると、彼女はひと言「いいえ」と答え、さっさと食堂をあとにした。

「アリスはぼくだけじゃなくてきみのことも、あんまりよく思っていないらしいな」とダレンは両手をこすり合わせながら言った。

「わたしに少し嫉妬しているらしいのよ」とシェリルはうつむきながら答えた。「でも、それはかまわないの。そんな態度をされるのは、慣れているから」

「そうだろうな」とダレンは言って、謎めいた笑みをシェリルにむけた。「汽車のコンパートメントできみを見たとき、すぐにぴんときたよ……きれいな女の子だけが抱える問題だから……」

「あなたはまったく顔に出さなかったけれど」

「確かに。なにしろくたくたに疲れていたんでね……会話らしい会話を続ける気力は、とてもなさそうだったんだ。でも、もう大丈夫」そう言ってダレンはシェリルの手を取り、言葉を続けた。「さあ、あっちへ、林のほうへ行こう。あそこを抜けると、いっきに視界がひらけるから……きみも広々とした景色が好きなら、失望しないはずだ」

「もちろん大好きよ」

「ただ問題は」とダレンは周囲をうかがいながら言い添えた。「ちょっと霧が出ている点だな。もしかして……」

「平気よ。行きましょう」とシェリルは陽気に叫んだ。

ダレンは罵声をあげながら、レヴン・ロッジの南に広がる三日月形の林を手探りで抜けると、勝ち誇ったように言った。

「さあ、着いたぞ。この雪と霧ではよくわからないかもしれないけれど、ここから磔刑の道が続いているんだ」

「磔刑の道ですって？」シェリルはぶるっと身震いして、口ごもるように繰り返した。目の前に続く真っ白な雪景色のなかに、霧がたなびいている。「不思議な言い伝えでもありそうな場所ね」

「まさしく。かつて巡礼者たちがここにさしかかると、三人の人喰い鬼に襲われたというんだ。彼らがどんなに恐ろしい目に遭ったか、詳しく話すのは差し控えるけどね」

それからダレンはうつむいて、しばらくじっと黙っていた。シェリルは震えながら、彼に近づいた。

ダレンは彼女をしっかりと抱きよせ、顔をのけぞらせて大笑いした。

「いや、ごめん！　嘘だよ。ただの作り話さ。この道沿いには古い磔刑像《カルヴァリー》が立っているので、そう呼ばれているだけさ。きみが怖がってくれたなら、してやったりだな」

「女の子を怖がらせるのが趣味なの？」

「いいや、女の子を抱きしめるのは好きだけどね」

そう言ってダレンは言葉を実行に移した。シェリルは彼の腕のなかでしばらくじっとしていたが、やがてそっと立ちあがった。束の間の抱擁は決して不快ではなかったけれど、慎み深さが勝ったからだった。彼女は悪戯っぽい表情でダレンを雪のなかに押し倒し、くったくのない笑い声をあげた。

「これでおあいこってわけか」ダレンはそう言って立ちあがった。「さて、いっしょに来るかい」

「ええ、でも警戒は怠りませんからね」シェリルはくすくすと笑って言った。

数分後、霧が深まってきた。雪をきしませて歩いていると、彼女の背後でダレンが毒づく声が聞こえた。

「大丈夫?」とシェリルはたずねた。

「ああ、忌々しい磔刑像につまずいただけさ」

「気がつかなかったの?」

「まったく気づかなかったな。ご警告、ありがとう」

「あら、ほかにも人がいるのかしら……なにか聞こえたけど。犬が吠えたんだわ!」

「きっとアリスが、犬のヘクターを散歩させているんだろう。いつもの時間だから。ヘクターは知っているかい？　おとなしいワン公で、不細工なんだが人なつっこくてね。それはともかく、あいつらが近くにいなくてよかったよ。麗しのアリスにはもううんざりさ。やたらお高くとまって……」

「麗しのアリス？　彼女がそんなに美人だと思うの？　わたしよりも？」

「いやまあ……純粋に造形的な面から、二人を十段階で評価しなければならないとしたら……」

「わたしたちの裸を見る必要があるとでも？」

「もちろんだ。きみの言うとおり。だからぼくは、おとなしくそのときを待つとするさ。アリスのほうは、進んで協力してくれるか怪しいけれどね……おや、どうかしたかい、シェリル？」

「ほら、あそこ」とシェリルは言って、遠くを指さした。雪のなかに、黒っぽいものが横たわっている。

「なにかある……いえ、人だわ」

シェリルは用心深く近づいていった。そのあとをダレンがついていく。

「まあ、大変」とシェリルは声をあげた。「女の人だわ。死んでいるみたいよ。どうしたのかしら？あらやだ……ダレン！」彼女は突然、甲高い声で叫んだ。「あれって、あなたのお姉様では？」

ダレンは困惑したように立ちどまっていたが、雪のうえを敢然と歩き出した。そしてシェリルを追い越し、うつ伏せに倒れている女の前でひざまずいた。

「確かに姉の服だ。見覚えがある……こんなに派手な紫色のコートを着る者なんか、そうそういないからな」

彼は女のうえに身をのり出し、髪の毛をつかんでもちあげた。けれどもすぐにまた、まるで疫病患者に触れたみたいに手を離した。

「やはり姉だった。まさか、本当に死んでいるんじゃ……」

ダレンは紫色の袖口から出ている細い手を眺め、そろそろとつかんだ。

「冷たいし、脈もない。ほら、きみも見てみろよ」

「死んでるのよ。間違いないわ」シェリルはそう言ってうしろをふり返り、あたりを見まわした。「お姉様の足跡が、雪のうえにくっきりと残ってるわ。わたしたちと、だいたい同じ方角から来たみたいだけれど、いったいなにがあったのかしら？」

「髪の毛に血がついているぞ」

「転んだんじゃないの？」と言って、シェリルはダレンの肩につかまった。

「そうかもしれない……雪の下になにか突き出ているようだ。ちょうど頭の脇あたりに。きっと大きな石が埋まっているんだろう。ともかくこのまま手を触れず、みんなに知らせたほうがいい……」

「そうね」とシェリルは重々しくうなずいた。「事故に違いないわ。残っている足跡はわたしたちのものだけだから。さもないと……」

「さもないと？」

「つまり……単なる事故とは言えなくなるかも。なにしろ社長は、ああいう人だったから……詳しく言わなくてもわかるでしょ。ダレン、聞いているの？」

ダレンは悲しげにうなずいた。そしてシェリルの手を取り、かすれ声で言った。

「いずれきみにもわかるさ。またしても、すべてがぼくの肩にのしかかってくるんだ……」

6　未知の色

一九九一年六月二十三日

カール・ジュランスキーの風車小屋は、オルヴィル村の裏手に位置する小高い丘のてっぺんにたっていた。風車小屋は眺めがよかった。といってもそれは敵の侵入を見張るのではなく、星を観察するためだった。ジュランスキーは屋根を改修して可動式のパネルを取りつけ、天体望遠鏡の先端が空にむかって突き出るように工夫した。それ以外は、いかにも素朴で暖かみのある田舎家の趣が保たれている。木の羽目板、むき出しの梁、石灰を塗った壁。見た目の美しさと機能性を兼ね備えた、木骨造り《ハーフティンバー》の家だ。部屋のあちこちに置かれた雑多なものが、不思議な調和を醸している。古い蓄音機、地球儀、船の錨、ランタン、海図、天体図、専門書がずらりと並んだ本棚。カール・ジュランスキー教授は博識なだけではなく、日曜大工の腕前にもすぐれた趣味人らしい。

白髪まじりの蓬髪にずんぐりした体格。身長は中くらいでやや猫背気味。歳は六十を越えているだろう。もじゃもじゃの眉毛の下の目は、ぶ厚い眼鏡のせいでやけに大きく見えた。彼のそんな外見は、年老いたフクロウを連想させずにはおかなかった。けれども笑顔には暖かみがあり、孤独や退屈を苦にしているようすはない。アンドレがおずおずと助力を乞うと、ジュランスキーはポルト酒を注ぎ、わずかに外国語訛りがある口調でこう言った。

「ここにいらしたのは正解ですよ。それにクリスティーヌさんが、わたしのことを話したのもね。ところで、彼女は元気ですか？」

「お元気そうですよ。でもクリスティーヌさんとは、妻のほうが親しいんです。二人とも花が好きという共通点がありまして……」

「おしゃべり好きという共通点もでしょう。女性はみんなそうですからね」ジュランスキーは、あなたもそう思うでしょうとでもいうように目くばせをした。「わたしもおしゃべりは大好きですけどね。でもたいていは、自分自身と話してます……見てのとおりのひとり暮らしですから。それはさておき、まずは両側に剥製のカラスがいるそこのひじ掛け椅子にかけて、詳しく説明してください。わたしがどんなふうにお力添えできるか、よくわかるように」

アンドレは話し終えると、ほっとして心が軽くなったような気がした。なにも天文学者に相談をする必要はないとセリアは言っていたけれど、調査のためならどんな助力も乞うべきだとアンドレは思っていた。やはり、ここに来てよかった。カール・ジュランスキーは親切で、個性的で、興味深い人物だった。少なくとも、物語の登場人物にはうってつけだろう。次に書く芝居にも使えそうだ。

「要するにモロー博士は、こう主張するんです」とアンドレは言った。「大事なのは映画の題名を突きとめることなのか、それとも《映像》そのものなのかを、はっきりさせたほうがいいって。その《映像》は、わたしのうちに秘められた遠い記憶に結びついていて……」

「あなたはどう思うんです？」

「まずはあの映画を見つけることが先決です」

「二重の意味で、正しい意見だ」とジュランスキーは陽気に言った。「いっぽうが他方の前提なのだから。その映画を観れば、あなたの心の奥にあるものが明らかになる。そうすれば、たとえ忌わしい過去が隠されていたとしても、あなたは平穏を取り戻せるでしょう……その分野では確かにモロー博士にかないませんが、過去や時間のなんたるかなら、わたしも専門家の端くれだ。わたしが時間と言うとき、それはすぎ去る時間という意味で……つまり、どう説明したらいいか。時間とはわたしにとって、とても近《ちか》しいものなんです。星を観察するときも、つねに時間と関っています。時間とはすべてにおいて、もっとも重要なものなんです。たとえばわたしがあなたを眺めるとき、それは過去を見ているんです。あなたの顔が脳のなかで像を結ぶまで、すでに時はすぎているのですから。この場合はほんのわずかな時間ですが、星は何十億光年もの彼方にあります。だから星を観察するとき、わたしは何十億年も過去の世界を見ているのです。その重要性がわかりますか？　時がいかに貴重なものかを示すには、時計ほど、それも金時計ほどぴったりなものがあるでしょうか？」

「なるほど、よくわかりました。つまりあなたも、時計の象徴的な側面を重視しておられるんですね？　だからこそ、わたしの心に大きな影響をおよぼしたのだろうと？」

「それだけではないでしょう。わたしはただ、時間の重要性を強調したかっただけです。まあ、あなたの場合に限らず、なんにでもあてはまることですが。われわれ天文学者にとって、時間という概念はしばしば空間という概念と結びつきます。無数の惑星、恒星、銀河がある宇宙は、巨大な時計仕掛けにほかならないのです。それぞれの要素がまた別の要素の周囲をまわり、巧みに組み立てられたバレエさながらに、空間のなかをゆっくりと巡っていく。そしてすべてが光の糸で、つまりは星の瞬きで結びついているんです。それは宇宙のどこからも見え……」

アンドレは当惑気味にうなじをさすり、こう言った。

「つまり、光の糸で紡がれた蜘蛛の巣ってわけですか？」

「そう言ってもいいでしょう。ただし、三次元の蜘蛛の巣ですが」ジュランスキーは共犯者めいた笑みを浮かべて続けた。「蜘蛛の巣に金時計と、次々にシンボルが登場しますね。あなたのように高名な劇作家なら、驚くにあたりません。想像力旺盛なのは、言うまでもありませんから。もちろん、らせん階段もです。あれは無限と狂気を実によくあらわしています……」

「それじゃあ、シンボルには気をつけろと？」

「どちらとも言いがたいですな。シンボルはわれわれにとって、とても貴重なものでもあるんです。われわれを欺くこともあるけれど、しばしば真実を告げてくれる。でも、小難しい理屈であなたをうんざりさせてはいけない。ともかく、お手伝いできると思いますよ……」

＊

セリアは布地を簡単に縫い合わせただけの薄物をまとい、鏡に映る自分の姿をためつすがめつした。片側に重心をかけたポーズが、わざとらしくないだろうか？　腰をひねると優美な体形が強調されるけれど、あんまり媚を売っているようになりすぎないほうがいい。彼女は、鏡の脇でカメラをかまえている夫に意見を求めた。

アンドレはいつもこんなふうにして、妻の仕事を手伝っていた。デザインの下絵をイメージするには、写真に撮ってみるのがいちばんだった。彼自身、助手役を務めるのは決して嫌ではない。すでに夜の十時をすぎていた。部屋の両端に置いた小さなライトが、セリアのしなやかな肢体を明々と照らし出している。その日の午後、天文学者と交わした会話のことなど、もうアンドレの頭にはなかった。彼は撮影に集中し、てきぱきと構図を決めていった。

「よし、それでいい。動かないで、カメラを見て」と彼は言った。

何枚か写真を撮り終えると、セリアはチュニックを部屋着に着がえた。そして煙草に火をつけ、ひじ掛け椅子にすわりこんで、「ありがとう」とそっけなく言った。

「いやなに。でも、代わりに……」

セリアは夫の言葉を無視し、ぞんざいな口調で遮った。

「そういえばモロー博士が夕方、やって来たの。あなたがまだ占星術師《アストロローグ》の家にいるあいだに……」

「天文学者《アストロノーム》だよ」とアンドレは訂正した。

「そんなこと、言ってなかったじゃない。で、どうだったの？」

「どうって、いささか変わり者だったな……」そこでアンドレは急に気づいたように、口調を変えてたずね返した。「なに？　モロー博士が来たって？　なんの用事で？」

「ビデオテープを二本、持ってきたのよ」

「どうしてすぐに言わなかったんだ？」

「だってあなたには、まず写真撮影に専念して欲しかったから」

「それで、ビデオテープはどこに？」

「居間の、テレビのわきよ。さあ、もう行っていいわよ。あとはひとりでできるから」とセリアは言って、すらりとした脚を片方、前に伸ばした。ライトの光があたって、脚は美しく輝いた。「でも、途中で転ばないように気をつけて……」

　ほどなくアンドレは、ラベルに《『私は殺される』、リトヴァク、一九四八年》と黒いマジックペンで書かれたビデオテープを、震える手でビデオデッキの口に挿入した。やがて思わせぶりなBGMが響き始めると、彼はひじ掛け椅子にゆったりとすわった。焦燥と不安がないまぜになって大きく見ひらいた彼の目を覗きこめば、そこに映るテレビの画像が見えただろう。一時間半後、テレビ画面にエンドマークが映し出され、ＢＧＭが終わろうとしていた。セリアがドアをそっとあけ、部屋に入ってくる。

「どうだった？」と彼女は不安そうにたずねた。

「どうって？」とアンドレは震える声で繰り返した。「悪くなかったよ。なかなかいい出来だ。バート・ランカスターはいつもどおり。バーバラ・スタンウィックもやっぱりすばらしかった。彼女は危険な女も怯える女も、見事に演じるからな。でも……この映画ではなかった」

「そうだろうと思ってたわ」

「ぼくもさ。言うなれば、いちばん怪しくない映画だってね」

「実はさっき、もう一本にもざっと目を通してみたの。ところどころ、早送りで飛ばしたけれど。糠喜びさせたら申しわけないけれど、こちらはもっと期待できそうよ。あなたが言っていたのと、よく似ていて。あなたが観終わるまで眠れそうにないから、二、三用事をすませることにするわ。それじゃあ、ごゆっくり。わたしはおじゃまでしょうし……」

「そのほうがいい」妻が居間を出てドアが閉まると、アンドレはそう言った。

彼は立ちあがってグラスにウィスキーを注ぎ、煙草の箱と吸殻でいっぱいになりかけた灰皿のわきに置いた。『らせん階段』のビデオテープが、ビデオデッキのなかにおさまる。音楽が鳴り始めるや、アンドレは体に震えが走るのを感じた。その感覚は減じるどころか、ますます強くなった。物語は期待に違わず恐怖に満ちたものだった。構図は絶妙で、陰影は巧みに計算され、ドイツ表現主義を彷彿させる……監督のシオドマクは明らかにこの流派の流れを汲んでいるようだ。モロー博士のリストに挙げられた重要な要素が、次から次へと画面に登場した。不気味な家、稲光で白く輝く黒ずんだ鉄柵の囲い、打ちつける雨、きしみながらゆっくりとひらくドア、黒づくめの服を着た殺人者の恐ろしげな人影、怯えた女の顔。まるでサスペンス映画の見本のようだ。金時計は出てこなかったが、そんなこと気にならなかった。そもそも、本当に金時計が登場するのかどうかも不確かなのだし。水たまりのなかから鍵を拾いあげるシーンには、胸がどきどきした……そしてなにより、終始映し出されるらせん階段は、まるで地獄の入り口のようだった。ひとつだけ問題なのは、色が白ではなく黒かったことだ。記憶では確かに階段は白かったのに。こんなに小さくなかったような気もするし、地下室ではなく豪邸の二階に通じていたはずだ。ほかの部分は記憶に合致しているけれど、らせん階段だけは違っている。それに、ゆっくりとまわるドアノブを大写しにしたシーンも出てこなかった……

夜もすっかりふけていたが、アンドレは妻のアトリエにむかった。セリアは製図板から目をあげ、顔をしかめた。

「どうやら、違ったみたいね」

「ああ。これで決まりかと思ったんだが……やっぱり違っていた。致命的な相違点にいくつか気づいたから。いや、本当にがっかりだな……」

「まだ、第三の映画が残っているじゃない」

「ああ。でも、もうあんまり期待していないんだ。こんなふうに簡単に見つかったら、話がうますぎるからね。ぼくはあの映画をもう一度観たいと、願いすぎたのかもしれない。あまりに大きな願望は、えてしてかなわないものだからな」

「なにがなんでも手に入れたいものがあるって、前に言っていたじゃない。そしてあなたは、とうとうそれを手に入れたわ……」

「えっ」とアンドレはびっくりしたように言ったあと、優しい笑みを浮かべてつけ加えた。「ああ、そうか……確かに、きみをね」

アンドレは妻に近寄り、頬にキスをした。

「それにほら、待てば海路の日和《ひより》ありって言うじゃないの。ところで、今日の午後の成果について、まだなにもうかがってないわよ」

「あの天文学者も、役に立ってくれそうだと思ったんだがな」アンドレはあくびを噛み殺して答えた。「立派に改修された風車小屋にも、その主《あるじ》にも、最初は大いに感心したんだ。ジュランスキーは宇宙や天体について、実に詳しくて。ところが彼は、友人の考古学者から遺贈されたとかいうぼろぼろの手稿を取り出してきてね。その考古学者はアマゾンの奥地で、《未知の色》に関する驚くべき発見をしたそうなんだ。そこまで聞いて、さすがにぼくも眉に唾をつけ始めたよ。《未知の色》は見えないものを見せてくれる、過去を目の前によみがえらせてくれるっていうんだから、こいつは頭がどうかしているんじゃないかと心配になったほどさ。狂気はえてしてらせんによって象徴化される、と彼は言っていた。本人は気づいていないだろうが、これはまさしく彼自身のことだと思うな」

「彼には確かな能力があると、クリスティーヌも主張していたわ」とセリアは言った。「ほかの人には見えないものが見えるって。それを確かめる機会もあったそうよ」

「なるほどね。ぼくだって霊媒師の能力は信じたいさ。それに関する不思議な証言もたくさん読んでいる。でも、不可思議な《未知の色》だなんて……にわかには受け入れがたいな」

「そうだろうけど、わたしは彼にちょっと興味が出てきたわ」

「へえ、宗旨替えかい？」

「まあね」とセリアは謎めいた笑みを浮かべて答えた。「彼の外国語訛り、謎めいた出自、誰も知らない過去……」

「ふむ……きみはまた、なにか企んでるな」

「彼について、もっと調べる必要がありそうね。わたしは手始めに、クリスティーヌに探りを入れてみるから、あなたももう一度会ってみてちょうだい」

「わかったよ」とアンドレは、あまり気がなさそうに答えた。「彼の迷論をもう一度聞いてみたいしね。でも映画の件は、モロー博士のほうが期待できそうだ。彼が第三の映画、幻の『姿なき殺人者』を手に入れられれば……」

7　黄衣の王

アキレス・ストックの手記
一九一一年一月九日

その日、一九一一年一月九日月曜日、オーウェン・バーンズとわたしはブルームフィールドへむかう馬車に揺られながら、田舎の新鮮な空気を胸いっぱいに吸いこんだ。激しい振動にもかかわらず、わが友は威厳に満ちた態度を崩さなかった。彼は堂々たる美丈夫で、そろそろ四十の坂を越えようとしていた（それはこのわたしも同じだ）。重たげな瞼のせいで無気力そうにも見えるが、目には生き生きとした知性の輝きが満ちている。長年の読者ならば、オーウェン・バーンズが驚くべき推理の才を生かし、ロンドン警視庁を悩ませた謎の数々を見事に解決したことをよくご存知だろう。それに彼が変わり者であることも。彼の変人ぶりについては、またおいおい明らかになるはずだ。わたし自身はと言えば、南アフリカ出身の田舎者だが、イギリスの地を踏んでから少しは垢抜けし――わたしは世紀の変わり目を前にしてイギリスに移住した――時を同じくしてオーウェンと親しくつき合い始めるようになって洗練された。ともかく、わが友はわたしについてそう思っているようだ。今回のケント州小旅行は、昨晩フランク・ウェデキンド警部から電報が届いて、急に決まったことだった。警部は簡潔な電文で、オーウェンの助力を乞うてきた。目下、抱えている奇怪な自殺事件は、どうやら雪のなかでの完全犯罪らしいと……

雪のなかの完全犯罪……そう聞いただけでオーウェンはすぐさま心を決め、長引いていた憂鬱状態を脱して大いにはりきり出した。彼がそんなようすを見せるのは、恋をしているときと、謎めいた事件の調査をまかされたときだけだった。それに雪のなかの完全犯罪と言えば、オーウェンの十八番《おはこ》ではないか。《混沌の王》事件や《花売りの少女》事件、《怪狼フェンリル》事件を思い出していただきたい。

美しい景色や光輝く銀世界を褒めたたえる口調からも、オーウェンの心の内がよくわかろうというものだ。そして数分後、馬車はレヴン・ロッジの前にとまった。ジョージ王朝様式の堂々たる建物で、制服警官がひとり待機していた。ほどなくわたしたちはウェデキンド警部とともに林を抜け、広々とした雪の平原を進んでいった。古い磔刑像《カルヴァリー》のわきを通りすぎると、事件の現場に到着した。とりわけ雪が高く積もり、目印に杭が一本立ててある。

「再び雪が降り出さなかったのはさいわいでした」とウェデキンド警部は言った。歳は五十すぎ、眉毛が濃く、口ひげを生やしている。「ここで昨日の朝、ヴィクトリア・サンダースの死体が見つかったんです。布地の輸入をしているサンダース社の社長で、残された遺産はかなりの額になるでしょう……」

「ヴィクトリア・サンダースが何者かは知ってますよ」オーウェンは片手をあげ、したり顔で言った。「裕福で、しかも趣味のいい女性だ。この二つは、必ずしも両立しないんですがね」

「けっこう。ではそもそもの初めから、順を追って事実をたどっていきましょう」

「ええ、お願いします」

警部はコートのポケットから手帳を取り出し、ページをめくった。

「まずは背景となる状況について、少し説明しておきます。サンダースさんはこの週末、近しい人たちを何人か別荘に招待していました。弟のダレン・ベラミ、副社長のアンドリュー・ヨハンソンとその妻アリス、アンドリューの個人秘書シェリル・チャップマン、被害者の執事で相談役でもあったチャンドラ・ガネッシュです。サンダースさんはブルームフィールドに住むベンソン夫妻に、招待客の世話を頼んでいました。奥さんは料理係、夫は雑用係として。サンダースさんが不在のあいだ、別荘の管理をしているのもベンソン夫妻です。

ことの起こりは、先週土曜日の夜でした。いや、日曜の明け方前と言ったほうがいいかもしれません。昨日、午前二時ごろの出来事ですからね。アリス・ヨハンソンは屋敷で叫び声を聞きました。ベッドから起きて廊下に出てみると、不安げなようすのヴィクトリアさんがいました。悪夢を見たので気持ちを落ち着けるため、外の空気を吸いに行くと言っていたそうです。アリスさんはベッドに戻りました。雪が降り止んだのは、ちょうどそのころでした。午前七時ごろ、ダレン・ベラミとシェリル・チャップマンがロンドンのチャリング・クロス駅からブルームフィールド行きの汽車に乗りました。ダレンは前の晩にロンドンへむかい、そこでひと晩すごしたあとでした。シェリルさんがレヴン・ロッジに招かれたのは、今回が初めてでした。二人は初対面でしたが、たまたま汽車のなかで知り合いました……ちょっと妙な気もしますが、二人に会ってみればそんなこともありうるとわかるでしょう。とりわけ、ダレン・ベラミならば……午前九時ごろ、知り合ったばかりのダレンとシェリルは田舎の魅力を一刻も早く楽しみたいと、このあたりまで散歩に出かけ、ヴィクトリア・サンダースの死体を発見しました。検死医によれば、推定死亡時刻は午前四時前後だろうということです。司法解剖をしてみなければ、はっきりしたことはわかりませんが、ほぼ間違いないと医者は言っています」

「なるほど」とオーウェンは言って、ウールの分厚いマフラーをしめなおした。「思うに次はいよいよ、雪のうえに残った足跡の話になるでしょうね」

「まさしく」ロンドン警視庁の警部はうなずき、眉をしかめた。しわのよった瞼の隙間から、目が鋭く光っている。「そこなんですよ、困っているのは……でもまずは、死因について説明しておきましょう。ヴィクトリアさんが亡くなったのは、こめかみに加えられた強い衝撃が原因でした。なにか鈍器のようなもので殴られたか、転んだ拍子に頭をぶつけたかしたんでしょう。ほら、あそこに岩が見えますよね。死体の頭はあのうえにありました。雪を取り除いたところ、下から岩が出てきたんです」

図１

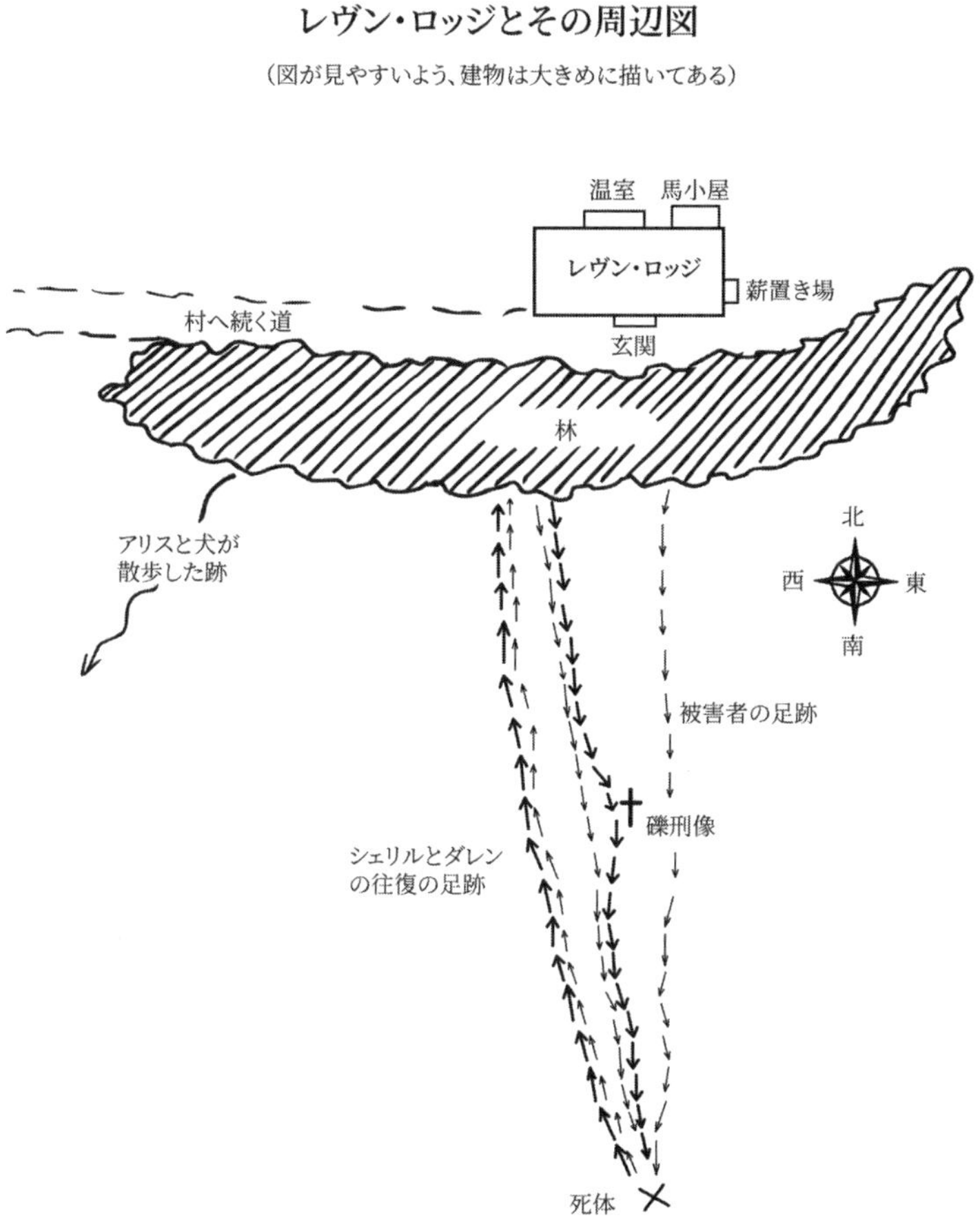

レヴン・ロッジとその周辺図
（図が見やすいよう、建物は大きめに描いてある）
温室
馬小屋
レヴン・ロッジ
薪置き場
玄関
村へ続く道
林
アリスと犬が
散歩した跡
北
西
東
南
被害者の足跡
磔刑像
シェリルとダレン
の往復の足跡
死体

「ふむ……」とオーウェンは歩み寄りながらつぶやいた。「ちょうど岩のうえに倒れこむとは、運が悪かったたな……」

「まあ、そんなところでしょうかね。状況から見て、ほかに説明がつきませんから。さもなければ、わたしだってにわかには信じられませんが……そこで足跡の件に戻りましょう。わたしたちがたどってきた道は、部下の警察官が行き来したせいですでにだいぶ荒らされていますが、証人と被害者の足跡はできる限りそのまま残してあります。ご覧のとおり、雪原の表面は完全に真っ平らです。積雪はこのあたりで、二十センチほどになります。被害者の足跡は屋敷近くの林から死体があった場所まで、まっすぐに続いています。足跡には躊躇したり、走ったりしたようすは見られませんでした。つまり通常の速さで歩いていったものであるというのが、専門家の判断です」

「そのとおりだ」とオーウェンも認めた。「足跡の歩幅から見れば、よくわかります」

「それに足跡は、確かに被害者の履いていたハーフブーツのものでした。足跡はくっきり残っています。雪は午後十時ごろに降り始め、日付が変わった午前二時ごろ止みました。つまりサンダースさんは悪夢を見たあと、午前三時から五時のあいだくらいにここまでやってきたわけです。その点は間違いないでしょう。そして不運にも転んで、致命傷を負ったのです。

屋敷の玄関付近でどこをどう歩いたのかは、残念ながらよくわかりません。あちこちに木も生えているし、歩行者や馬車の行き来もあって、あまり足跡が残っていないんです。林のなかは、ところどころ雪があまり積もっておらず、サンダースさんが歩いた道筋は判然としません。ダレンとシェリルについてもです。どうやら二人は林をかき分けて進み、雪原に出たようです。犬の散歩にやって来たアリス・ヨハンソンも同じです。犬はよほどあちこち走りまわったらしく、いたるところに足跡が残っています。

他方、林を抜けたあと、広大な雪原を歩いてここに着くまでの道筋ははっきりしています。ダレンとシェリルが残した往復の足跡は、被害者の足跡とほぼ並行して続いています。いや、ここで合流したと言うべきでしょうか。林を出たときは、ダリルとシェリルの足跡とサンダースさんの足跡は、五十メートルほど離れていました。被害者の足跡のほうが、東に寄っていたんです。それが徐々に近寄って、死体があった地点でひとつになっています。見てのとおり、林からここまでは約三百メートル、歩いて五分ほどの距離です。

ダレンとシェリルの足跡も丹念に調べましたが、サンダースさんの足跡と同じく怪しげな点はなにもありませんでした。二人が履いていた靴のものと一致しましたし、どれくらいの深さまでめりこんでいるかも測ってみましたが、往路と復路でまったく違いはありませんでした。疑わしい点は皆無だと、専門の担当官が断言しています。彼は警視庁随一のスペシャリストですから、信頼していただいて大丈夫です。死体の周囲は多少足跡が乱れていましたが、充分判別できました。要するに、林からここまで三種類の足跡があったわけです。ひとつはサンダースさんのもので、これは片道だけ。あとの二つはダレンとシェリルのもので、こちらは往復の足跡です。半径百メートル以内に見つかった足跡は、これだけです」

オーウェンはもの思わしげにうなずくと、自分でももっと詳しく調べようと身をかがめた。

「確かに、怪しげなところはまったくなさそうですね」しばらくして、オーウェンはそう認めた。「これはわたしの専門分野でね。前に書いた論文をお読みいただいたのであれば、ご存知でしょうが。周囲からは、なにも見つからなかったんですね。狐の足跡さえも」

「ええ、なにも。アリスと犬の足跡はありましたが、それはずっと西に行ったところですから。ここから百メートル以上も離れていました」

「百メートル以上も離れていたのでは、遠隔殺人という可能性もなさそうだし」とオーウェンは皮肉っぽく言った。「だとすると、事故としか思えませんね。まあ、自殺という可能性もありますが」

オーウェンはそう言うと道を引き返し、三種類の足跡を眺め渡した。シェリルとダレンの足跡は、ほぼ並んでいる。ただし往路では磔刑像のところまで来ると、ダレンの足跡が像に近づいているのに対し、シェリルの足跡は十メートルほど離れたままだった。復路の足跡は、もっと西側にまっすぐ続いていた。

「担当官の判断に間違いはなかったようですね。わたしも確認してみましたが、足跡に不審な点はありません」

「つまりサンダースさんは、転んだ拍子に頭を強打したというわけか」警部は不満げに言った。「問題は彼女がとても金持ちで……弟ダレンの懐に大金が転がりこむということです。しかもダレンは、あまり評判のかんばしくない人物でしてね」

「しかしダレンは被害者の死亡時刻、ロンドンにいたんですよね？　彼も、シェリルさんも」

「二人のアリバイをまだ仔細に検討したわけじゃありませんが」とウェデキンド警部は答えた。「でもそこはきちんと調べますから」

「二人が午前七時にロンドンを発ったのだとすれば」とオーウェンは、じっと考えこみながら言った。「夜中のあいだにサンダースさんを殺すにはぎりぎりの時間ですね。ロンドンからここまで、馬車で片道二時間はかかりますから。それに雪も降っていたことだし。でも犯行時刻が午前四時なら、不可能ではない」

わたしたちはレヴン・ロッジに戻ると、薪置き場の小屋がわきについた東側から建物を迂回した。こちら側も雪に残る足跡はかなり荒されていた。オーウェンは薪にちらりと目をやり、通用口のノブをまわしたがドアはひらかなかった。建物の裏手には物置き代わりの馬小屋と、温室があった。さまざまな植物の鉢植えが、きれいに並んでいる。オーウェンはびっくりしたらしく、窓のガラス越しに鉢植えを眺め始めた。植物のことなどあとまわしです、とウェデキンド警部が声をかける。

「芸術はつねに最優先ですよ」とオーウェンは言い返した。「ところで警部、被害者の寝室はもう調べましたか？」

「もちろんですよ、バーンズさん。わたしを見くびらないで欲しいな」

「それで、手がかりになりそうなものはなにも？」

「ええ」と警部は口ひげをさすりながら言った。「血痕もなければ、怪しげなものもない……ただ、本が一冊なくなっただけで。いや、なくなったというのは大袈裟でしょう。サンダースさんが別の場所に移しただけかもしれません。事件の前日、ナイトテーブルのうえにあったのを目撃されてから、われわれが翌日の午後、寝室の捜索をするまでのあいだにね」

「消えた本か」とわが友はにっこり笑って言った。「そいつは奇妙だ。どう思うね、アキレス？」

「いや、まあ」わたしは不意打ちを喰らって、しどろもどろに答えた。「本というのは……つねに、その……こういうものじゃないのかな。《きみがなにを読んでいるのか言いたまえ。さすれば、きみがどういう人間かあててみせよう》ってね」

「いいぞ、アキレス」オーウェンはわたしの肩にぽんと手をあて、そう言った。「無駄口をたたくやつらは好かないが、きみがさっきからあんまり黙りこくっているものだから、友達づきあいはやめにしようかと思ったくらいだよ。ところでウェデキンド警部、それはどんな本なんですか？しっかりノートにメモしてありますよね……」

「ちょっと待ってくださいよ……今、思い出しますから。確か題名に、黄色という言葉が入っていたような。王女、王子……いや、王様だ。そうそう、『黄衣の王』です」

するとオーウェン・バーンズは雷に打たれたかのように凍りつき、目をまん丸にして警部を見つめた。

「『黄衣の王』ですって」と彼はゆっくりとたずね返した。「サンダースさんは恐ろしい悪夢を見て、運命的な出来事に遭遇する数時間前に、『黄衣の王』を読んでいたかもしれないと？」

「ええ、そうですな……」

「なのに、今までずっと黙っていたんですか？」

「それがなにか？」ウェデキンド警部は教師に失敗を見とがめられた生徒みたいに、へどもどした。

「言うまでもないでしょう。それは偶然のはずはありません！」

「まだよくわからないのですが……」

「サンダースさんは、運悪く転んで亡くなったんじゃない。つまりはそういうことです」

8　奇妙なまなざし

一九九一年六月二十七日

「ええ、ジュランスキーさんのことは、本人から少しは聞いているわ。断片的で、曖昧な話だけど」とクリスティーヌはうちにこもった声で言った。

彼女は半円アーチの屋根がついたテラスで、柳の枝で編んだひじ掛け椅子にゆったりとすわっていた。屋根に張った蔦が、六月末の暑い午後にも心地よい日陰を作っている。

クリスティーヌの家はわたしのところより倹《つま》しいけれど、素朴で暖かみがあるわ、と正面に腰かけたセリアは思った。隅にずらりと並んだ鉢植えのそばで、のんびり寝そべる二匹の猫が、いかにも穏やかな雰囲気を醸していた。

「ともかくあの人はフランスに身を落ち着けるまで、長年波乱万丈の人生を送ってきたらしいわね。確かなことはわからないけれど、生まれはポーランドで、ご両親はあちこち国を転々としたそうよ……お母さんはウクライナ人で、とても不幸な子供時代をすごされたのだとか。一九三〇年代の初頭に国を襲った飢饉で、家族全員を失くして……ジュランスキーさん自身は戦後、ベルリンで勉強をしたそうよ。わたしが知っているのは、そんなところね。でも直接、ご本人に確かめてみなければ……」

「そういう話は、なかなかうかがいづらいから」とセリアは、咳払いをしてから答えた。「わたしはあまり親しくありませんしね。ときどき村で顔を合わせるくらいで」

「でも旦那様さまは、家を訪れてみたんでしょ?」

「ええ、ジュランスキーさんの知識は大したものだと、感嘆してました。彼のことを教えていただいてよかったと、あなたにも感謝していました。でも……」

「でも?」とクリスティーヌは悪戯っぽく訊き返した。

「つまりその、夫は……なんて言ったらいいか……こう思っているんです。ジュランスキーさんはひとり暮らしが長すぎたせいで……」

「わかるわ。あたりは穏やかだけど、狂信的なところがあるっていうんでしょ」

「ええ、ちょっと。過去や遠方を見とおす能力について、いささか常識外れの理論をふりまわしているのではないかと、夫は言うんです」

「そうでしょうとも」とクリスティーヌは言って、嬉しそうにうなずいた。突然、まどろみから覚めた二匹の猫も、同じように目を輝かせている。屋根の骨組みにとまって、楽しげにさえずるシジュウカラを、老婦人はじっと見つめた。「おっしゃるとおりだわ。わたしも最初は、同じような印象を抱いたもの。でもそうじゃないと、彼は二度に渡ってわたしに証明してくれたの。個人的な事柄に関わる話なので、なかなか説明がしづらいのだけれど（彼女は深いため息をついた）、まあ聞いてちょうだい。何年も前のこと、わたしは子守りの仕事をしていて、小さな男の子をひとりあずかっていた。その子のことは、息子同然に思っていたわ。ところがある日、近所のプールで溺れ死んでしまったの。わたしは悲しくてしかたなかった。事故が起きたのが夜だったので、状況もはっきりわからなくて……だからジュランスキーさんに相談してみたら……」

「なにがあったのかを教えてくれたんですね」

「そうよ。男の子は好奇心から夜中に家を抜け出したのだと聞いて、わたしもあきらめがついたわ。今でも墓参りにはきちんと行っているけれど。わたしがよく家を留守にするのはご存知でしょ。あれは……」

「そうだったんですか。でも……ジュランスキーさんの言うことが正しいと、どうして確信できるんですか？」

「彼が知っているはずのない細かな点について、話してくれたからよ。男の子は小さなアヒルのぬいぐるみを、肌身離さず持っていたの。それがいっしょに、プールで見つかったってことを」

「不思議ですね」しばらく沈黙が続いたあと、セリアはそう言った。「正直言って、わたしは疑り深い性格なんですが、わたしと夫も奇妙な体験をしているんです。とても驚くべき出来事だったので、それからずっと人生の神秘について考えています」

そう切り出すと、セリアは二つに割った貝殻の話をクリスティーヌに語った。あのことがあったからこそ、セリアとアンドレの心は決まったのだと。

「すばらしいじゃない」とクリスティーヌは感嘆の声をあげた。「そんなに美しい話、聞いたことがないわ。あなたには、幸福な一生が約束されているのよ。はた目にも、よくわかるし。あなたがた夫婦のあいだには、なにか強い絆があるとずっと思っていたのよ」

「ええ、強い絆が……必ずしもつねに同じ目標を掲げているわけではないけれど」

「そのほうがいいのよ」とクリスティーヌは応じた。「調和っていうのは、相反するものをうまく混ぜ合わせることなんだから。同じ要素をただ並べてもだめなのよ。あなたがたの晴れやかなようすは、見ていて楽しいわ。本当に恵まれているわね。わかるでしょ、そんなふうに言える人なんか、めったにいないって。わたしだって、自分の運命を嘆いていないわ。苦しいこともあったけれど、実りの多い人生だった。でも、わたしが花ひらかせたかったのは……」

クリスティーヌは首に巻いたけばけばしい色合いのスカーフをこれみよがしに撫で、こう続けた。

「わたしは昔から歌うのが大好きで、歌手になるのが夢だったの。このシジュウカラよりいい声をしていたわ。でも、大人になってから受けた扁桃腺の手術がうまくいかなくて。科学的にはありえないケースらしいけれど……ともかく声の響きが変わってしまった。それにちょっとでもすきま風にあたると風邪をひくので、夢はついえたってわけ……」

「お気の毒に」とセリアは沈黙のあとに言った。「でも、それが運命だったんでしょう」

「わたしもそう思ったわ」クリスティーヌはため息をつくと、微笑みながらつけ加えた。「われらが友人のカール・ジュランスキーがここにいたら、星に書いてあるって言うところね」

「ところで、ジュランスキーさんはいつから村に住んでいるんですか？」

「かれこれ七、八年になるんじゃないかしら」

「それじゃあ、あなたとほとんど同じころにいらしたんですね？」

「そうそう、同じ年だったわ。今、思い出したけど」

「モロー博士は？」

「ああ、あの人はもっとあとよ。三年前に家を買ったの。引退する直前に。旦那様との面談はうまくいってるの？」

「ええ、順調のようです。夫は博士と定期的に会っています。このところ少し、落胆ぎみですけど。すぐにでも目的が達成できると思っていたので……でもまだ先があると、わたしは信じています。モロー博士は専門分野でも、とても有能な方のようですし」

＊

モロー博士の居間に飾られた青い磁器の象を、アンドレはまたしてもじっくり眺めた。最近では夢にまで出てくるようになった。彼が心の内を顧みるとき、この象がいつもいっしょにいた。

今では彼にとってなじみ深いシルエットが、薄暗がりのなかで青白い光を放っている。

「まだこれからですよ」とモロー博士は落ち着きはらって言った。「一発で命中するなんて、めったにありませんから。ともかくこれで、《疑わしい》二本を除外することができました。われわれは前進しています。ゆっくりとですが、確実にね」

「それで《疑わしい》第三の映画については、なにかわかりましたか？」

「いえ、今のところは。前にも申しあげたとおり、ルイス・アレンの『姿なき殺人者』は幻の映画でして。でもひとつ、これはいい知らせと言えるかもしれません。シオドマクの『らせん階段』は、あなたがお捜しの映画と雰囲気がよく似ていたとおっしゃいましたよね？」

「ええ、残念でたまりませんよ。あの映画を観ながら、期待が持てるとずっと思っていたものですから。でも、違いました。あれではありません」

「しかし奇妙な偶然なのですが、『姿なき殺人者』の原作を書いたイギリスの作家エセル・リナ・ホワイトは、『らせん階段』の原作者でもあるんです。偶然の一致にすぎないとはわかっていますが、それでも手紙でやりとりをしている友人から知らされたときは、正直ちょっと震えが走りましたよ。どうです、幸先がいいと思いませんか？　万全の態勢で始められそうじゃないですか」

こうしてアンドレはソファの端にゆったりと腰を落ち着け、遠い記憶を今一度話し始めた。いつもと同じ映像が、脳裏によみがえってくる。鉄柵の囲い、降りしきる雨、ドアノブ。大きならせん階段には、手すりの白い格子がどこまでも連なっている……そして恐れおののき、今にも叫び出しそうな女の顔……

「ちょっと待ってください」とモロー博士が、いつになくぞんざいに遮った。「どうやらその顔、怯えた女の表情が……あなたにもっとも強烈な印象を残したようですね」

「かもしれません。恐怖を表現するには、それがいちばんわかりやすいですからね」

「ひとつ質問ですが、予告編を観たとき、あなたはおひとりでしたか？　友人宅の居間で、大きな植物のわきに置いたテレビの前に、ひとりでいたのですか？　それともお友達のギーもいっしょでしたか？　思い出してください。大事なことなんです」

「ひとりではありません。ほかにも誰かいたはずです。でも、ギーではなかったような……おそらくあの女性、リタでしょう。黒い髪をして、紫色のドレスを着て、金色に輝くアクセサリーをつけて……彼女はわたしの隣で、いっしょにテレビを観ていました」

「彼女の顔、顔を思い出せますか？」

「ええ……彼女の目は……目は……まるで映画の女のようでした。大きく見ひらいた目と、それに口も……」

アンドレは長いため息をつくと、両手で顔を覆い、こうつけ加えた。

「どうしてだろう、ほんの一瞬、彼女の顔がまるで昨日のことのように、目の前によみがえって……」

「その女性があなたに強い印象を残したのは、疑問の余地がありません。あなたは彼女のことを、すでにこと細かに話しています。きっと官能的なタイプだったのでしょう。当時少年だったあなたは、それを意識するのに時間がかかったけれど。とりわけわれわれに興味があるのは、彼女もまた恐怖を感じていたという点です。彼女の恐怖が伝わってくるのを、あなたは多かれ少なかれ無意識のうちに感じ取っていたんです。それが画像そのものに加えて、映画の場面をあなたの記憶に深く刻みこんだのでしょう」

「なるほど……そうかもしれません。紫の服を着た彼女の気配が、今でもすぐかたわらに感じられるようだ……」

「それがあなたに恐怖を伝染させ……強い印象を残した。そして今、この瞬間にもあなたを震撼させているのです」

アンドレは汗ばんだ額に手をあてた。

「リタや金時計について、ほかにもあなたにお話ししたかったことがありまして。あなたのおっしゃるとおり、金時計は映画と直接結びついていなかったのかもしれません。覚えていらっしゃいますよね。ランブラン氏がときおりかっとなる性格だったことは、前にもお話ししましたが、最近になって思い出したんです。ランブラン氏と、当時まだ存命だった夫人とのあいだに起きた夫婦喧嘩のことを。ランブラン夫人は金時計を持っていたのですが、壊れて動かないとこぼしていました。お金をかけて何度も修理に出したのですが、結局うまく直りません。もうこんな時計は捨てると、夫人は友人が集まった夕食の席で言ってしまいました。それなら自分がもらい受けけれども彼女は、のちのちとても後悔しました。わたしは夕食の場面をこの目で見たわけではありませんが、ランブラン夫人も、いまさらあとに引けません。ランブラン氏が言うと、夫人は夫婦喧嘩のときにくどくどと蒸し返しました。金時計を処分してよかったとランブラン氏が言うと、夫人はとうとう泣き出しました。こんなつらい夫婦喧嘩を目の当たりにして、わたしも友達のギーも途方に暮れてしまいました。今でもよく覚えています。金時計をもらったのは誰だったのか、当時は知りませんでしたが……今になってふと思ったんです。そういえばリタは金時計をペンダント代わりに、首からかけていたと。輝く金時計やブレスレットが、紫色のドレスにとても映えていて……」

「アンドレさん、警告したはずですよ」と精神分析家はもったいぶった口調で言った。「わたしたちは怪しげな過去に関わっています……もしかするともうあなたに引き返す力が残っていないほど、遠くまで来すぎてしまったかもしれない。わたしは初めから、あなたの強迫観念の根底には映画とは別のなにかが潜んでいるような気がしてなりませんでした。あなたもそうお思いになりますよね。輪廻転生という現象を検討してみたほどです。あなたは前世の出来事を追体験しているんじゃないかってね。わたしはそうした問題について懐疑的なほうですが、ベテランの精神分析家が報告している不可思議な事例のなかには、無視することのできないものもあります。あなたがこんなにも熱心に、力をこめて記憶を喚起しているのは、もしかすると……わたしたちは単に、映画の題名を当てようとしているんじゃない。それは明らかでした。真実はもっと別なところにあるんです。あなたの研ぎ澄まされた感覚は、恐怖の臭いを嗅ぎわけました。隣にいた女の恐怖、彼女が抱いていた良心の呵責を。あなたといっしょに予告編を観たとき、彼女のなかにかつて体験した事件の恐怖がよみがえったのです。その映像は彼女にとって、重大な意味があったんです」

「つまり……リタはなにか重大な事件に関わっていたかもしれないと？」

「大いにありえます。さもなければ、大人の女性がミステリ映画の一場面を観ただけで、わけもなくそんなに怯えたりするものでしょうか？　それに翌日テレビが故障したのも、単なる偶然ではなかったと思います。何者かが隣の鉢植えに水をやるとき、わざとテレビを水浸しにしたのです。何者かというのは、リタに違いありません。映画の映像が、なにかうしろめたい出来事を彼女に思い起こさせたのです」

「殺人事件ですか……映画と同じように」

「もしかすると、そうかもしれません。これでもまだ過去の探求を続けようとお思いなら、リタの足跡《そくせき》を追ってみることです。それに弟のハインリヒの足跡も」

「わかりました。でも二人は今、いったいどこにいるんだろう？」アンドレはあごをさすりながら自問した。「数えてみると、もう二十五年ほど前のことですから、二人とも六十歳を超えているはずです。まだ生きているなら、どこかの片田舎にでも引退しているでしょう。そう簡単には見つかりそうもありません。いったいどこから手をつけたらいいのか……ランブラン家のほうも、ほとんどみんないなくなってしまったし。ギーは数年後、事故で亡くなりました。そうなると、ますますあの映画を見つけねばなりません。今や二重の動機があるのですから」

「あなたもそう思いますよね」とモロー博士は勢いこんで答えた。「映画は現実の事件に結びついているんです。たとえそれは、イメージの連想によるものだとしても。イメージというのは、ときにとても雄弁ですから。さあ、気張っていきましょう。わたしは映画探しを続けますから、あなたはリタを見つけ出してください」

9　アリスとアンドリュー

アキレス・ストックの手記（承前）

午後三時ごろ、わたしたちは第一の証人から話を聞くため、レヴン・ロッジの居間に入った。証人はソファのはしに腰かけ、すでにわたしたちを待っていた。アリス・ヨハンソンさんです、とウェデキンド警部が紹介し、生前の被害者と最後に会った方ですとつけ加えた。オーウェンはひと目でヨハンソン夫人に魅せられたようだ。確かにとても美人だった。オーウェンはちらりと彼女の手を見やった。それからわきに置いた作りかけの花瓶敷きに目を移し、再び手を見つめた。

ヨハンソン夫人は不審そうな顔をした。

「なにか気になることでも？」と彼女はたずねた。

「いえ、まったく……申しわけありません。ただあなたの手に、見とれていたんです。こんなに美しい手は、ただ美しいものを作るためにのみ存在するのだと思って。そこにある、すばらしい刺繍のようなものを。だからでしょうか、あなたを見ていると大切な女友達を思い出します……」

オーウェンは《混沌の王》事件のことを言っているのだ。それについてはすでに公にしているので、ここで詳述するにはおよばないだろう。アリス・ヨハンソンは少しためらったあと、こう答えた。

「わたしの手に関心を持っていただけるなんて、とても嬉しいわ」

にっこり笑っているところを見ると、気持ちが通じ合ったらしい。アリスはもっと別の反応をするのではないか、とわたしは一瞬疑った。オーウェンが冷たくあしらわれるのを目の当たりにしたら、さぞかし痛快だったのでは？　一度でいいから、あの高慢ちきな鼻がへし折られればいいのに。

「それにわたしという人間が、この手にあらわれていると思ってくださるのも」とアリスは皮肉っぽい口調でつけ加えた。

ウェデキンド警部はわが友が当意即妙な切り返しで大胆に攻めこむのを恐れ、先手を打った。

「バーンズさん、われわれにとってもっと重要な話をすべきなのでは？」

「芸術こそ、この世で関心に値する唯一のものですよ。そして手は、あらゆる芸術家にとってもっとも重要な道具です。画家だろうが音楽家だろうが作家だろうがね。その点をはっきりさせたうえで、あなたにおうかがいしましょう。まずはサンダースさんが見たという悪夢について、詳しくお聞かせ願えますか？」

「わかりました。とりあえず、夜寝る前にこの部屋でサンダースさんと会ったときのことから始めさせてください。あのときのサンダースさんはいつもと変わらず、とてもリラックスしていて、自信たっぷりでした。弟さんのことは気にしていましたが、ほかにはなにも。それもわたしの推測かもしれません。弟はずっとあのままだろうってサンダースさんがこぼすのを、聞いていたものですから。彼女は午後十一時ごろ寝室へむかいました。そのあとすぐ、わたしと夫のアンドリューも寝ることにしました。わたしたち夫婦の部屋は、サンダースさんと同じく二階にあります。午前二時ごろ、わたしは叫び声で目を覚まし……」

アリスはそこで言葉を切って口を結ぶと、先を続けた。

「実はその……わたし自身も夢を見ていたものですから……それが重要かどうかはわかりませんが……」

「どんなことでも重要です」とオーウェンは言った。「なにひとつ、省略しないでください」

「それならお話ししますが……わたしたちの寝室のドアノブが、ゆっくりと動くのが見えたんです。とてもゆっくりと。まるで何者かが、音をたてずに入ってこようとしているかのように……」思い出しても恐ろしいと言わんばかりに、アリスは目を大きく見ひらいた。「それでわたしはベッドから起き出し、ドアに背中をあてました。ノブはまだまわり続けています。やがてドアが押される感覚が、体に伝わってきました。わたしはもう、恐ろしくてたまりませんでした。叫びたいのに、声が出ません。どのくらいの時間、そうしていたでしょう。胸がどきどきするあまり、今にも破裂しそうなほどでした。やがてわたしはベッドに戻り、横になりました。ようやくそのとき、叫び声を聞いて目覚めたんです……」

「それじゃあ、ドアノブのことは確かに夢だったんですね?」

「ええ……その場ですぐにはわかりませんでしたけど。あなたもご存知でしょう。悪夢を見たとき、どんな感じかを。まるで本当に体験したような気がして……でもあとから考えると、ドアノブがまわるのなんて、暗闇のなかで見えるはずありません。それに実を言うと、ここ最近わたしはしょっちゅう悪夢を見るんです。あの……あの恐ろしい事故があって以来。去年の十月に起きたリーズ線の脱線事故のことは、覚えていらっしゃいますよね?」

「もちろんですとも」とオーウェンは重々しくうなずいた。「あんなに悲惨な事故は……」

「わたしはあの事故で生き残ったひとりなんです。それはもう、恐ろしい経験でした。あんなこと、二度とあって欲しくありません。ようやく立ち直ってきましたが。ええと、なんの話でしたっけ。そう、叫び声が聞こえたのは、午前二時でした」

「どうしてそんなにはっきりと言いきれるんですか?」

「わたしとアンドリューは、枕もとの時計を確かめたんです。そんな時間だから起きることないと夫は言ったけれど、わたしは心配でした。ようすを見に行ったほうがいいと言っても、夫は聞き入れません。わたしは少し腹を立て……結局自分でガウンをはおり、廊下に出てみました。するとサンダースさんが部屋から出てきて、階段のほうへむかうのが見えました。彼女は外出の服装をしていました。どうかしましたか、とわたしは声をかけました。サンダースさんは真っ赤な目をしていました。そして恐ろしい悪夢を見たので、気分転換に外の空気を吸ってくると言いました。わたしは思いとどまらせようとしました。こんな雪のなかを出かけるのは危ないから、やめたほうがいいと言って。けれどもサンダースさんは、もう降りやむところだと答えました。確かにそのようです。わたしたちは台所にいました。彼女の意思に逆らうことはできません。ただの悪夢なんだから、心配はいらないと、サンダースさんはきっぱり言いました。それでわたしは彼女をそこに残し、自分の寝室にあがりました。生きている彼女の姿を見るのはそれが最後になろうとは、もちろん思ってもみませんでした」

「どんな悪夢だったのか、サンダースさんはお話しになりましたか？」

「いいえ。わたしもたずねませんでしたし」

「なるほど。で、それから？」

「わたしはまたベッドに戻りました。ちっとも起きようとしない夫には、少し腹が立ちました。すると彼は謝るつもりなのか、ミルクを持ってきてくれました。こうしてわたしは、すぐにまた眠ってしまいました。次に起きたのは、午前八時ごろです。チャンドラはもう台所にいました。その時間、お客の世話をするのは彼の役目でした。ベンソン夫妻は夜、村の自宅に帰り、九時すぎにならないとここへ来ませんから。サンダースさんの起床時間は決まっていないので、起きてこなくても心配しませんでした。弟のダレンさんとシェリルさんが、少し前にちょうど到着したところでした。チャンドラが二人のために、朝食の支度をしました。わたしは特段、彼らと話すべきこともありません。だから九時十五分前ごろ、台所ですれ違っただけでした。そしてわたしは、犬のヘクターを散歩させに行きました。三十分ほどしてロッジに戻ると、ベンソン夫妻が到着したところでした。そこで初めて、事故について知ったのです……」

「被害者とは親しかったのですか?」オーウェンは煙草に火をつけると、そうたずねた。天井にむかって、まん丸い煙をぷかぷかと飛ばしている。

「もちろん、夫ほどではありませんけど。仲よくさせていただいていましたが、それだけです。はっきり言って、あまり陽気で気さくな性格ではありませんでしたから。とても気難しく、自分自身にも従業員たちにも厳しい方でした。その実、剛腕経営者という鎧を着こんでいただけだろうと思います。ときおり、そこにほころびも見えました……例えば、彼女は繊細な芸術的感性の持ち主でした。ただ利益を追うのではなく、自分の仕事に誇りを持ち、扱う商品の質をおろそかにしませんでした。こんなふうに率先して皆を別荘に招いたのも、チームの絆を深めようというつもりだったのでしょう。その点から言うと、必ずしも成功ではなかったと言わざるをえませんが。とりわけ、弟さんのせいで」

「ダレンさんはどういう方だと? お姉さんに似ていますか?」

アリス・ヨハンソンは体をこわばらせ、こう答えた。

「いいえ、まったく。正反対と言ってもいいでしょう……礼儀知らずですよ。正直、あの人のふるまいには困っています。でも、みんながみんな、そう思っているわけではないのでしょう。シエリルさんは、喜んでいるようですから……」

「シェリル・チャップマンさんのことですね」とオーウェンは考えこむように言った。「彼女は確か、あなたのご主人の秘書ですよね」

アリスが一瞬、険しい目をしたのを、誰もが見逃さなかった。

「そのとおりです。彼女がどういう人間か、ご参考までにつけ加えるならば、かつて夫が描いた絵のヌードモデルもしたことがあります。わたしは最近まで知らなかったんですけど」

そしてアリスは、われわれがウェデキンド警部からすでに聞いていた絵についてのエピソードを語った。

「その絵が描かれたいきさつについてもっと詳しくお知りになりたいなら、当人たちにたずねるほうがいいでしょう。わたしの口から、夫の代わりにあれこれ言うことはできません。もちろん、元モデルの代わりにお話しすることも」

オーウェンはうなずき、さらにたずねた。

「サンダースさんの話に戻りましょう。あの晩、彼女になにがあったと思いますか?」

「そうですね……わたしには特に不可解な点があるようには思えません。彼女はわたしの忠告を聞かず外の空気を吸いに出て、雪のなかを歩いていった。たぶんまだ悪夢から完全には覚めやらず、ふらついていたのでしょう。そして運悪く転んでしまい……」

「そんなにことが単純なら、わたしたちはここに来ていませんよ。あなたもお気づきでしょうが……」

「わかりますよ。でもわたしには、ほかに説明のしようが……」

「推定死亡時刻は午前四時ごろです。でも、あなたがサンダースさんを残して寝室に戻ったのは、もっと前ですよね？」

「ええ、午前二時十五分すぎごろのはずです」

「するとサンダースさんは台所に一時間以上もひとりでいたあと、外に出る決心をしたことになりますが」

アリスはわからないという身ぶりをして、こう答えた。

「もしかすると、いったん寝室に引きあげたのかもしれません。でも、そこはなんとも言えませんね。わたしも夫も、熟睡していましたから」

「だったらそれは、とりあえずわきに置いておきましょう。ご主人が描いた絵の件に戻ると……」

「もうすべてお話ししたと思いますが」アリスは体をこわばらせ、ぴしゃりと遮った。

「あなたとご主人がサンダースさんの寝室に入ったときのことを、おたずねしたいんです。今までのところ、あなたのお話に不可解な点はありません。とても参考になることばかりで、本当に感謝しています。しかし、もっと詳しくおうかがいしたいことがありまして。よく記憶を呼びさまして欲しいことが。というのも、ここからがとりわけ重要な問題だからです」

「どんなことでしょうか？」とアリスは言って、不審げに片方の眉をひそめた。

「ナイトテーブルのうえに、本がありましたよね……そのあと、行方がわからなくなってしまった本です。あなたはその本を手に取りました。そして戯曲だと言った。そうですね？」

「そのとおりです」

「どういう根拠で、戯曲だと判断されたのですか？」

「対話だけですか……台詞ばかりの本でしたから。ずっと対話が続いているんです」

「もちろん、戯曲はみんなそうでしょう。それぞれの台詞の前に、話し手の名前が示されています。どんな名前だったとおたずねになりたいなら、残念ながら覚えていません」

「古めかしい響きの名前でしたか？」

「そうかもしれませんが、なんとも言えませんね」

「何ページ分くらい、めくってみましたか？　本の最初の一、二ページ？　それとも全体にざっと目を通したとか？　まずはよく考えてください。とても大事なことですから」

アリス・ヨハンソンの顔に当惑げな表情が広がった。

「たぶん、十ページほどだったと思います。よくわかりませんが。本の最初というわけではありません。それが本当に重要なんですか？」

「あなたが思っている以上にね。本の著者名は覚えていますか？」

「いいえ。でも表紙に書かれていたかどうか……『黄衣の王』という題名だけだったような気がします」

「オーウェンさん、それがどうしたと？」とロンドン警視庁の警部が、証人に劣らず当惑したように口をはさんだ。

「本の一件を教えてくれて、よかったですよ、ウェデキンド警部。事態はわたしが予想していた以上に憂慮すべきだ。というのも消えた『黄衣の王』は、ロバート・W・チェイムバーズが十五年前に書いた実在の作品とは別物だからです。どうやらサンダースさんが読んでいたのは、チェイムバーズの作品のなかに登場する同名の戯曲らしい。そこでは戯曲の短い抜粋が、二、三挙げられているだけです。確か章の冒頭のところに。というのもチェイムバーズの作品は、二幕からなるこの戯曲をめぐって起きる事件を描いた連作短編集だからです。戯曲そのものは部分的にしか出てきませんが、第二幕まで読み進めた読者が突然正気を失うという奇怪な本なんです。この戯曲の第二幕を読むと狂気の発作に駆られ、自殺したり殺し合いをしたりするのだと、チェイムバーズは短編集のなかで語っています。サンダースさんの枕もとにあったのがチェイムバーズの短編集だったなら、別に驚くほどのことではありません。けれども彼女が、死を呼ぶ戯曲を手にしていたとしたら、これは話が違ってきます。そもそもわたしの知る限り、その戯曲は実在のものではないのですから。実際に書かれたものでも、印刷されたものでもない。けれども彼女の悪夢と、そのあとの狂気じみた行動を説明するにはぴったりだときている……」

死の沈黙が続くあいだ、アリスはわが友の口もとをじっと見つめていた。やがてオーウェンが言葉を続けた。

「そこで次のような疑問が浮かびます。サンダースさんはその本を自らの意思で読んでいたのか？　そもそも謎の本を、どこで手に入れたのか？　彼女は好奇心にかられ、危険を顧みずに本を読もうとしたのでしょうか？　あるいは別の何者かがそっとその本をナイトテーブルのうえに置き、ヴィクトリアさんが呪われた本を無意識のうちに読むようしむけたのでしょうか？」

そのあとすぐ、今度はアンドリュー・ヨハンソンが妻と入れ替わりにソファに腰かけた。ナイトテーブルのうえの本に気づいたのは彼だったので、そのときのことはよく覚えていた。わざわざめくってみなかったのは、チェイムバーズ作品を知っていたからだ。

アンドリューはチョッキからさがっている金時計の鎖を弄びながら、われわれに説明した。

「表紙に著者名があったかどうか、断言はできませんね。さして注意を払いませんでしたから。頭のなかは、ほかの問題でいっぱいで……わたしは初めから、チェイムバーズの本だと思いこんでいましたし。ミステリファンのあいだでは有名な作品です。なかに登場する呪われた戯曲を持ち出すのは、演劇の世界ではおなじみのジョークになっています。実在しない本だってことは、みんな知っていますから……」

「確かあなたは」とオーウェンはたずねた。「画才がおありなだけでなく、舞台にも立たれていたとか」

「ええ」とアンドリューは答え、昔を懐かしむような笑みを浮かべた。「あのころはまだ若くて、気力にあふれていました。才能に自信があったんです。残念ながら、期待していた成功はやって来ませんでしたが。でもヴィクトリア・サンダースと知り合ったとき、すべてが変わったんです」

アンドリューがそのときの状況を生き生きと語り終えると、オーウェンはこう言った。

「少なくとも、あなたが多才だってことは確かですね。サンダースさんの部屋に掛かっている絵を拝見しましたが、あらゆる点で瞠目すべき作品だ。シェリルさんの優美さが、見事に表現されています。それじゃあ、彼女とは昔からのお知り合いで？」

「はい……彼女はわたしが通っていた装飾芸術学院でモデルをしていました。わたしたちはすぐに親しくなり……わたしは個人的にモデルの依頼をしました。そうしてあなたがご覧になった絵が、完成したというわけです。やがて彼女とは疎遠になり、何年かがすぎました。けれども数か月前、偶然彼女と再会したんです。今日のわたしがあるのは、彼女のおかげです。だから彼女が仕事を探していると聞いて、雇ってあげられないかと考えました。さっそくヴィクトリアさんに打診し、認めてもらったというわけです」

アンドリューの説明は明快だったけれど、当惑げな表情は誰の目にも明らかだった。けれどもオーウェンは、それ以上しつこくはたずねなかった。少なくとも、直截には。

「ダレン・ベラミとシェリルさんがいっしょにいるところを見かけましたが……二人はずいぶんと仲がよさそうですね」

「シェリルは飾りけのない性格ですから」とアンドリューは答えたけれど、こめかみに青筋が立っているのが見えた。「誰に対してもも気取ったり、もったいをつけたりしないんです……あいつはそれにつけこみ、あの手この手を使って彼女の歓心を得ようとしたんでしょう。ここ数日、わたしの妻にも言い寄ってました。きっとこれまでにも、いろいろな女性相手に同じようなことをしてきたと思いますね。ダレンという男は筋金入りのヤクザもの、女たらし、札付きのジゴロです。姉のサンダースさんが言いなりになっていたら、いくらでもお金を搾り取っていたでしょう。だから、いいですか、皆さん、サンダースさんの死になにかいかがわしい点が本当にあるのなら、その元凶は彼ひとりだと思いますね」

「サンダースさんの遺書はどうなっているのかご存知ですか?」

「いいえ、正確なところは。ただわたしには、こう話していました。もしも自分に万が一のことがあったら、会社の経営をまかせられるのはわたししかいない、そう手はずを整えてあると。そうは言っても、もちろんあの厄介者の手に大金が渡ることになるのですが。あいつときたら放縦な暮らしの果て、姉のところにやって来てはお金をせびるんです。最近はサンダースさんもさすがに腹に据えかね、言いなりにはなっていませんでしたが、なぜか弟には愛着を持ち続けていたようです。まったく不思議ですよ。姉弟の絆としか言いようがありませんね」

オーウェンはもの思いにふけっているかのようにぼんやりとうなずき、こうたずねた。

「さっき奥さんから列車事故の話をうかがったのですが、あなたもいっしょにいたんですか?」

「いいえ」とアンドリューはため息まじりに答えた。「さいわいにも、と言うべきでしょうね。

さもなければ今こうして、あなたがたの質問に答えていないでしょう。ともあれ妻も、不幸中のさいわいでした。けれどもあの事故では、妻よりわたしのほうが大きな衝撃を受けました。恐ろしい知らせが届いたときはまだ、妻が無事だとわからなかったのですから」

「どんなに不安な時をおすごしになったか、お察ししますよ」

そう言うオーウェンの口調に、わたしは皮肉っぽいニュアンスを感じた。それからオーウェンはアンドリューに、事件前の夜の出来事についてたずねた。アンドリューの答えは、アリスの話を裏づけるものだった。午前二時、彼は恐ろしい叫び声で目を覚ましたが、様子を見に行く気にはなれなかった。戻ってきた妻に、どうしてミルクを持ってきてあげたのか？　それはアリスも彼も、寝る前にミルクを飲むのが習慣だったからだ。ベンソン夫人にミルクひと瓶とグラスを二つ、廊下の小テーブルに置いておくよう頼んであったので、台所まで降りていく必要はなかった。だからその時刻、つまり午前二時半ごろにサンダースさんがまだ台所にいたかどうか、アンドリューはわからなかった。そして午前九時すぎに目を覚まし、ほどなく悲報に接したのだった。

『黄衣の王』は今、どこにあるのか？　サンダースはそれをどこに片づけたのか？　思いあたる場所はないかとたずねられると、アンドリューは首を横にふった。

「でも黄色は裏切りと卑劣の色ですからね」と彼は吐きすてるように言った。「邪魔者、ろくでなしの色です。だからわたしだったら、すぐ身近なところをあたります。お捜しの《黄衣の王》は、この家にあるでしょう。仮面の裏に隠れて、すましこんでいるはずです。でも、とっくに誰も騙されちゃいませんけど」

「それでは、新たな指示があるまで屋敷を離れないよう、ほかの方々にも伝えてください。お手数をおかけしました」とウェデキンド警部は礼を言った。ヨハンソンが部屋をあとにすると、オーウェンは笑ってわたしにたずねた。

「アキレス、どう思う？　やつは怪しいか、正直に話しているか」

「そうだな……彼は今回の出来事で混乱しているのだろう。さもなければ、よほどの名役者か。きみの意見は？」

「どうやらあいつは女上司だけでなく、愛人もなくしてしまったようだな。それで頭にきているのさ。シェリル・チャップマンから話を聞けば、はっきりするだろう。だがその前に、まずはわれらが漁色家を訊問しようじゃないか……」

10　リタの家で

一九九一年七月十二日

アンドレが運転する車はレンヌを通りすぎた。あたりの景観が一変し、ますます殺風景になっていく。ケルト地方の色合いが強まり、文明の名残りといえるのは、あちこちに点在する磔刑像くらいだ。磔刑像を目にすると、アンドレはいつも不思議な気持ちになった。どうしてだかわからないが、彼が自分で知る限り宗教的な理由からではない。このあたりには磔刑像がたくさんあった。目的地へと導く標識と同じくらいに。しかも彼が見慣れている磔刑像よりずっと大きく、どっしりとしていて、不気味なくらいだ……さっきはハンドルを握ったままうとうととして、目の前に迫ってくる磔刑像をすんでのところで避けた。もう五時間も、ぶっ続けで走っている。彼は最初の休憩を取り、磔刑像をまじまじと眺めた。ざらついた灰色の表面に触ってみると、自分とこのモニュメントとのあいだになにか秘められた特別な関係があるという確信がますます強まった。でも、いったいどんな関係が？　彼は肩をすくめた。そんなふうに感じるのは、きっと疲労のせいだろう。もしかすると全能の神が、もっと慎重になるようにと彼に警告を発したのかもしれない。

ダッシュボードの時計は午後二時をさしていた。リタ・メスメルの家に着くまで、まだあと一時間ある。アンドレはどうやってこんなに素早く、彼女の居所を突きとめたのだろうか？　それはセリアのおかげだった。アンドレは妻の魅力的な顔を脳裏に浮かべながら、二週間前のことを思い返した。どうしてもリタの足跡《そくせき》を見つけねばならないと、彼はセリアに話したのだった。

初めはセリアも納得がいかないようすだった。

「でも、それがなんになるっていうの？」

「モロー博士が言うには、ぼくの探索を続けるのに必要不可欠なんだと……」

「幻の映画を見つけるために？」とセリアは皮肉っぽくたずねた。

「そうさ。だってリタが覚えているかもしれないだろ」

「冗談じゃないわ。あなたのことだって、覚えているかどうか。当時はまだ子供だったんだから」

「確かにね。でもモロー博士は、それが重要だと思っている。つまり彼はこの件を、真剣に考えているんだ。だとしたら、ありがたいことじゃないか」

「まあ、しかたないわね」とセリアは茶化すように答えた。「それならダメとは言えないわ。あとはリタさんとやらの居場所を突きとめるだけね」

「簡単には見つからないだろうけど……」

「そりゃそうよ。でも、あなた……なんだか不安そうね」

「ああ、確かに。信じてもらえるかどうかわからないけれど、こんなふうに過去を探索していると何だか妙な気分になるんだ……自分自身が、過去の事件に巻きこまれていくような……」

「あなたの精神分析家が、今そんなふうに考えているってわけ？」

「いや、彼だけでなく……」

「でも、それが精神分析家の仕事じゃないの。無意識の底から、フロイト流の怪しげな記憶を引っぱり出すことが。そして記憶は必ず見つかる。たとえ存在していなくても」

そして四日後、どこから捜索に手をつけようかまだ迷っていると、セリアが書斎に入ってきて、机のうえに紙切れを置いた。そこにはリタ・メスメルという名と、ブルターニュ地方の住所が書かれていた。アンドレは目をまん丸にして妻を見つめ、口ごもるようにたずねた。

「いったい……どうやって？」

「いちばん簡単明瞭な方法よ。私立探偵に頼んだの……もちろん、お金はかかったけれど、請求書は家計費にまわしておくわね。謎の女リタの家には電話もないし、ご近所の話によればしょっちゅう留守をしていると報告書に書いてあるわ。もし彼女で間違いないなら、会いに行く前にまずは手紙を書いたほうがいいでしょうね」

アンドレはさっそく妻のアドバイスに従った。彼は手紙のなかで、日にちはいつでも大丈夫なのでお会いしたいと申し出た。すると驚いたことに、さっそく一週間後に返事が届き、次の金曜か土曜、ぜひいらして欲しいというではないか。

午後三時をすぎたころ、アンドレは小さな田舎家の前で車をとめた。薄紫色のアジサイがこんもりと茂り、建物を半ば覆い隠している。呼び鈴の鎖を引っぱると、家の戸口に女主人が姿をあらわした。それを見て、アンドレはふと疑念にとらわれた。髪を大きなスカーフで覆い、薄いサングラスをかけているせいでよくわからないが、垢ぬけない上っ張りを着た平凡な老婦人が、本当にあのリタなのだろうか？　彼の思い出のなかにあるリタは、豊かな黒い巻き毛をなびかせる、すらりとした優美な姿だったのに。

けれども、やはり間違いなかった。彼女は愛想のいい笑みを浮かべ、あなたのことはよく覚えていると言ってアンドレをなかに招き入れた。

しばらくして二人は、荒れた庭の小さなあずま屋でむかい合っていた。丸屋根にはクレマチスや大きなマイカズラの枝がはびこっている。二人はコーヒーとおいしそうなバターサブレを前に、思い出話に興じた。

リタは暖かみのある声をしていたが、か細くて聞き取りづらかった。たぶん、煙草のせいだろう。さっきから何本も吸っているから。

健康を害したせいで、髪がだいぶ抜けてしまったの、と彼女は説明した。それでいつも頭にスカーフを巻いているのだという。あなたの豊かな黒髪のことは、今でもよく覚えていますよ、とアンドレは答えた。そして訪問の目的について、詳しく説明した。

アンドレにあれほど強烈な印象を与えた映画のことを、案の定彼女はすっかり忘れていた。そういえばラングロワ家には（モロー博士には《ランブラン》と言ってあったけれど、本当の名字は《ラングロワ》だった）、当時まだ珍しかったテレビがあったわね。でもそれが故障した話までは、覚えていろというほうが無理だわ。

彼女は最後の言葉を、とても自然な口調で言った。なんだかあまりに自然すぎて、アンドレはかえって嘘っぽく聞こえた。けれども彼はあえて口をはさまず、リタが話すがままにまかせた。

「……わたしと弟のハインリヒは、ラングロワ夫妻と何年も前からの知り合いだったの。弟はジャン＝ピエール（やはりモロー博士には《ジャン＝ポール》と言ってあったが）と一九五〇年代の初頭、ベルリンの酒場で意気投合し、ライン川をはさんだ隣人どうしの和解を祝って飲み明かしたんです。ジャン＝ピエールは当時、ストラスブールの近くに住んでいましたから。結局二人とも、ひどい二日酔いで目を覚ましたとか……そんなわけである日、弟がラングロワ家を訪ねるとき、わたしもいっしょについていった。とても感じのいい方たちだったわ。それからわたしたちは、よく行き来するようになって。ええ、あなたのことも覚えているわよ、アンドレさん。ギーの親友だったものね。あなたたちは二人して、悪戯ばっかりしていたわ。ギーの妹は、とてもおとなしかったけれど……あたりまえよね、歳は半分くらいだったんだから。とってもかわいらしい女の子だったわ。でもあなたたちは馬鹿にして、ちっともいっしょに遊んであげずに……」

「確かにそうでした。わたしたちはまだ、女の子なんか興味なかったし」

「いつごろのことだったかというと、おそらく一九六六年の……」

「間違いありませんか？」

「ええ、その前の年、ジャン＝ピエールは事故で奥さんを亡くして……」

「それはわたしも覚えています。一家にとっては厳しい試練でした。ギーはなかなか現実を受け入れることができず……」

「それはそうよね」と言ってリタは肩をすくめ、にっこりと笑った。「いったいどうしてあんなことになったのか、あなたたちには理解できなかったでしょう。わたしとハインリヒはあの事故のあと、ジャン＝ピエールの様子を見によく家を訪ねて……」

リタはか細い声をさらに潜め、遠くを見るような目をした。アンドレは顔をしかめ、こう言った。

「ええ、わたしにはわけがわかりませんでした。ラングロワさんもショックだったでしょうね。突然、二人の子供を残されて……でもあの人は、まったく顔に出しませんでした」

「ええ、表面的には……」

「あなたと弟さんが励ましに来てくれて、ラングロワさんも嬉しかったのでは」

リタは感極まったように、黙ってうなずいた。

「本当に悲惨な出来事だったわ」と彼女はつぶやくように言った。「あの事故を機に、わたしたちみんなが沈みこむようになってしまった」

「不思議だな。そういえばあのあと、あなたや弟さんに会った記憶がないんですが」

「だって……一、二年してハインリヒはアフリカへ行ってしまい、わたしも仕事の都合であそこを離れねばならなかったから。バイエルン地方に転勤になったの」

「ギーのことはご存知ですか？　彼は十四歳のとき、自動車事故で亡くなったんです。父親が運転する車に乗っていて……」

リタは大きく息を吸った。

「その話はあとから聞いたわ。なんて恐ろしいことなんでしょう。わたしが最後にジャン＝ピエールに会ったのは、七〇年代の半ばくらいだったかしら。彼はそうした出来事にくじけず、むき合い続けてきたのね。残っているのは娘さんだけ。彼女はすっかり大きくなっていたけれど……その数年後、彼は癌で亡くなったという知らせを受けたわ」

しばらく沈黙が続いたあと、アンドレは言った。

「なにもかもが、悲しいことばかりです。ギーが死んだときも、それがわたしにとってどんな意味を持つのか、よくわかっていませんでした。友達はほかにもいたし、太陽はあいかわらず輝いているし……けれどもすばらしい友情の思い出は、時とともに強まりました」

「死というのはとらえ難い、不思議なものよね。それは大人たちにとっても同じことだわ」

「そして時がたてば、記憶も薄れます……例えばラングロワ夫人の事故の状況についても、よく覚えていないんです。正確なところ、いったいなにがあったんですか？　ラングロワ夫人は溺れ死んだのですか？」

「いいえ」とリタは重々しく答えた。「彼女は古い石切り場から転落したの。夫のジャン＝ピエールや友人たちと、その近くへ散歩に出かけたときに。彼女はひとりだけ離れて、崖の際まで行ったらしいわ。突然、大きな悲鳴が聞こえ、みんな急いで駆けつけたけれど、もちろんもう手遅れだった。彼女は十五メートル下に転落したあとだったわ……本当に恐ろしいありさまだったそうよ。糸の切れた操り人形みたいに、ぐったりと横たわって……」

「奇妙な事故ですね」とアンドレはもの思わしげに言った。「大の大人が、そんなふうに足を滑らせるなんて」

「なにが言いたいのかしら？」リタは急にぶっきらぼうな口調になった。

「つまり、その……ラングロワ夫人は自ら身を投げたのかもしれません。わたしの記憶によると、彼女はいつも思い悩んでいたような……警察の捜査はなされたんですか？」

「もちろんよ。でも詳しいことは、わたしにもわかりません。だってそのころは、ドイツにいたから。確かになかなか結論は出なかったけれど、あなたは劇作家なのだからご存知でしょ。警察っていうのは、なんでも疑ってかかるものなの。けれども自殺の可能性は、すぐに退けられたわ。悲鳴が聞こえてふり返ると、ラングロワ夫人が断崖の縁に手をかけようともがいているのが見えた、間違って足を滑らせたようだと、みんなが証言しているから」

「なるほど。自ら命を断つのなら、もっとこっそりやりますよね」

「暗い話はこれくらいにしましょう」

アンドレはうなずいた。さりげなくこの話を続けるのは難しそうだ。やがて話題は家に着いたときに見た、すばらしいアジサイのことへと移った。こんなにきれいな花が咲かせられるのは、ブルターニュの土壌だけなのだとリタは説明した。

「庭は荒れ放題だから」と彼女はあたりを見まわして言った。「もっと手入れをしなくては。でも、なかなか時間がなくて」

「このままでも、充分すてきな庭だと思いますよ」

「近所の猫たちも、そう思っているみたい。わたしがここにいると、よくやってくるわ。もう少し気温がさがると、鼻づらを見せるわよ。まだ少し時間があるなら……」

「残念ながら、これから遠路はるばる帰らねばなりませんから……あなたは動物がお好きなんですね？」

「ええ」と彼女はうなずいた。「わたしに残っているのはそれだけだし」

「お察ししますよ。あなたも大切な方を亡くされたんですね……思うに、ご主人を」

「いえ」リタは首を横にふった。「結婚はしませんでした。わたしは……まあ、それはどうでもいいわ。もうすんだことだもの。過去の亡霊たちにまかせておきましょう」

「おっしゃるとおりです」とアンドレは言ったものの、リタの口調がやけに重々しいのが気にかかった。それに彼女のつやつやとした長い黒髪の記憶も、胸にわだかまっている。かつてはまわりの男たちをさぞかし悩ませただろうに、それも今は失われてしまった。

「そうそう、最後にあとひとつ」アンドレは暇《いとま》を告げかけて、そう言った。「弟さんにもお話をうかがいたいのですが。どこに行けばお会いできるかわかりますか?」

リタはまたしても沈んだ顔で首を横にふった。

「悲しいかな、ハインリヒもわたしたちのもとを去ってしまったわ。彼の亡骸は、アフリカのどこかにあるはずよ。正確な場所は、決してわからないでしょうけれど。最後の手紙がトゴーから届いたのは、今から十五年前でした……」

アンドレは帰路の途中、ホテルに一泊することにした。なぜか自分でもわからないが、リタとの話に当惑していた。相矛盾するさまざまな思いが、夜になっても脳裏に去来した。それは列をなす亡霊たちの群れか、次々にあらわれる磔刑像を思わせた。前の宿泊客が忘れていったらしい奇妙な本を、就寝前にむさぼり読んだせいもあるに違いない。

翌日の昼近く、妻と再会したときはほっとした。セリアは彼を笑顔で迎えた。リタと話した内容をかいつまんで報告すると、セリアはもの思わしげにこう言った。

「妙だわね。弟がアフリカで行方不明になったなんて。そう思わない?」

「ああ。でも妙なのはそれだけじゃない。ぼくが理解できないのは、あんな美人が結婚しなかったってことだ」

「あら。だからって、彼女がずっと修道女みたいな生活を送ってきたとは限らないでしょ? あなたときたら、ちょっと頭が古いんじゃない?」

「そうかもしれないけど。昔の話だからな。今どきの連中とは違うさ。ぼくの印象では、男っけのない暮らしをしているようだった。少なくとも、ここしばらくはずっと」

セリアは夫に近寄り、悩まし気に見あげてささやいた。

「お望みなら、髪を黒く染めてもいいわよ」

「馬鹿なこと言うなよ」

「わたしのことを話さなかったんでしょ、麗しのリタに?」

「話すわけないじゃないか」アンドレはそう言ってから、真面目くさってつけ加えた。「そんなこと言ったら、彼女、嫉妬に狂っただろうな」

「まあ、おじょうずね……」

「それはそうと、きみのほうは、なにかニュースは?」

「あるわよ。ほらあそこ、テーブルのうえに、封筒があるでしょ。なかに新聞記事のコピーが入っているわ。わたしだって、昨日はひと仕事したのよ。ただぼんやりと、あなたを待っていたわけじゃないわ。でも、今はまだあけないでちょうだい」

「ずいぶん、思わせぶりだな」

「モロー博士が昨晩やって来て……」

アンドレはしばらく茫然としていたが、やがて口ごもるように言った。

「まさか……」

「そう、新たなビデオテープよ。博士はわたしに手渡して、こう言ったわ。『姿なき殺人者』を観ることができますよって……」

11　ダレン

アキレス・ストックの手記（承前）

「……ぼくと姉の子供時代は、幸福なものではありませんでした。それだけは確かですね」とダレン・ベラミは虚ろな笑みを浮かべて言った。「ぼくたちはいわゆる二卵性双生児というやつですが、母親は知りません。産褥で死んでしまったんです。一八七六年四月二十四日、ショーディッチ地区の暗い裏通りでね。ぼくたちはとても貧しい家庭に、もらわれていきました。そのころのことは、もうよく覚えていません。垢だらけの体をして、いつもお腹をすかせ、養父母は酒浸りでいつも言い争いをしていたことのほかは。まともに養う気なんてなかったんです。結局数年後、今度は別々の家にもらわれていきましたが、そこも似たりよったりでした。けれどもヴィクトリアのほうは、もう少し恵まれていました。いちおう、教育らしい教育を受けさせてもらえたんですから。そりゃまあ、姉はぼくよりずっと勉強家ですけどね。そんなわけでこの時期、ぼくたちはしばらく音信不通になっていました。十七、八歳で再会し、二人の境遇がずいぶん変わってしまったとわかって、姉はぼくの面倒をみよう、ぼくに真面目な暮らしをさせようとしました。《将来のことを考えなさい》としょっちゅう言っていたけれど、大した成果はなかったってことですね。姉自身は、いつも将来のことを考えていたんでしょう。まだ若くて少しは魅力があるうちに、倍は歳の違う雇い主のサンダースじいさんとうまく結婚にこぎつけたんですから。サンダースはくたばるとき、姉に財産をすべて遺していきました。サンダースの遺産は馬鹿にならない額でした。その金を弟に分け与えようという殊勝な心掛けが、はたして姉にあったでしょうか？　とんでもない。姉はあいかわらず説教をするばかりで、受け継いだ会社で仕事ひとつさせてくれませんでした。ぼくのことを、信頼していなかったんです。いったいどうしてなのか。ぼくはまだ若造で、女心は複雑だってことも知らなかったんです……」

「まさしく」とオーウェンはうなずいた。「大いなる謎ですね。そしてあなたは、誰にでもチャンスは平等にあるという神話の生きた証というわけだ。世の中には金持ちもいれば貧乏人もいる、有能な者もいれば無能な者もいる。人生の骰《さい》には初めから仕掛けがされているけれど……」

オーウェンは大真面目な口調でそう言った。取りようによって失礼な言葉だが、ダレン・ベラミは愉快そうな、皮肉っぽい笑みを絶やさなかった。けれどもついさっきウェデキンド警部が受け取った電報を読んだならば、ダレンだってそんなに悠然とかまえていられなかっただろう。それは彼が居間に入ってくる直前、ロンドン警視庁から届いた電報だった。警部は上着のポケットにさっと電報をしまい、ただにやにやとしている。わたしは訊問が始まる前、オーウェンが悪魔じみたベラミを相手に舌鋒鋭く攻めこむものと思っていたのに、まったくそんなことはなかった。オーウェンは慎重にかまえ、節度を保ち続けていた。ダレンは悪評ふんぷんの男だが、人あたりがよくてときおり知的なところも見せる。そんな彼の魅力に屈しているようにさえ思えた。

「それから？」とわが友は続けた。「そんなつらい運命の仕打ちを、あなたはどうやって跳ねのけたんですか？　決してやられっぱなしではなかったようですが」

「その場しのぎで生きてきましたよ」とダレンは言って、長く伸ばした黒髪をなでつけた。「いろんな職を転々としながらね。カフェのウェイター、バーのピアニスト、百科事典のセールスマン。全部挙げたらきりがありませんが……」

「ピアニストなんて」とオーウェンはたずね返した。「一朝一夕になれるものではないでしょう？」

「まだ若くて理想に燃えていたころ、才能豊かな女性ピアニストとつき合っていたんです。彼女はぼくを一人前のピアニストにしようとしました。その点では、姉よりも教育者として成功したってことですね。まあ、彼女の場合、姉とは別の説得手段も持ち合わせていたわけですが……」

ダレンは昔を懐かしむような笑みを浮かべてうなじをさすり、言葉を続けた。

「そんなわけでぼくは、けっこう真面目に練習しました。ときにはチャンスもめぐってきたってわけだ……競馬にも精通しているし、トランプもうまい。少しはもうけることもありました……」

「あなたの誕生を見守った妖精たちに、まったく見捨てられたわけではなかったんですね」オーウェンは冗談交じりに言った。「あなたはゲームの切り札をいくつか持っていらっしゃる……」

「そうかもしれませんね」ダレンは煙草に火をつけてうなずいた。

「ともかく」とウェデキンド警部が口をはさんだ。「ことここに至り、運がめぐってきたようですね。金銭面での話ですけれど。お姉様は遺言書のなかで、あなたのことも忘れてはいないでしょうから」

「禍福は糾《あざな》える縄のごとしって言いますからね。でも皮算用は慎まなければ」

「おや」と警部は驚いたように言った。「遺言書の内容はご存知ないんですか？」

「ええ、正確なところは。おまえには遺産をやらないと、姉にはしょっちゅう脅されていましたから、期待はしないようにしているんです」

「いずれにせよ、そこのところは早急にはっきりさせましょう」とウェデキンド警部は言った。「ご自分について、ほかに話しておくべきことはありませんか？　重要な出来事、恐ろしい事件、悲惨な失敗。どんなことでもかまいません」

「いいえ」とダレンは考えながら答えた。「結局、なにごとも運命です。細かな話を始めたら、明日になっても終わりませんよ……」

オーウェンは訊問相手の手を見つめ、いきなりこう言った。

「手首に傷跡がありますね」

ダレンはよく見えるように腕を差し出した。

「ご覧のとおりの古傷です。もしかして、それをおたずねなら……」

「激昂した恋人と殴り合った名残りとか？」

「それはあなたに関係ありません」ダレンはむっとしたように遮った。「でも言っておきますが、必要とあらばこの拳を使うことはできますからね」

「しっかり覚えておきますよ」と警部も同じ口調で言い返した。「それはさておき、あなたのアリバイについてうかがいましょうか」

「ぼくのアリバイですって？　いったいなんの話ですか、警部さん？　ぼくの知る限り、姉の死は殺人事件なんかじゃないはずですが」

「まさにそこなんですよ、わたしが言いたいのは。お姉様が亡くなった状況には、不審な点があります。残された財産の額だけ考えても、疑念を抱くには充分です。悲劇が起きた時刻、あなたはどこでなにをしていたのか、できるだけ詳しく話されたほうがご自身のためですよ。あなたは前の晩、汽車でロンドンにむかいました。仕事の用事があるという理由でね。けれどもその実、少しばかり羽目をはずしに出かけただけでした。つまり、お友達とどんちゃん騒ぎをしただけで……」

「トランプをしていたんです」とダレンは訂正した。「話は正確にお願いします。いっしょにいた友人たちのリストも、お渡ししたじゃありませんか。社会的な身分も、決して低くない人々です」

「ただ問題は」と警部は続けた。「会がおひらきになった午前一時から、ホテルを出るあなたをフロント係が確認した午前六時ごろまで、五時間の空白があるってことなんです」

「もちろん馬車を飛ばせば、その間に雪のなかをここまで往復することはできるでしょうよ。でもいったいどんな方法で、姉を殺したっていうんです？　空飛ぶ絨毯にのっていったとでも？」

「五時間あれば、大急ぎで片づけることは不可能ではありません」

「だったらどうやって姉は殺されたんですか？　しっかり確認しましたよ。雪のうえに残っていたのは、本人の足跡だけだったと」

「まさしく。あなたがそれを確認したってことも、引っかかるんです。偶然にしてはできすぎている。汽車で知り合ったばかりのシェリルさんと散歩に出かけ、お姉様の死体に出くわしたとは！」

「それについては、何度も説明したじゃないですか。ぼくとシェリルさんは、新鮮な空気を吸いたくなったんです。日ごろ息苦しいロンドンに暮らしている二人がそんな気になったからって、なんの不思議もないはずだ」

「そして死体を見つけたと？」

「ぼくたちは磔刑像の道をたどっていっただけです。あの一帯に通っているのは、あの道だけですから。だから姉もそこを通ったのでしょう。死体を見つけた人間を頭から疑ってかかるのが、そもそも警察のやり方なんですか？　だとしたら、誰も警察に通報なんかしなくなる。あなたがたは、いちから自力でやらねば」

ウェデキンド警部はなにやらぶつぶつと言い返していたが、やがてこう続けた。

「手もとに斧がなくたって、人殺しはできるんです。もっと巧妙な方法が、ほかにいくらでもありますからね……」

「例えば？」

「ナイトテーブルのうえに、危険な暗示に満ちた本を置いておくとか……」

「黄色い表紙の本ですか？　あの『黄衣の王』のような？　警部さん、そんなたわ言をまさか本気で信じているわけじゃないでしょうね。読んだ人間が錯乱して、自殺してしまう本なんてありはしませんよ」

「とはいえ、そういう題名の本がサンダースさんのナイトテーブルにのっていたこと、それが翌日消えていたことは事実です……でも、どうしてご存知なんですか？」

「あなたの部下が屋敷中を捜しまわっていましたからね。ぼくたちにも、あれこれたずねて」

「あの本の恐ろしい力の話をしているんです。チェイムバーズの短編集は読んだことがあるんですか？」

「いえ。でもアンドリューさんから話を聞きました。彼は文学通ですから」

「あなたは違うと？」とオーウェンがたずねる。

「さほど詳しくありません。ミステリ小説しか読まないんです。ほかはみんな退屈で。でも、あんまり知的な読書とは言えませんね」

「とんでもない。趣味人たるもの、ミステリを読まなくては」

「これはどうも、バーンズさん。弁護役を買っていただきまして」ダレンは感謝の笑みを浮かべて答えた。

「これからうかがう話でも、弁護役が必要になりそうですがね」とウェデキンド警部が嫌味たらしく口をはさんだ。「というのは、先ほどロンドン警視庁からミラー殺しの件で電報が届いたんです。思いあたることがおありなのでは?」

そのひと言は、効果てきめんだった。ダレン・ベラミの顔からさっと笑みが消え、歪んだ表情が取って代わった。口を結んだまま長い沈黙を続けたあと、彼はこう答えた。

「どうせこんなことになるだろうと、思っていましたよ。あなたがたがお仕事熱心なのは認めますが……」

「これがロンドン警視庁の習わしってわけじゃありません。われわれのなかには記憶力のいい人間がいて、例えば容疑者の名前を聞くと、関連する過去の事件をさっと思い出すんです。今のところわたしにわかっているのは、今から十年前、ジェイン・ミラーという名の五十代の未亡人が何者かによって殺され、あなたと同姓同名の若い男が財産を相続したということだけですが。彼に疑いがかけられたものの、結局無罪放免となりました。アリバイがあったからです……その男とは、あなたなんじゃないですか?」

「昔の話ですよ」とダレンはため息まじりに言った。

「十年前です。正確に言えば……」

「ジェインと知り合ったとき、ぼくは無一文でした。彼女はぼくにとって、さっきお話しした幸運のひとつだったんです」

「あなたは二十五歳にして、倍も年上の未亡人と熱烈な恋に落ちたってわけですか」

「いえ、いえ、そういうわけではありません。最初はただの友人でした。ぼくは骨董屋で働いていて、彼女が注文した食器棚を届けに行ったんです。ぼくたちはすぐに打ち解け、それぞれが抱えている問題を話し合いました。彼女は夫を亡くして以来、孤独感に苛まれていました。なんというか……二人は互いに励まし合ったんです。そして頻繁に会うようになりました」

「なるほど」と警部は猫なで声で言った。「悩める魂を助けるほど高貴なことはありませんからね。そして会うごとにお二人の絆は強まり、ついに彼女はあなたを包括受遺者にしようと決意したんですね。ところがなんとも運の悪いことに、彼女は正体不明の男に殺されてしまったと！」

ダレンは警部の嫌味を聞き流して話を続けた。

「そう……あれは薄暗い真夜中の裏通り、降りしきる雨のなかの出来事でした。警察の調べによると、ジェインは逃げた犬を追いかけて外に出たようです。それに捜査の結果、ぼくには犯行時刻、確固たるアリバイがあると結論づけられたんですよ」ダレンは挑みかかるように、まっすぐ警部の目を見つめた。「ぼくは大きなレストランで、パーティーの真っ最中だったんです。少なくとも二十人もの人たちが、ぼくがその場にいたと証言してくれました」

「その事件についても、いずれまたうかがうことになるでしょう、ベラミさん」と警部は言った。「ともかくあなたのアリバイは、こと細かに調べさせてもらいますよ。今回のものも、昔のものもね」

ダレンは警部の言葉を無視し、謎めいた目でわたしたち三人を順番に睨みつけた。それから、重々しい口調でこう言った。

「あなた方はぼくのことをどう思っているのか、それはよくわかってます。そりゃまあ聖人君主の暮らしぶりじゃなかったことは、自分でも認めますがね。でも、あなた方に見てもらいたいものがある」ダレンはビロードの上着の内ポケットに手を入れた。「ジェインの遺産をもらったおかげで、窮地を救われました。まあ、ささやかなものでしたけれど。その際、証拠品だった私物も、あとからぼくの手もとに帰ってきました。ジェインは襲われる直前、家の前で懐中時計を落としてしまったんです。彼女は時計を拾う暇がありませんでした。必死に手を伸ばしたのが、命取りになってしまったんです。目撃者がいたおかげでわかったことですが、ともあれ、これがそのときの時計です」

ダレンは上着の内ポケットから金の懐中時計を取り出し、目の前のローテーブルにこれ見よがしに置いた。

「哀れなジェインの目が永遠に閉じられる前、最後に見つめた品というわけです。生と死をつなぐ、最後の絆だと言ってもいいでしょう。この時計を手にすると、優しいジェインの存在を感じられるような気がする。だからこうして、肌身離さず持っているんです」

12　姿なき殺人者

一九九一年七月十三日

アンドレは映画を観やすいよう、よろい戸を閉めて居間を薄暗くした。ちょうど十二時半だったけれど、昼食をとろうなんて少しも思わなかった。手もとにはコーヒーの作り置きと煙草が置いてある。執筆に専念するときは、それが欠かせないエネルギー源だった。彼は大きく深呼吸すると、ビデオデッキのスタートボタンを押し、ひじ掛け椅子にゆったりと腰かけ映画が始まるのを待った。テレビの画面が白く光り、やがて音楽が始まった。あまり面白みのない、仰々しいだけのありふれた音楽だった。クレジットタイトルの背景に、二人の子供と手をつないだ若い女と、地面に伸びた彼らの影が映っている……今のところは、あまり期待が持てそうもないな。彼は胸が締めつけられるような思いがした。英語で映画のタイトルがあらわれる。『ジ・アンシーン』(字幕はフランス語で『姿なき殺人者《ランヴィジブル・ムルトリエ》』とあった)。そのあと監督名(ルイス・アレン)、主演の俳優名(ジョエル・マックリーとゲイル・ラッセル)、ほかにもあまり知らない役者の名前が続く……

ありがたいことに、コピーにしては画質がよかった。そしていよいよ、物語が始まった。不安感を高める音楽が鳴り響き、どしゃぶりの雨に濡れる通りと夜の闇が映し出される。そこに老女があらわれて数歩歩き、明かりが灯った家を見て不安げに立ちどまった。

アンドレは思わずぞくっとした……目の前の映像が、記憶のなかの映像とぴったり重なり合った。感動が胸にこみあげ、現実のこととはにわかに信じられなかった……彼はひじ掛け椅子のうえで、ぶるっと体を震わせた。期待が高まるあまり、幻を見ているのではと思うほどだった……降りしきる雨のなか、黒い鉄柵の前に立つ女の姿が、ローアングルで映される。女は身をかがめ、なにか落としたものを拾おうとしている……そこで画面は、クローズアップに切り替わった。雨に濡れた歩道に、金時計が光った……

アンドレは唾を飲みこんだ。目に涙があふれた。始まってほんの一分足らずだが、あんなにも心を悩ませた映画をとうとう見つけたのだと確信していた。不気味な状況であらわれた金時計。それだけでも、最後の疑念を払拭するに充分だった。やがて怪しい人影が、老女のあとを追い始める。そして老女は、暴漢に襲われ倒れこむ。何年ものあいだ脳裏にこびりついて離れなかった、恐怖に歪むあの顔だ。窓ガラスに顔を押しつけ、この出来事を眺めている少年のショットも、確かに見覚えがある。話の続きはありふれたものだった。妻を亡くした男が、子供たちの家庭教師に雇った美しい若い女と、徐々に恋に落ちるというストーリーだ。胸苦しいほどの思いで待ちかまえていたドアノブの場面が、ついに始まった。記憶にあったとおり、とても短い場面だった。

ゆっくりとまわるドアノブ。それを恐ろしげに見つめる若い女の目。女はドアに背中を押しあてる。美しい顔に玉の汗がにじみ、再び真鍮の錠が映る。あたりをうろつく凶悪な殺人者が、執拗に侵入しようとしているかのように。若い女の生死を分かつのは、ドアの板一枚。ギリシャ風の山形模様で飾られた新古典様式の戸枠にも見覚えがある。ミステリファンの目からすると、犯人の正体はさして意外ではなかったが、その点も記憶どおりだ。屋敷の白い大きな階段で繰り広げられるラストシーンに至って、疑う余地はまったくなくなった。いや、その前から、間違いなくこの映画だと確信していたのだけれど。

アンドレは激しい感情の昂ぶりで麻痺したかのように、ひじ掛け椅子のうえでしばらくぐったりしていた。二十年来の夢が、ついに実現したのだ。それがどんなにすごいことなのか、いくら巧みに語ったところで友人たちにはわかってもらえないだろう。粘り強い探索によって、ありえないことが起きた。それにはモロー博士のおかげもある。彼が過去になにをしていようが、このことだけはずっと感謝しなければ。セリアが居間に入ってきた。映画の音がやんだのに気づいたのだろう。彼女はにっこり笑ってたずねた。

「どう？　あたりだった？」

「ああ、間違いない。おかしければ笑ってくれ。でも、まだショックが冷めやらないんだ。スコッチを持ってきてくれるかい」

「実は、そうだと思っていたの」とセリアは悪戯っぽく言った。

「なんだって？　先にビデオを観たのか？」

「そんなことしないわ。封筒を覗いてみて。そうすればわかるから。いや、動かないで。まだ脚がふらついてるみたいだから。ウィスキーといっしょに、封筒も持ってきてあげるわ」

妻が戻ってくると、アンドレはウィスキーを飲み干し、四つにたたまれた紙きれを封筒から取り出した。それはビデオを観る前にセリアが言っていたとおり、新聞記事のコピーだった。一九六六年九月二十三日のテレビ番組欄。フランス2で午後八時三十五分から、ルイス・アレン監督の『姿なき殺人者』が放映されることになっている。

「あなたが自分の目で確かめる楽しみを損なわせたくなかったから」とセリアは言った。「それに記憶の複雑で微妙なメカニズムに、影響を与えないほうがいいと思って。すでにわかっている条件や、残りの候補はこれ一作だということを考えあわせれば、古新聞のなかから見つけ出すのは難しいことじゃなかったわ。《一九六六年の秋》。あなたの記憶どおり。そのとき、ちょうど十歳だったわけだから。それでわたしも確信したの……」

「大活躍じゃないか。いくら感謝してもしきれないくらいだ」

「あら、感謝のしかたなら、よくわかっているはずよ」

セリアは夫の膝にのり、腕を首にまわしてじっと目を見つめた。

「あなたは夢を実現させたけれど……わたしはまだ、わたしの夢を果たしていないわ……」

「もちろん、全面的に協力するさ」

「しらばっくれないで。わたしがなにを言いたいのか、よくわかってるでしょ」

「もちろんさ」とアンドレはため息まじりに答えた。「でもはっきり言って、ことはそんなに単純じゃない……」

セリアは身がまえた。

「どういうこと？」

「モロー博士が言うことにも、一理あるじゃないかと思うんだ。幻の映画に対するぼくの執着は度を越えている……今、実物を観ても、体じゅうの神経がざわつくのを感じたくらいだ。なんだか……まるで……ぼくの奥底に別のなにかが潜んでいるみたいに……」

「だったら、新たなカウンセリングが必要ね」

「もちろん、お礼も言わなくちゃならないし。博士にはとても世話になった。それはきみも認めるだろ」

「もちろん、あなたにとっては恩人だけど、わたしの気持ちはもうちょっと複雑だから……」

「正直言って、博士とまた会って話をするのは不安なんだ」

「あなた、しっかりしてちょうだい。今さら、尻ごみしないで」

「わかってるさ。でも、このところなんだかおかしな気分がして……例えば昨日もブルターニュの街道を車で走っているとき、磔刑像を見かけただけで胸がざわつき……きみが言っていた蜘蛛の巣に例えるなら、まるでその真ん中にとらわれてしまったみたいなんだ。端のほうからは、毛むくじゃらの脚をした怪物が、こちらを虎視眈々と狙っていて……」

「その蜘蛛には顔があるの？」

「いや……象徴みたいなものさ。人知れず命の糸を紡ぐ運命の象徴……」

「このところ、やたらにいろんなものが象徴に見えるらしいわね」

「意識しすぎなんだろうな。だけどこの世界は、今でもジャングルみたいなものなんだ。そこでは食うか食われるかの戦いが続いていて……」

「だったらあなたも、蜘蛛の糸を紡ぐのはやめなくてはね、劇作家さん。職業病が高じて、火の粉がわが身に降りかかってきてるわよ」

「鏡の前で日がな糸を紡いでるのは、きみのほうじゃないか。布切れをせっせと寄せ集め、魅力的に着飾ってる。男たちを陥れる罠を、新たなモードで仕上げているんだろ？　きみはモデルをすべきだって、思うこともあるくらいさ」

「あら、どうして？」

「鏡の前で体をくねらせているしぐさを見ると……」

妻は顔を赤らめるだろうか、それともぷっと吹き出すか、アンドレは一瞬予想がつかなかった。

「まあ、いいわ。これでおあいこね」セリアはそう言っただけだった。「わたしたちは二人とも、日がな蜘蛛の糸を紡いでるってこと。でもこれからは、同じひとつの目的にむけて力を合わせなくては」

セリアはそう言うと、立ちあがって居間から出ていった。そしてほどなく、薄紫色の古い手帳を持って戻ってきた。彼女は手帳をぺらぺらめくり、目あてのページを見つけると、夫の前に置いた。

そこに書かれている文なら、アンドレもそらで覚えている。彼は黙ってうなずいた。

しばらく沈黙が続いたあと、セリアは言った。

「そろそろ食事にしましょう。お腹がぐうぐう鳴ってるわ。さあ、一日中ひじ掛け椅子にすわってるつもり？」

そして彼女は夫の頬に、やさしくキスをした。

それでもアンドレは、まだ気持ちが落ち着かなかった。聖書の光景が、突然頭に浮かんだ。ソドムの町を逃れたロトの妻が、うしろをふり返るなという戒めを破って塩の柱にされた光景が。

うしろを見てはいけない。いくら過去をほじくり返しても、ろくな結果にならないだろう……

13　チャンドラとシェリル

アキレス・ストックの手記（承前）

チャンドラ・ガネッシュは端正な顔立ちの、威厳に満ちた男だった。歳はいくつくらいだろう？立居ふるまいに年よりじみたところはないが、くすんだ色の顔からは、そこいらの若者とはひと味違う深い英知がにじみ出ている。裏地を張った絹の服は鮮やかな紫色で、褐色の顔色や黒いひげ、二つのサファイアのようにきらきらと輝く目と似合っていた。生まれはインドのジョードプルで、染色を生業とするチーパ一族の一員だった。パスポートによれば一八六〇年生となっているので、五十の坂を越えたところだが、本当の生年月日は自分でもわからないというのが本人の弁だった。ヴィクトリア・サンダースが彼と知り合ったのは、インドへ旅行に出かけたときだった。チャンドラが染色の手さばきを披露するのを見て、ヴィクトリアはとても感銘を受けた。二人はたちまち肝胆相照《かんたんあいて》らし、ヴィクトリアは帰り際、いっしょに来ないかと誘ったのだった。

「それであなたはためらわず、彼女についてイギリスへやって来たんですか？」とバーンズは愛想のいい笑みを浮かべてたずねた。

「そういうことです。彼女はわたしに全幅の信頼を置いてくれました。わたしも彼女を心から信頼していました」

「でもヴィクトリアさんのお世話係に専心するため、もともとのお仕事を続けるのは、多少なりともあきらめざるを得なかったんですよね」

「ええ、文字どおり多少ですけど。だって過去は消し去れませんから。ヴィクトリアさんはわたしを、世話係として扱いませんでした。あなたがたが西欧で、この言葉に与えているような意味ではね」

「染色家というのは」とオーウェンは、夢見るような表情で言った。「なんとも優美で高貴な仕事です。わたしたちの国では、むしろ稀な職業だ。インディゴとアカネ染料を絶妙な配合で混ぜ合わせるんです。ああ、実に楽しそうだ。いや、あなたにおもねっているわけじゃありません。ここにいるアキレス・ストック君に訊いてみればわかります。美は形と色にあるというのが、わたしの持論だってことがね」

「外見の美しさについてなら、確かにそう言えるでしょう」チャンドラはうなずいた。「でも、あえて言わせていただくなら、もっと別な形の美もあるんですよ、バーンズさん」

「なるほど。先ほど温室に変わった鉢植えがあるのを見かけましたが、あれはあなたが手入れをされているんですよね。種類まではわからなかったので推測でおたずねしますが、こんな気候でも育つなんて珍しいのでは？」

インド人の厳かな顔に、微かな笑みが浮かんだ。

「さすがにお目が高い。でも、驚くにはあたりませんね。あなたの評判はよく存じておりますから、バーンズさん。あなたは正義の味方だとか。その才能にどんな秘密が隠されているのか、わたしにはわかりません。ですからわたしのささやかな秘密も、そっとしておいて欲しいですね」

「もちろんですよ」とオーウェンはすぐさま答えた。表情はにこやかだが、チャンドラの巧みな切り返しにいささか面食らっているようだ。「誰しも自分の得意技がありますからね。そうは言っても、サンダース夫人の死をめぐる謎を解明するには、まだわたしの力およばずというところでして。いったいなにがあったのか、あなたなりのお考えがあるのでは？　自殺の可能性は低いと思っていらっしゃるんじゃないですか？　彼女はそんな人間じゃないと。そうですよね」

チャンドラ・ガネッシュは遠い目をした。

「おっしゃるとおりです。自ら命を断つなんて、わたしの兄弟たちにはめったにないことです。わたしたちは生命を、とても尊重していますから。そしてわたしはサンダースさんのことを、ずっと妹のように思っていました。彼女は運命に導かれて行ったのです。申しあげられるのは、それだけです。なにがあったのか、どうしてそんなことになったのか、知っているのは運命だけ。星々はこの悲劇を、じっと注意深く見つめてきました。星こそが証人なんです。そしていつか、真実を明かしてくれるでしょう。わたしたちにか、あるいは別の誰かに」

話のなりゆきがおかしくなってきたと思ったのか、ウェデキンド警部がそこで口をはさみ、型どおりの質問をした。チャンドラの答えは正確だったものの、ほかの証言に新たな光をあてるにはいたらなかった。各々の証言に、矛盾点はなにもない。悲劇が起きた時刻、チャンドラはすやすやと眠っていた。前の日、ヴィクトリアのナイトテーブルに黄色い表紙の本が置いてあるのは気づいていた。そんな本、前には一度も見かけたことがないという。チャンドラは小説や戯曲について、あまり詳しくなかった。被害者の弟についてどう思うかとたずねられると、判事役は自分の任でないと答えた。それでも彼は、こうつけ加えた。ダレンがしばしば無作法なふるまいをする裏には、内心の不安が隠されているのだろう。弟のことは大目に見てやって欲しいとヴィクトリアから言われていたので、話はこれくらいに留めておくと。

お手数をおかけしましたというウェデキンド警部の言葉に、チャンドラは立ちあがって深々とお辞儀をした。オーウェンは自信たっぷりなようすで、彼にこう言った。

「真実の光が、いつかすべてを照らし出しますよ、チャンドラさん。ご心配にはおよびません」

「真実の光は、すでに輝いていています。わたしにはそれが見えました」

背の高い紫の人影がドアのむこうに消えるなり、わたしは勢いこんでたずねた。

「あれはいったいどういう意味なんだろう?」

「それはぼくのほうが訊きたいさ、アキレス」とオーウェンはわたしに劣らず当惑したように答えた。「ぼくのほうがね」

「まあまあ」とウェデキンド警部がさとすように言った。「彼の予言者然とした話に騙されちゃいけません。あの手の連中はよく知っているんです。もう何年も前から、相手にしているんですよ。見かけは偉そうですが、中身はすかすかの空っぽです。さあ、最後の証人にかかるとしましょう。姿を拝むだけでも、気力が盛り返すこと請け合いだ」

少なくとも最後の一点に関する限り、警部の見立てに間違いはなかった。魅力たっぷりのシェリル・チャップマンが居間に入ってくるなり、たちまちオーウェンは精彩を取り戻した。彼は訊問のイニシアチブを取り、終始一貫警部に口はさむ余地を与えなかった。会話の内容は、およそ警察の訊問とは言えそうもないことばかりだった。とりわけモデル時代の活動についての質問が他を圧倒していたけど、シェリル嬢は嫌な顔ひとつ見せなかった。

「ひとが思うほど楽な仕事じゃないんですよ、バーンズさん」と彼女は言って、レース飾りがついたピンクのボレロの裾をなおした。「忍耐強さと、非の打ちどころがない体形が求められるんですから」

「そうですよね。でも明らかにあなたは、その仕事にうってつけの素質をお持ちだ」

「前にも誰かにそう言われたけど、本気にしてもいいかしら」能ある鷹は爪を隠すとばかりに、シェリルは慎み深く答えた。「それには訓練と節制も必要なんですよ。誘惑に負けず、欲望と闘わねばならないのですから」

「わたしだって、負けずにいろいろがんばってますよ。誘惑には勝てませんけどね。でも、《訓練》

というのはどういうことなんですか?」

「柔軟体操をしたり、鏡の前でポーズを取る練習をしたり……」

「そうした訓練は、今でも続けているようですね」

「ええ、もちろん。わが社のデザイナーのアトリエで、モデルを務めることもありますから。でも上司のアンドリューさんは、それが気に入らないんです。秘書という立場にふさわしくないからって。ここ数年、すっかり古臭くなって、まるで人が変わったみたいだわ。でもまあ、明日のことはわかりませんから。今回の出来事が、そのいい証拠ですよね。わたしだってサンダース社で、どうなることやら」

「うかがったところによると、あなたとヨハンソンさんは以前からのお知り合いで、そのぶん関係も良好だったとか」

「そうですよ。彼の信頼を損なわないように、全力を尽くしていますから。仕事の面での話ですけれど」

「だったら、それ以外の面では?」とオーウェンは、わざと機械的にたずねた。

「それが……」とシェリルは口ごもった。「ちょっと込み入ってて。以前はいい関係だったけれど、今はもう違います。奥さんがわたしに偏見を持っているんです。それに彼自身も、やけに頭が固くなってしまいました。わたしがダレンと仲よくしているのも気に入らないようで……」

「ダレンさんとは、ここに来る汽車のなかで知り合ったんですよね?」

シェリルがそのときのいきさつを説明するのを聞いて、サンダースの弟はこの屋敷に敵しかいないわけではないと確信した。シェリルが熱っぽく語る口調から、彼女の感情が見てとれた。例えばダレンが磔刑像につまずき、彼女の背後で毒づいたエピソードなど、実に面白おかしく語られた。どうやらダレン・ベラミは新たにひとり、女心をつかんだようだ。けれども今のところ、シェリル嬢は金持ちでもなんでもない。だから彼女に関して言えば、財産目あてではなさそうだった。シェリルはかわいらしい鼻をしたブロンド美人だ。そのしなやかで優美な肢体だけでも、われらが第一容疑者の関心を引くに充分なのは間違いない。

悲劇のあった晩、シェリルはロンドンのアパートでひとり荷物の準備をし、寝たのは十二時ごろだったという。もっとも証人は誰もいないので、オーウェンは根掘り葉掘り質問をした。それから彼は、社長のサンダース夫人についてたずねた。

「サンダースさんのことをどう思っていたかですって？　とても公正な方でした。最初はわたしのことを少し疑っているようでしたが、すぐに信頼してくれるようになりました。だからわたしのほうも、社長の期待を裏切らないように全力を尽くしました。彼女が惚れこんだ『オリエントのイヴ』は、わたしがモデルだってこともわかっていました。ただの冷徹な実業家ではなく、あたりまえの常識を兼ね備えていたんです。ひとつだけ間違っていたのは、弟さんのことです。ダレンさんは社長が思っていたような人じゃないと、はっきり言えます」

「サンダースさんになにがあったんだと思いますか？」

シェリルは口をとがらせ考えこんでいたが、やがてこう答えた。

「わたしには……なんとも言えません。いったいどんなつもりで真夜中の散歩に出かけたのかはわかりませんが、そのあと足を滑らせ、運悪く石に頭をぶつけたのでしょう。そうとしか考えられません。誰も社長に近づかなかったはずです。雪のうえには、彼女の足跡しか残っていなかったんですから」

シェリルが部屋をあとにすると、ウェデキンド警部はこうコメントした。

「ちょっとばかり世間知らずだが、きちんとした良識は持ち合わせているようだ。結局のところこの一件は、彼女の言うとおりなのかもしれません。羽根でも生えていなければ、足跡を残さずサンダースさんに近づき、殺害できるはずありませんからね。だからって、本を読んだだけで自殺に走るとも思えません。そもそも自殺だとしたら、あんな死に方はしないでしょう」

「つまり、われわれは判断を誤ったということですか？」とオーウェンは言った。「ダレン・ベラミは無実だと？」

ウェデキンド警部は拳を握りしめた。

「確かにやつを見る限り、無実だとは思えません。しかし事実は動かせない。あんな状況でサンダースさんを殺せる者は、誰ひとりいないんです。絶対に、誰ひとり！」

14　古い採石場

一九九一年七月十六日

「やはりそうでしたか。今度こそと思っていました」とモロー博士は、満足そうな笑みを浮かべて言った。ひじ掛け椅子の背によりかかり、突き出た腹に組んだ両手を置いている。「間違いないと確信していたんです。実を言うと、奥さんにお渡しする前にちらりと観ないではいられませんでした。冒頭の、歩道に落ちた金時計のシーンですぐにわかりました。勝利を手にしたってね」

「すべてあなたのおかげです」とアンドレは言った。「どんなに感謝していることか」

精神分析家はいえいいえと言ってアンドレの言葉を聞き流し、指先をあごにあてて目を閉じ、こう続けた。

「懐中時計が示す意味について、わたしはいささか勘違いをしていた。それは認めねばなりません。あれはもっとも重視すべき要素、映画の鍵となるイメージのひとつでした。だからといって、そこから連想されるものを排除してはなりません。これからも、注意深く続けましょう。まずはあの映画を、じっくりと観なおすことです。細部に注意を払って……」

「すでにやってますよ。何度となく……今度また、わたしがあの映画を観ているところを見つけたら、ビデオテープを隠してしまうと妻に脅されているくらいです」

「そこから新たな発見があるかもしれません。《かもしれない》と言ったのは、われわれの探索が別の方向へと舵を切ったからです。でもそれは、わたしが当初思っていたような方向ではありません。あなたの記憶の奥底に潜んだ、なにか忌わしい個人的な出来事、輪廻転生とも言えるような不可思議な現象。わたしは初め、そんなものを想定していました。しかしその点でも、わたしは間違っていたようです。いろいろ考え合わせるに、どうやらことは現実の殺人事件のようだ。あなたはその重大性を、無意識のうちにとらえていたのです。はっきり言いますが、ミステリ映画の予告編を観ただけでそんなに怯えてたというリタさんの反応は、ほかに説明のしようがありません。もちろん、あなたがその話をしたとき、彼女はもう覚えていなかったわけですが」

「わたしは映画の話をしたんです。彼女の反応については触れませんでした。そこのところは、ちょっと微妙ですからね。でもひさしぶりに再会して、悪い印象はありませんでした」アンドレはもの思わしげに続けた。「それどころか、昔と変わらず魅力的で……」

「自分が関わった犯罪について、彼女がやすやすと告白するとは、あなただって思わないでしょう」

「もちろん。彼女はそんなことをするような人間には見えないと、言いたかっただけです。でもランブラン夫人の事故についてしつこくたずねると、少し苛立ったように見えたのは事実ですが。

そして、すぐに話題を変えてしまいました……」

「そうでしょうとも」精神分析家は表情たっぷりにうなずいた。

「つまり、あれはただの事故ではなく……」

「ええ、おそらく。だとしたら、犯行の動機は明らかでしょう……アンドレさん、あなたもすでにおわかりのはずだ。リタさんとどんな話をしたのか、その報告からも充分推測できます」

「愛憎絡みの犯罪だと？」

「ほかには考えられませんよ。あなた自身、当時まだ十歳だったのに、白雪姫のような美人に目がくらんだのをしっかり覚えていたじゃないですか。真っ赤な唇と、長い黒髪が魅力的だったと。周囲の男たちが、そんな彼女に無関心でいられるわけないでしょう」

「つまり、ランブランさんが……」

「そのとおり。よく考えてください。リタさんはランブラン家を頻繁に訪れていたんですよね？」

「いつも弟といっしょでしたが」とアンドレは言い返した。

「だからどうだっていうんです？　そんなもの、ただのアリバイですよ。それにひとりでも、堂々と訪問していたのでは？　あなたの親友であるギーのお父さんと、彼女が不倫関係にあったことは明らかです」

「でも、二人のあいだに怪しげなところなどなにもなかったような……」

「あなたはまだ十歳だったんですよ。そんなことに気づくわけないでしょう」

「まあ、そうでしょうが」とアンドレはうなずいた。「するとあなたは、二人が愛人関係にあったとお思いなんですね。そして邪魔なランブラン夫人を、事故に見せかけ亡き者にしようとしたと」

「そう、われわれが手にしたさまざまな要素から導かれる、もっとも論理的な結論です」

「だとしたら、どうして二人はその後、結婚しなかったんですか？　しばらくしてリタがランブラン家を訪れなくなったのは、なぜなんです？」

「それはなんとも言えません。理由はいろいろ考えられるでしょう。単に二人は仲たがいをしただけかもしれません。哲学者のパスカルも言っているじゃないですか。《心には、理性で計り知れぬ理《ことわり》がある》と。ランブラン夫人の事故について、リタさんとどんな話をしたか、もう一度思い返していただけますか？　どんな細かな点も、おろそかにせず……」

モロー博士は眼鏡のつるを噛みながら、アンドレの言葉に注意深く耳を傾けた。そして話が終わると、こう言った。

「ふむ……ランブラン夫人が亡くなったとき、自分はドイツにいた。だから鉄壁のアリバイがあると、リタさんはあなたに言ったんですね。その口調には、少なくとも怪しげな点はなかったと」

「だとしたら、彼女はランブラン夫人を殺していないのでは……」

「確かに。でもそれは、本人の弁にすぎません。汚れ仕事を担ったのは、ランブラン氏のほうかもしれないし」

「でも彼は、奥さんが虚空に転げ落ちたとき、離れた場所にいたんですよ。そもそもランブラン夫人に近づく者がいたら、まわりの誰かが気づいているはずで……」

精神分析家は肩をすくめた。

「ここからは、推測するしかありません。リタ・メスメルの証言だけでは、確かなことはわかりませんから。しかしながら、もう一度リタさんのもとを訪ね、われわれの新たな推理をもとに質問をぶつけてみてもいいのでは。もしこの探索を、本当に続けたいならですが……」

「そうですね」と若い劇作家は口ごもった。「正直言って、もうどうでもいいような……わたしにとっていちばん大事な目的は、達成されましたから」

「少年時代から捜し続けてきた映画が、ついに見つかったんですからね」

「ええ、あなたのおかげで。それで俄然、やる気が出ました。さっそく昨日から、仕事に取りかかりましたよ。いいアイディアが浮かぶと、すぐにメモして……」

「それはいい知らせだ、アンドレさん。わたしもわがことのように嬉しいです。でも、ぜひまたリタさんに会って欲しいですね。あなたにとっては、単なる確認にすぎないとしても。さもないと、影の世界が再びあなたに取り憑かないとも限りません。そしてあなたもご存知の結果が、再びもたらされるかも」

「わかりました。でも会いに行くのは数日待って……」

「まずはランブラン夫人の死を報じた新聞記事を調べておきましょう。効率よく進められるはずです。必要な手がかりは、すでにあるのですから。それはそうと、いったいどこで起きたことなんですか？」

アンドレはソファの隅にゆったりと腰かけ、何度も髪を撫でつけてから答えた。

「そこは曖昧なままにしておきましょう。わたし自身のことではなく、別の人間に関わる話なので……」

「わかりますよ」とモロー博士は遮った。「これ以上おたずねしません。なに、そんなに困ることはありません。相談者のなかには、同じような反応をする人たちもいます。当然のことですよ。ランブランさんが墜落死したという海辺がどこなのかは、さして問題ではありません」

「海辺ですって？」アンドレは沈黙のあと、驚いたように言った。「どうしてまた？　そんなこと、言いましたっけ？」

「いいえ。でも、断崖の話をしていたので、海の近くなんだろうと……」

「たぶんブルターニュへ行ったせいで、断崖という言葉を使ってしまったんでしょう。でも、説明がまずかったですね。実際は、古い石切り場だったんです」

薄暗がりに包まれたモロー博士の居間に、深い沈黙が続いた。部屋の主は、あいかわらず眼鏡のつるを噛んでいる。

「古い石切り場と言いましたか？」

「ええ、そうです。その縁が断崖になっていて……」

「なるほど」と博士は不愉快そうに言った。「でも、どうして先にそれを言ってくれなかったたんです?」

「そんなに重要なことなんですか?」

「いいえ」モロー博士は一瞬考えてから、ぴしゃりと答えた。「偶然の一致でしょう。そう、単なる偶然の一致です……」

15　星々

一九一一年一月十日

夕方になると、寒さはいっそう厳しさを増した。沈みかけた夕日がレヴン・ロッジの赤レンガや真っ白な雪、点々とする木々の黒い影を照らしている。けれどもそれは、消えかけたマッチのようなものだった。青白い夜の影が、失われた領土を取り戻そうと待ちかまえていた。あと数時間もすれば、あたりは真っ暗になるだろう。ヴィクトリア・サンダースが残した遺言書の内容を知らせに、先ほど刑事たちがやって来た。彼らを乗せて立ち去る馬車のあとを、カラスが数羽追いかけた。アンドリュー・ヨハンソンは目を輝かせ、小さくなった馬車を居間の窓から見つめていた。ふり返ると、もうアリスしか残っていなかった。チャンドラ、シェリル、ダレンはもう部屋に引きあげてしまった。それでよかったんだろう、と彼は思った。まだ顔が火照っている。

「知らなかったな。社長が持ち株の大半を売っていたなんて」

「だからって、あなたに関係ないでしょ？」アリスはそう言ってソファに腰かけ、編み物の続きを始めた。「彼女はあなたが社長の座を継ぐようお膳立てしておいてくれたんだから。大事なのはそこよ」

「ただの雇われ社長じゃないか。会社の営業状況を、逐一株主に報告しなくてはならないんだ。ありがたいこった！　彼女は自分ができる最低限のことをしただけさ」

「それは言いすぎよ、アンドリュー。会社にはあなたをうらやむ人もいっぱいいるわ」

「それがなんだっていうんだ」と言ってアンドリューは拳を握りしめた。「株を売ったおかげで、ヴィクトリアの個人資産は膨れあがった。それがそっくりヤクザな弟の手に渡ってしまったんだ。どれほどの金額になるか、きみもさっき聞いただろ。これでやつは老後の心配もいらないってわけだ。いくら金のかかる趣味にうつつをぬかそうともね」

「そりゃまあ、わたしだって面白くはないわ」

「まったく腹が立つ」

「本当に嫌なやつだって、ずっと言ってきたじゃない。でもあなたは、聞いてくれなかったわ」

「ああ。この手で追い出すべきだったな。あいつがくちばしを突っこんできたときすぐに」

「でも、アンドリュー、それは家族の問題だわ。亡くなったヴィクトリアの意思なんだから、わたしたちにはどうしようもないわよ」

「そう、まさしく家族の問題だ。ぼくもそう思うね。ぼくが弟を追い払っていたら、ヴィクトリアは命を落とすこともなかったんだ」

「追い払うって言うけど、どうせそんな勇気も腕力もないことは自分でもわかってるでしょ。だからなにも悔やむ必要ないわ。それよりわたしが驚いたのは、あの小生意気な女がもらう金額ね。給料の二年分にもなるじゃないの。ヴィクトリアときたら、ずいぶん気前のいいこと」

「でもチャンドラは、もっともらったじゃないか」

「不公平だって言うの？　ヴィクトリアとチャンドラは、深い絆で結ばれていたわ。あなたときたら、あのふしだら女のことはなんでも弁護するのね。まったく気が知れないわ。だって彼女のほうは、恩に報いるようすはないんだから。少なくとも、ここ最近は」

「おかしなこと言うな」とアンドリューは、顔を真っ赤にしてどなった。

「結局のところ、彼女の選択は間違ってなかったってことね。いくら嫌なやつだろうと、今やダレンは金の卵を産むニワトリなんだから」

アンドリューは妻をその場に残し、はらわたが煮えくり返る思いで居間を出て、ばたんとドアを閉めた。

アリスは憐れむような笑みを浮かべ、首を横にふった。そして数分後、編み物の手を止めた。これ以上、集中できない。彼女は立ちあがって廊下に出た。そこから白い大きな階段が、寝室のある二階へ続いている。二階にはシェリルとダレンがいるだろう。アリスは階段をじっと見つめながら思った。あっちに行かないほうがいいわね。ドアの縦枠を彫られた装飾に、彼女はちらりと目をやった。なんて複雑に入り組んでいるんだろう。わたしたちが置かれている状況を、よくあらわしているわ。つらい、混乱した状況。出口は簡単に見つかりそうもない。少なくとも、今すぐには。警察は最低あと一日、屋敷を離れないようにと言っていた。そのせいで、アンドリューの怒りはいや増した。廊下を抜けて台所へ行くと、料理係のベンソン夫人がオーブンの前で忙しく働いていた。アリスは隣の洗濯室を通って温室へむかった。チャンドラが鉢植えの前に立っている。

二人はしばらく黙っていたが、やがてアリスはインド人になにをしているのかたずねた。

「染色の仕事を再開したんです」とチャンドラは穏やかな声で答えた。

「腕が落ちないように？」

「まあ、そんなところです……もとから腕は落ちていませんが。色彩でこの世界を美しく染めあげるのが、わたしの使命なんです」

こうして話題は色彩のことへと移った。チャンドラは蘊蓄をかたむけ、滔々と論じた。彼の故国では、色はとても重要な、象徴的な意味を持っている。それぞれの色は感情や出来事と結びついている。それに合わせて、毎日違う色の服を身につける者もいるのだと。

「面白いわね」とアリスは、びっくりしたように言った。目の前ではインド人の節くれだった茶色い手が、摘み取った小さな花をすり鉢のなかですり潰している。「ところで、これはなに？こんな花、見たことないけれど」

「インドでも、知っている人は少ないでしょう」

「色がほとんどないじゃないの」

「無色の花なんです。普通の人間にとってはね。というのもこの花からは、世にも美しい色が作られるからです。ほかの色とはまったく違う、唯一無二の色が。ただそれは、色が見える人にしかわかりません。秘密に通じたわずかな人間だけが触れることのできる色なんです。言いかえれば、それは目に見えない色で……」

「じゃあ、わたしには見えないわね」

「まず、無理でしょうね。色が見えるようになるためには、特別な修行を積まねばなりませんから。どんな修行かは、明かすことができませんが。見えない色を作り出すことが、わたしの使命なんです……」

アリスは眉をしかめた。

「でも、見えない色なんてなんの役に立つのかしら?」

するとインド人はにっこり笑い、薄い色の目でアリスの目を覗きこんだ。

「ここ、レヴン・ロッジに着いてからずっと、この花の香りをあたりに撒き散らせてきました。そのために、この鉢植えを持ってきたんです。おかげで……いや、またのちほど、ここへ来てください。夕食のあと、夜の闇がいっそう深くなったころに。お待ちしています。そうすればわたしが担っている役割の意味が、もっとよくおわかりになるでしょう」

「ええ、来られたら」アリスは口ごもった。催眠術師のようなインド人の目に、体の奥底まで射すくめられる気がした。

「とりあえず、あなたにさしあげたいものがあります」

チャンドラはそう言うと、棚から小瓶を取ってアリスに渡した。

「これを大事に持っていてください。いつか、役に立つときが来ます」

「でも、なんなのかしら?」アリスは驚いたように言った。小さなガラス瓶のなかには、どろりとした乳白色の液体が入っている。

「接着剤です。ミョウバンと砕いた骨、特別な牛の尿を調合した自家製です。すばらしい接着力で、ほんのわずかな表面のものどうしでもぴったりとくっつきます。それにほとんど透明で、あとが残りません。接着したものを砕いても、まったくわからないでしょう」

「なにがおっしゃりたいのか」とアリスは、ガラス瓶を指先でつまみあげながら言った。まるでそれが、ダイナマイトでもあるかのように。「まさかこれが、今回の事件と関係があるとか?呪いの本だかなんだか、そうしたものと」

「いいえ、ご安心ください。そんな下らない話とは無関係です。これがなんの役に立つのかは、そのときが来ればわかります。あなたが新たな生を授かったときに……」

シェリルは寝室の戸棚についた鏡の前で体をかたむけ、体形のチェックに余念がなかった。炎の明かりが、乳白色の肌を赤銅色に染めている。彼女は小さな暖炉に何本も薪を放りこみ、日課に取りかかった。毛皮のコートを羽織ったままでは、もちろんトレーニングはできない。だからさっさとすませよう。この寒さだからして、いくら暖炉を燃やしても部屋は暖まらなかった。大丈夫、しなやかな体形はちゃんと保たれているわ。ダレンはいつまで我慢できるかしら。わたしの魅力を、早くその目で確かめたいはずよ。もってせいぜい数日だろう。男って、そういうものだわ。でも、こちらから水をむけたほうがいいかもしれない。彼がほかに目移りする前に。シェリルはクリーム色のビロードのドレスをすばやく着ると、居間に降りていった。アンドリューがグラス片手に、ひとりで暖炉の前にいるのを見て、彼女は顔をしかめそうになった。

とてもきれいだよ、とアンドリューは言った。賞賛と怒りが混ざった、奇妙な表情だった。シェリルは黙ってテーブルについた。テーブルには口をあけたウィスキーのボトルとグラスが並んでいた。彼女が自分でグラスにウィスキーを注いでいると、アンドリューが近寄ってきた。

「どういうつもりなんだ。あんなやつと楽しそうに話したりして」そう言ってアンドリューは彼女に酒臭い息を吐きかけた。

「誰と話そうが勝手だわ。あなたはわたしの父親じゃないんだから。そうでしょ」

「ああ、わかってるさ」アンドリューは目をぎらつかせて答えた。「ぼくはきみにとって、もうなんの価値もないってわけか?」

「肩に手をかけないでちょうだい」

「どんなにぼくがきみのために尽くしたか、忘れてしまったみたいだな」

「それは話が逆なんじゃない？　すべてわたしのおかげだって、何度も言ったじゃないの。わたしの美しさに触れて画家としての才能が開花し、人生が一変したって」

「確かにそのとおりさ。けれどもきみが一時の感情に惑わされ、なにもかも忘れてしまうなんて信じられないんだ。どうせあいつはすぐにきみを捨てて……」

パシッという乾いた音が居間に鳴り響いた。アンドリューは平手打ちを喰らってひりひりする頬を撫でた。

「ごめんなさい。つい、かっとなって。でもあなたが悪いのよ。そうでしょ」

アンドリューは酔いがまわってふらつきながら立ちあがると、シェリルの腕を思いきりつかんだ。

「こんなことして、ただじゃ……」

しかしその先は続かなかった。ダレンがにやにやしながら、居間に入ってきたからだ。

「こいつは間が悪かったかな。いや、むしろよかったのかも。アンドリューさん、彼女の腕を放しなさい。お姫様にもしものことがあれば、白馬の王子が駆けつけることをお忘れなく。シェリルさん、そのドレス姿はいつにも増してすばらしいですね……まあまあ、そんな顔しないで、アンドリューさん。そろそろ食事の時間ですからね、取り急ぎ紳士に戻って、食卓では礼儀正しくなさるのがいいでしょう。あなたはもう社長なんですよ。大したものじゃありませんか。あなたのこんな醜態を目にしたら、愛妻のアリスさんはどう思われるでしょうね？　嫉妬でわれを忘れていると言うか、われを忘れるほど嫉妬していると言うか。こんなことではいけません。わたしにも一杯、注いでくれませんか。三人で仲なおりといきましょう」

アリスはためらいなく食卓を離れた。時刻はすでに午後十時近い。そもそも、夕食が始まったのが遅かった。料理係のベンソン夫人は、夕食をお出しするのは最後だと告げた。もう誰にも雇われていないのだからと。食事のあいだ会話ははずまず、あてこすりの応酬が続いた。夫のアンドリューがワインに口をつけなかったのはさいわいだった。すでにさんざん飲んでいたようだから。チャンドラはぎすぎすした雰囲気を和らげようと気をつかっていたが、真っ先に席を立ってしまった。あとはテーブルのまわりに、シェリルとダレン、アンドリューが残された。三人でなにかこっそり話がしたいのだろうか？　そう思うと、アリスはあまり面白くなかった。

サンルームに出ると、すきま風が冷たかった。厚いショールを羽織ってきてよかった。外に面したドアは大きくあけ放たれている。ドアにはまったガラスのむこうに、チャンドラの姿が見えた。インド人は雪のなかにじっとたたずみ、星空を見あげていた。

アリスは彼のかたわらへ行き、その腕を取った。こんななれなれしいふるまいも、寒さのせいで許されるような気がした。チャンドラの不思議な言葉の意味についてずっと考えていたけれど、やはりわからないままだった。ほかの人が言ったのなら、ただの妄想だと思っただろう。しかしチャンドラは、とても思慮深い男だ。ふるまいも落ち着いているし、どんな状況でも明晰さは失わない。だからアリスは、ただの妄言だと思えなかった。

「すばらしい夜空じゃないですか」

「そうね」

「これを見て、どんなことが頭に浮かびますか？」

「無限……不可知。地上に暮らすわれわれは、なんてちっぽけな存在なんだろうって」

「あそこにあるのがオリオン座、古代人にはおなじみの星座です。西欧では東方の三博士と呼ばれる三つの星が並んでいるので、すぐに見つけられます」

アリスはチャンドラに身を寄せ、ささやくように言った。

「きれいな星ね」

「ほかにも古代の英雄たちの名を冠した星座がたくさんあります。彼らは天空で永久の命を授かったのです。アンドロメダとか、ペルセウスとか」

「彼らの物語が、星のなかに書きこまれているのね」とアリスは夢見るように言った。

「まさにそのとおりです。でも、あなたがそうおっしゃるのには、なにかはっきりした個人的な理由がおありのようですね」

「ええ、その正しさを確かめる機会がありましたから」

「つまりあなたは、それが単なる詩的なイメージではないとご存知なわけですね。確かに、星のなかにはあらゆる物語が書きこまれています。星はすべてを知っている……空を見あげてごらんなさい。わたしたちを眺める夜の千の目を。星はいつでもわれわれの行いを、じっとうかがっているんです」

アリスは身震いした。一瞬、チャンドラの言うとおりのような気がした。

「それが見えない色と関係あるのですか？」と彼女はたずねた。

「ええ。というのもその色は、はるか遠くからでも見える光を周囲に与えるのだから」

「それが見える人には、ということですよね」とアリスはつぶやき、目を大きく見ひらいてダイヤモンドをちりばめた空を見つめた。

「ええ、あなたはよくわかっておられるようだ。でも、これ以上はお話しできません。わたしの権限外なので」

アリスはチャンドラと別れ、屋敷の中央廊下に引き返した。チャンドラとすごした奇妙なひとときの魔力は消え去っていた。現実の凍りつくような寒さが、体に染み入ってくる。先ほどの話を、どうとらえたらいいのだろう？　チャンドラは頭がおかしいわけでも、千里眼でもない。彼が信じる宗教のせいで、おかしな考えにとりつかれているのだろう。寝室に戻ったが、夫はいなかった。どこにいようと、どうでもいいわ。彼女はベッドにもぐりこみ、闇のなかで目を大きく見ひらいた。きらめく無数の星が、まだ見えるようだった。

真夜中すぎ、レヴン・ロッジは雪に包まれ眠りについた。けれどもチャンドラは、熟睡できなかった。自分が警戒を怠ったばっかりにサンダース夫人を守れなかったのだと思うと、悔恨の念で胸が締めつけられた。彼は屋敷の静寂に耳を澄ませた。

突然、チャンドラはベッドから起きあがった。下に誰かいる。かすかにいびきのような音が聞こえた。居間の暖炉で火を燃やしているのだろうか？　音はだんだん小さくなっていくが、チャンドラははっきり確かめたかった。ほどなく彼は抜き足で階段を降り始めた。けれどもステップがわずかにきしんだ。半びらきになったドアの隙間から、光が漏れているのが見えた。チャンドラはゆっくりと近づき、なかを覗きこんだ。

人の姿は見えないが、暖炉で火が燃えている。まだ灰にならずに残っているのは、ほんのわずかだった。厚紙の切れ端……黄色い切れ端だけだ。チャンドラは消えた本のことを思い出し、あわてて火のなかから拾いあげた。けれども熱くて、とても持っていられない。彼は燃えかすを放り出し、靴の先で火を消した。

そのときチャンドラは、はっと状況に気づいた。これはつい今しがた燃やされたものだ。だとすれば火をつけた者は、まだ近くにいるかもしれない。足音を聞きつけて、部屋のどこかに隠れたのかも。その可能性は充分にある。彼はうしろをふり返り、あたりをさっと見まわした。一見すると誰もいないけれど、明かりは暖炉の火だけ。部屋の隅まではよくわからない。チャンドラはゆっくりとカーテンに近づき、よく確かめもせずに裾をめくった。にゅっと手が飛び出し、脇の小テーブルにのった大きなガラスの灰皿をつかんだ。

チャンドラは反射的にふり返った。するとそこには見知った顔があった。熾火の光を浴びて赤く輝く顔。目はぎらぎらと輝いている。あっと思う間もなく、彼の頭蓋骨に激しい音と痛みが轟いた。

16　星雲

一九九一年七月十八日

その晩、遅くなってから、アンドレはカール・ジュランスキーの風車小屋へ行った。午前中に訪ねたところ、澄みきった夜空の星を楽しむために、もう一度夜に来るよう勧められたのだ。

昼間はずっと、新しい戯曲の執筆に専念したが、自分でも驚くほどはかどった。タイプライターはぱちぱちと、めったにないほど軽快な音をたてた。それでも次々頭に湧きあがる台詞を追うには、間に合わないくらいだった。今回の物語はまったくのミステリというわけではなく、彼はそこにファンタジーの要素も加えた。これまで試みたことがないような、言葉の力を存分に生かして。もしかしたら、やりすぎかもしれない。でも、これは挑戦だった。誰も受け入れてくれないのではと、心配になるくらいだ。この芝居を上演しようという、気骨のある演出家がいるだろうか？　そんなことはどうでもいい。ともかくこれを書きあげねばならないのだと彼は感じていた。今、傑作を生みだしているという実感があった。大事なのはそれだけだ。アイディアが浮かんだのはブルターニュからの帰り道、ホテルに泊まった夜だった。彼は部屋のナイトテーブルに置いてあった本を、いっきに読んだ。それはロバート・W・チェイムバーズという作家が書いた連短編集だった。『黄衣の王』というタイトルが印象的だったので、自分の戯曲にも使うことにした。ぜひとも、そうしなければ。

アンドレは最後の言葉を午後十時十三分に書き終えた。彼は第一稿を終えたとき、正確な時間をメモするのが癖になっていた。もちろん草稿には、何度も手なおしが必要になる。しかし基本的な骨格はできあがった。この紙に、こうしてしっかり書きこまれている。大理石に刻まれたかのように。四日で書きあげたのは、自己最高記録だ。短い二幕の芝居だけれど。物語の出来は、長さでは決まらない。それは誰よりも彼がよくわかっていた。言葉の恐るべき効果。成功はそこにかかっている。アンドレは書き終えると、原稿を注意深くファイルに収めた。そして机の引き出しをあけ、ほかのファイルの下にしまった。好奇心に駆られたセリアに覗かれたくなかったから。

カール・ジュランスキーに案内されて、風車小屋のてっぺんに設えた観測室へむかったのは、午後十一時すぎだった。急な木の階段をのぼると、赤っぽい薄明かりに照らされた最上階に着いた。星がはっきり見えるように、わざとそうしているのだとジュランスキーは説明した。真鍮のたがをはめた大きな望遠鏡が、部屋の真ん中で光っている。そのまわりにはさまざまな器具や天体図、天文関係の本がところ狭しと置かれ、息がつまるほどだった。

「予定では今夜、星雲が二つ見えるはずです」と天文学者は言った。眼鏡の分厚いレンズの陰で、目が悪戯っぽく輝いている。「目に見えるもっとも美しい星雲のなかでも、選りすぐりの二つです。ついてましたよ、おまけにこんなにいい天気で」

ジュランスキーは赤い明かりを消し、屋根に取りつけた可動式パネルをあけた。輝く星空が広がり、ひんやりした夜気が涼を運んでくる。天文学者は望遠鏡を南側にむけた。天頂の少し下、地平線に近いあたりだ。彼はしばらく調節を続けたあと、接眼レンズを覗くようアンドレに言った。

アンドレは望遠鏡に目をあて、びっくりした。明るい光のなかに、星の群れがくっきりと浮かんでいる。

「干潟星雲です」と天文学者は言った。「その右上にトリフィド星雲が見えますよ。規模はもっと小さいですがね。どちらも約四千光年の彼方に位置している。つまり、あなたが今見ている映像は、遥か昔のものなんです」

「四千年」とアンドレは魅入られたように繰り返した。「わたしは四千年前の過去を見ているんですね。信じられないな……」

「銀河までの距離なら、さらにその千倍です。地球から比較的近いアンドロメダ銀河でも、二百万光年以上ですから」

「ヒュアデス星雲やアルデバラン星はどこに?」

「おうし座のなかですが、まだ見えません。秋の終わりを待たなければ……でも、どうしてそんな質問を?」

「謎の町カルコサがあるのが、そこだからです。わたしが今、書いている芝居の話ですがね。二つの太陽が輝き、月は町の彼方に立ち並ぶ塔の前に煌々と光っている……いや、聞き流してください。ただの作り話です」

「どうやら、想像力が戻ってきたようですな。お捜しの映画がついに見つかって、本当によかった」

「まるで生まれ変わったような気分ですよ……でも広大な宇宙を眺めていると、自分がとてもちっぽけに感じられます。前にあなたがおっしゃっていたように、宇宙とはまさしく巨大な時計仕掛けです。それを止めたら、いったいどうなるんでしょう？」

「われわれにとって、いいことはなにもない」

「それなら、もし時計の針を逆方向にまわしたら？　人は過去にもどれるのでしょうか？」

「理論的にはね」とジュランスキーは陽気に答えた。「でも、実際にはありえないことです」

「過去に戻って先祖を殺したら、自分は生まれなかったはずだし、自分が生まれなければ……」

「まさしくそれをテーマに、小説を書いている作家もいます。しかし、たとえ過去に戻れなくとも、過去を見ることはできます」

「わたしが今、見ている星のようにですか。なるほど……よくわかりました。ああ、見つけた。あれに違いない。やっとトリフィド星雲が見つかりました。とてもきれいだ……」

「必ずしも天体の話ではなく、この地上でも日常的に起こりうる出来事で……」

「ぜひおうかがいしたいですね」とアンドレは慎重に答えた。

「なに、難しい理屈ではありません。少なくとも、基本の原理はね。まずは空の星を思い浮かべてください。太陽のような恒星ではなく、地球のような惑星を。そのまわりは、密度や粘性を変えられる特殊なガスで覆われています。ガスはとても濃密なので、表面がきらきらと光っています。ガスの粘性をじっくり調整し、視点をうまく選べば、まわりのものを反射する平らな鏡のようになるでしょう。さらにガスの表面をたわめれば、あなたが覗いている望遠鏡の主鏡と同じく拡大した像が映ります。ここまではいいですか?」

「大丈夫です。例えて言うならば、巨大な凹面鏡を月に設置するようなものですね。そうすると、一瞬前の自分自身の姿がそこに映って見えるわけだ」

「そう、ほんの一、二秒前の姿ですが」とジュランスキーは答えた。「五十光年離れた天体ならば、地球で百年前に起きた出来事が見られることになり……」

アンドレは望遠鏡から目を離し、ジュランスキーをふり返ったが、薄暗がりのなかにぼんやりとした人影が浮かんでいるだけだった。

「興味深いアイディアをいただきました。次の作品で使わせていただくかもしれません。なるほど、理論上はそうなりますね」

「ご自由にどうぞ。あとは常識にとらわれ、白か黒かだけの論理から抜け出せない貧しい考え方を捨てるだけです。さて、そろそろ下に降りて、一杯やりながら話しましょう」

ウィスキーを二杯空けると、アンドレの猜疑心はいっそう薄らいだ。雑多なものでいっぱいの素朴な居間も、天文学者の理屈に信憑性を与えるのにぴったりの舞台だてだ。

「……ロボットと人間を比べてみればいいんです。かたや粗雑でぎこちない機械仕掛け。かたや人の体はしなやかで、変幻自在の再生能力を有している。まさに奇跡の産物です。審美的な側面は抜きにしてもね。われわれ凡人とすぐれた人間の知識には、それと同じくらいの差があるんです。昔ながらの鏡と、わたしが先ほどお話しした、変形可能なガスの鏡を作った人のあいだでも」

「なるほど、よくわかりました。しかし光の信号が、そんなに遠くまで正確に届くものでしょうか？」

「そこなんですよ、前回わたしがお話しした原理が問題になるのは。太陽光線のスペクトルには含まれない、とてつもなく美しい色を想像してみてください。それはどんな障害物もすり抜けて放射されるんです」

「ええ、覚えています。でもその色は、普通の人間には見えないんですよね」

「そのとおり。だからこそ、あの植物が必要になるんです。ほら、死んだ考古学者の友人が残した手稿に記されていた植物が」

「それを食べると、《とてつもなく美しい色》が見えるようになると？」

「そんなに単純な話ではないのですが」とジュランスキーは穏やかな笑みを絶やさずに答えた。「ひと言で言えば、そうなりますかね。大事なのは、この色が一定の地域にあらかじめ行き渡っていなければ、充分な効果が発揮されないという点です。香水のようなものだと思ってもらえばいい。

香水も、植物がベースになっていますよね。これは奥義に通じた人物だけに可能な、難しい作業で……」

「つまり過去が見えるのは、《限られた場所》だけだと？」

「そういうことです。さらには天体の配置によって、一年のうちでも映像が見えにくい時期、時刻があります。ガス状の鏡は、観察者と理想的な位置関係になければいけないのです」

「よろしければ、もう一杯いただけるでしょうか。飲まないことには、とても想像力がついていけません」

「もちろん、どうぞ。あなたもほかの人たち同様、ただのたわ言だと思っているのでは？」

「なにごとによらず、理論と実践のあいだには大きな差がありますからね。でも、科学者仲間の意見はどうなんですか？」

「ほかの科学者たちには、いっさい話していません」

「それなら、どうしてわたしに？」

「あなたは芸術家ですからね。たとえあなたが誰かに話しても、想像力が旺盛すぎたと思われるだけでしょう。秘密の植物が手に入らなければ、どのみち実践はできませんし」

アンドレは額を拭った。風車小屋の居間はやけに蒸し暑かった。三杯目のウィスキーを空けて開放的になった心のなかに、狂気の波が押し寄せてくる……ジュランスキーの話は理論的だが、やけに強引な感じもした。頭がおかしいのは彼なのか自分なのか、アンドレはわけがわからなかった。蒸し暑さ、ウィスキー、怪しげな理論、戯曲の執筆。もうたくさんだ……

「それではジュランスキーさん、あなたには過去が見えるんですか？」

天文学者は口調を変え、年老いたフクロウのような表情で答えた。

「確かに、見える場合もあります。いつ、どこで、どのように見ればいいのか、わかっていますからね……ときには、驚くべきものが見えることもあるんですよ……」

17　カウボーイの話

アキレス・ストックの手記（承前）
一九一一年一月十一日

わたしとオーウェン、ウェデキンド警部はブルームフィールド村に一軒だけある宿屋《二冠亭》に部屋を取り、翌日の朝九時ごろ、たっぷり並んだ朝食を前に現状分析にかかった。ウェデキンド警部は捜査の最新情報で頭がいっぱいなのか、料理にはあまり口をつけなかった。昨晩、わたしとオーウェンが床に就いたすぐあとに、ミラー事件の調書をメッセンジャーボーイが届けてきたのだ。彼はその内容をメモにまとめ、手もとに用意していた。彼の筆跡が見てとれる紙が、湯気の立っているティーカップの脇に置いてある。

「ベラミの証言内容に間違いはありません」と警部は話し始めた。「アリバイは確かに鉄壁です。事件は一九〇一年十月十一日、ロンドンのベルグラヴィア街で起きました。被害者ジェイン・ミラーの住所であるクレセント通り八番の正面にある家で、十歳の少年が寝室の窓から事件のようすを見ていました。午後十時ごろのことで、激しい雨が降っていました。少年はミラー夫人ががっかりしたようにうなだれて戻ってくるのを目にしました。その三十分前、彼女が犬の名を呼びながら家を出ていくのも見ていました。だから夫人がかわいがっている犬が、外へ逃げ出してしまったのだとわかっていました。犬はちっとも言うことを聞かず、しょっちゅうどこかへ行ってしまうのだとか。老女は突然、立ちどまり、まるでかぼちゃが馬車に姿を変えたかのように（と少年は表現したそうです）、自分の家をしげしげと見つめました。けれどもトミー（それが少年の名前でした）が見たところ、ミラー夫人の家にも両隣の家にも、おかしなところはなにもありません。濡れた窓ガラスの内側までは見えませんが、一階の窓には明かりが灯っていました」

「ミラー夫人が家を出たときは、明かりが消えていたのでは？」とオーウェンが、考えこみながらたずねた。

「そこのところは、調書にははっきりと書かれてはいません。そのあと、夫人がなにかを捜しているかのように、地面にしゃがみこむのが見えました。夫人は鉄柵の隙間に腕を通しました。なにを取ろうとしているのか、トミーにはわかりませんでしたが、それは被害者の金時計だったようです。翌日、現場から見つかりましたから。夫人ははっとふり返りました。どうしてなのか、最初はトミーも不思議に思いました。しかし彼女がもと来たほうに走り始めたとき、道の反対側から黒い人影が彼女のあとをすばやく追うのが見えました。帽子をかぶり、レインコートを着た黒い人影。雨が滴り落ちる窓ガラス越しには、それしかわかりませんでした。どうやら男性らしいと思ったものの、うしろ姿からだけでは憶測にすぎません。いずれにせよ、ミラー夫人殺しの犯人には間違いありません。ミラー夫人は百メートルほど先の、屋根つき路地の出口付近で道に倒れていました。頭には鈍器で殴られた跡がいくつもありました。凶器はおそらくレンガでしょう。すぐ脇の建設現場に、山積みになっていましたから。検死医によれば、推定死亡時刻は午後十時ごろ。それは少年の証言とも一致します。ここまでは、問題ありませんね?」

「よくわかりました」とオーウェンは目玉焼きの味見をしながら答えた。「でも、続きが気になりますね。とりわけ、ダレン・ベラミのアリバイについて」

「ではベラミと被害者の関係について、話を進めましょう。といっても本人の証言と、ベラミがミラー夫人宅をしばしば訪れるのを目撃した近所の人たちの話からわかった範囲のことですが。やつが夫人とつき合ったのは、彼女の美しい目のためばかりではなさそうですけどね。ベラミは十月十一日の午後八時から十二時まで、クレセント通りから歩いて十分ほどのソーホー地区にあるレストランで、《カントリーミュージックの夕べ》に参加していました。五十人ほどの参加者はほとんど、カウボーイに扮装していましたが、仮面パーティーとは違います。ウェスタンシャツにジーンズ、カウボーイハット、首に巻いたネッカチーフ。せいぜい、そんなものです。ベラミはパーティーのあいだずっとその場にいた、五分と姿を消さなかったと、二十人以上の人たちが証言しています。午後十時前後は、一時間近くにわたってピアノを弾き、歌まで歌っていたそうです。つまり彼には一分の隙もない、鉄のアリバイがあるってことです。さもなければミラー

夫人の財産――家といささかの貯え――を相続できなかっただけでなく、絞首台送りになってい
ても不思議はありません。やつはそのころからすでに、いかがわしい経歴の持ち主でしたからね。
強盗や詐欺の容疑を何度もかけられましたが、司法の手にかかることは一度もありませんでした。
どう思いますか、バーンズさん？」
「もっと詳しい話を聞かないと、なんとも判断できませんが……」
「捜査を担当した警官は知り合いです。まだ在職していますから、力になってくれるでしょう。
話を聞けるようにします。ほかになにかありますか？」
「アリバイが完璧すぎて、かえって怪しいような……」
「どちらの場合も、大金を遺してくれる女が殺されたとき、友達と大騒ぎをしていたっていうの
が気にかかります」
「確かに。でも今回の場合、アリバイは完璧とは言えませんがね。その点について、新たになに
かわかりましたか？」
「少しだけ」とウェデキンド警部は困惑気味に答えた。「先週の土曜日、いっしょにいた遊び仲間は、
そこらのチンピラとはわけが違います。名家の子弟が五、六人、含まれていました。それはすで
にわかっていましたが、国会議員の息子や大銀行家の娘もいたとなると……それなりの手続きを
ふんでことにあたらないといけません。あのごろつきにそんな交友関係があろうとは思っていま
せんでしたよ。ピカデリーのパブの奥のホールで、みんなトランプに興じていました。だからべ

ラミのアリバイは、会がおひらきになった午前一時まで確認されています。けれども、そこからがちょっと奇妙でして……ベラミはホテルに戻った、ほかの者たちは自宅に帰ったと言っているのですが、それを裏づける証人がいないんです。つまり夜中の一時以降、朝までどこでなにをしていたのか、誰ひとり証明できないのです。確かにすでに夜も更けていましたが、それでも……彼らを訊問した巡査が指摘していることなので、間違いないと思いますが……」

「なるほど、奇妙ですね」とオーウェンは言った。「しかしこの事件では、なにもかも奇妙なことだらけですから」

ロンドン警視庁の警部は、いきなり拳でテーブルを叩いた。皿のうえでティーカップが飛びあがり、がちゃっと音をたてた。

「やつはわれわれを嘲笑っているんです、バーンズさん。絶対、そうに違いない。死んだお姉さんの遺産相続、そして過去の忌わしい事件も考え合わせると、あのジゴロ野郎もいよいよ年貢の納めどきだ。なにしろ今回は、アリバイも盤石と言いがたいですからね！　やつにかかっている容疑は、いっそう濃厚です」

「サンダースさんの死が謀殺だと証明されればね。しかし今のところ、そこがはっきりしていません。殺人事件ならば、犯人が雪のうえを歩いた足跡が残っているはずですから」

「もしかして、共犯者がいたのでは？」とわたしは口を挟んだ。「その可能性はまだ検討していませんが」

「どちらの事件についてだね？」とオーウェンはにやにやしながらたずねた。「第一の事件？それとも第二の事件？」

「両方さ」

「大西洋のむこう側で流行っているような、プロの殺し屋のことを考えているのかい？」

「そうかもしれないだろ」

「驚かせる気はないが、アキレス、その可能性はとっくに考えたさ。だったらどうしてベラミは大金を払ってまで、姉を殺すのにもっと確実なアリバイを用意しておかなかったんだろうね？前にも言ったように、殺人説は成り立たない。それに自殺説も……事実を前にしたらそんなもの、どんなに頭の悪い陪審員だって受け入れやしないさ。雪のうえに身を投げて自殺しようとする者なんか、いるわけないからな。そうだろ？」

「そのとおりですね、バーンズさん」と警部はそっけなく言った。「でも、いいですか。読者を狂気に駆り立てる本の話を持ち出し、これは単なる事故ではないと言い出したのは、あなた自身なんですよ。その本が被害者のナイトテーブルに置かれていたのは、偶然のはずないと主張して」

「わかってますよ、ウェデキンド警部」とわが友は、苛立たしげに髪を撫でつけながら言った。「この事件は前途多難そうだ、なにもかもが相矛盾していると言いたかっただけです」

「だいいち、その本だってまだ見つかっていません。あちこち捜してみたんですがね。そうそう、あともうひとつ。検死の結果、サンダースが死んだのは確かに午前四時ごろだとわかりました。前後、最大一時間の誤差はありえると、検死医は言っていますが」

そこに宿屋の主人がやって来て、ウェデキンド警部にお電話ですと告げた。

しばらくして、警部は顔を曇らせて席に戻ってきた。

「アンドリュー・ヨハンソンからでした」と警部はつぶやくように言った。「別荘の居間で、チャンドラの死体を見つけたとか……」

18　モロー博士の訪問

一九九一年七月十九日

アンドレは煙草をくゆらせウィスキーを飲みながら、天文学者と深夜までおしゃべりを続けた。翌日起きたとき、太陽はすでに空高くのぼっていた。セリアはもう出かけたあとだった。そういえば、今日はパリへ行く日だった。重要な会議があるとかで。だとすると、妻の帰りは遅くなる。午後二時ごろ、玄関の呼び鈴が鳴った。アンドレは窓から外を覗いてびっくりした。やって来たのは、なんとモロー博士だった。ちょうどいい、と思ってアンドレはにっこりした。博士に会おうと思っていたところだった。

けれども今回は、役割が逆転していた。アンドレが自宅のひじ掛け椅子にすわっている。ひじ置きの先端にライオンの頭が彫刻された、第一帝政様式のひじ掛け椅子は、この場の主人が誰なのかを如実に示している。いっぽうモロー博士のほうはソファに腰かけ、いきなりジャングルに放り出された飼い猫みたいに、あたりをきょろきょろ見まわしていた。この比喩はいささか極端かもしれないが、彼は見るからに落ち着かなそうだ。暑さはまだ最高潮に達していなかったが、早くも禿げ頭にじっとりと汗をにじませ、毛むくじゃらの手を絶えずこすり合わせている。

「奥様はお留守なんですか？」とモロー博士はわざとさりげなくたずねた。

「ええ、パリに行っています。週に一度か二度、仕事で出かけるんです」

「ああ、なるほど……ビデオテープをお渡しするために、ここで一、二度お会いしましたが、そういやお名前をまだうかがっていませんでした。どういうわけか……」

「その問いにならお答えできると思いますよ」とアンドレは冗談めかして言った。「家内の名前はセリアです」

精神分析家はすっと深呼吸をし、数秒後に作り笑いを浮かべた。

「セリアさんですか。いいお名前ですね……すみません、飲み物をいただけますか。かんかん照りのなかを歩いてきたもので」

「これはどうも、気がつきませんで、失礼をしました。なにを差しあげましょう？　冷たいビール？　それともスコッチがよろしいですか？」

「いえ、水を一杯お願いします」

渇きが癒されると、モロー博士は話し始めた。

「今回の件について、あらためてよく考えたんですけど、わたしたちは誤った道筋をたどってきたのかもしれません」

「おや、映画のことを言っているんじゃありませんよね？　あの映画でもはや間違いないと思いますが」

「もちろん、そちらの問題はすっかり解決がつきました。わたしが考えているのは、リタさんのことです。彼女や周囲の人々に関し、わたしが披露した迷論の……」

「それじゃあ、彼女は犯罪に関わっていたわけではないと？」

「ええ、ありえません。彼女がランブラン氏と不倫関係にあった可能性は否定できませんが、それ以外は想像を膨らませすぎました。うまく映画が見つかったのに気をよくして、探偵ごっこの度がすぎたんですね。彼女のことを、小説に出てくる悪賢い殺人犯のように思ったりして。ともかく、わたしの責任です。人間心理の探求者として、自ら仕掛けた罠にはまってしまいました。あなたのケースは興味深いものでしたし、とても困っていらしたので……ぜひともお力になりたいと思ったのです。そしていつの間にか、わがことのように夢中になり、客観的な分析に必要な距離感を見失ってしまいました。だからこれ以上リタさんをわずらわせないほうがいいと、申しあげに来たんです。この件はもうお忘れなさい。成果はあったのだから……」

「確かに、幻が見えました……」

「なんですって？」

「あなたのおかげで、幻の『姿なき殺人者』を観ることができましたよ」

「そう、幻の映画が観られたんです」モロー博士はにっこり笑ってうなずいた。「ところで、映画自体はどうでした？　このコピーを見つけ出した映画の専門家ロナルド・ラクルブは、丁寧な演出をしているがそれ以上ではないと言ってます……わたしもその意見に賛成ですね」

「いや、そんなことはない。最初から終わりまで、魅力にあふれた映画ですよ。革新的な作品ではありませんが、優れた場面の数々が巧みに恐怖を盛りあげていき……」

「それは十歳の少年の目から観た評価では？」

「ええ……子供のときに受けた印象があまりに強烈だったので、公平な判断はできません」

アンドレはなみなみと注いだウィスキーを飲むと、もの思わしげに続けた。

「わたしたちはただ妄想を繰り広げていただけだ。そう思えればいいのですが。リタは殺人犯などではなく、ランブラン夫人の死は事故にほかならないと。でも、気になるんですよ。今回の件はわたし自身と、なにか関わりがあるはずだと思うんです」

「今回の件というのは？　映画、それとも事故のこと？」

「映画のことです……雨に濡れた家、白い大きな階段、金の懐中時計が……うまく言えませんが、どれも昔よく知っていたもののような気がして……」

モロー博士はソファの背に体をもたせかけ、考えこむように唇に指をあてた。そしてしばらく沈黙を続けたあと、こう口をひらいた。

「なるほど。わたしの最初の仮説に戻ったわけですね。もしかすると、それが正しいのかもしれません。実はわたしも、同じ結論に達していました。これ以上、あなたを混乱させないよう、話さないつもりでした。でもご自身でも、そうお感じになるのなら……やはりここは輪廻転生を検討してみる必要がありそうです。わたしはその分野の専門家ではありません。そもそも科学の研究対象として、公式に認められてはいませんし。しかし、不可思議な証言はたくさんあるんです。別に難しい話ではありません。春になると自然は再生する。その原理と同じことなのでは？　ともかく、あなたの記憶力、イメージの喚起力、その偏執的激しさには驚かされました。それはあなた自身の奥底から、湧きあがってきたのでしょう。前にもそう言いましたよね。覚えていらっしゃいますか？」

「つまりわたしには、前世があると？」アンドレはグラスの底を見つめながらたずねた。質問の答えが、隠されているかのように。

モロー博士は肩をすくめた。

「それで説明がつくでしょう。正直、ほかに考えられません。だとしたら、最後にひとつアドバイスさせてください。すべて忘れることです。いちばん大事な謎は解けました。映画の正体はわかったんです。執筆を妨げていた障害を乗り越えた、それこそが重要なんです。あとのことは皆、混沌のなかに打ち捨てておけばいい。過去をほじくり返そうなんて思ってはいけません。どうせろくなものは、出てきませんから。リタのこともお忘れなさい。あなたになにももたらしてはくれないでしょう」

精神分析家が帰ると、アンドレはまたひじ掛け椅子にすわり、二杯目のウィスキーを注いでじっと考え始めた。ここはひとつ、じっくり現状を整理しなければ。あまりにたくさんの要素が脳裏に渦まき、冷静な分析などできそうもない。こんなやっかいな状況に加えて、書き終えたばかりの新しい戯曲のこともある。ただでさえ酸っぱい飲み物に、レモンジュースを注ぎこんだようなものだ。モロー博士がこういう手に出るのは充分に予想がついていたけれど、なにかしっくりこないものがある。いくらああ言われても、リタが無関係だとはどうしても信じられなかった。アンドレは不安をこらえながら、手持ちの情報を頭のなかに広げてみた……けれども自分の芝居に登場する黄色いボロ着の王が脳裏から離れず、考えがまとまらなかった。

彼はあきらめて立ちあがり、妻の仕事場に入った。そしてふと思い立ち、大きな戸棚の引き出しをあけて、薄紫色の古い手帳を取り出した。その下に写真の束があった。いちばんうえの写真には、友人のギーが写っている……十二、三歳のころだろう。ギーはブランコにのった妹の肩を抱いていた。アンドレはしばらくそれを眺めていたが、やがて肩をすくめ、薄紫色の手帳を持って居間に戻った。

＊

セリアは夜の九時ごろに帰ってきた。疲れていたけれど、昨晩から今日までの出来事を早く聞きたがった。アンドレは風車小屋での話や、モロー博士が突然やって来たことについて、詳しく報告した。

「博士はとても苛立っているようだったのね？」

「ぼくが見たかぎりでは。でも最後には、いつもの自信を取り戻したけれど。そんな昔の話は葬り去ったほうがいいって、アドバイスしたあとに」

「その場にいたかったわ」とセリアは叫んだ。

「もうリタには会わないほうがいいとも言ってたな」

「それは正しい意見だわ。まだ会う必要があるかしら？」

「ぼくはもう一度会いに行きたいな。矛盾した気持ちからかもしれないけれど」

「わたしはジュランスキー教授に会ってみたいわ。彼の古い風車小屋を訪ね、いっしょに星を眺めたいわね」

「頭のおかしな老人で、わけのわからない話をするんだが、いちおう理屈が通っている。穴倉のような風車小屋の雰囲気、すばらしい星雲が見える巨大な望遠鏡、博識なおしゃべり、それに気つけのウィスキーがそろうと不思議な魔法の作用で……彼の突飛な理論も信じられてくる」

「それならいっしょに行くべきだったわね。でもわたしだって、昨晩は無為にすごしていたわけじゃないのよ」

「へえ、ぼくが留守のあいだに誰と楽しんでいたんだい？」

セリアは一瞬、考えてから答えた。

「あなたとよ……わたしはほら、忠実な妻ですから」

「おやおや、輪廻転生、過去が見える色と来て、今度は分身の話かい……確かに、順番からすればそうなるかな」

「あなたの肉体ではなく、精神のことを言ったのよ」

「じゃあ、テレパシー現象とか？」

「あなたが書いた戯曲を読んだの」

アンドレはぱっと身を固くし、一瞬妻の目を見てからうつむいた。

「そんなことすべきでは……原稿は隠しておいたはずなのに」

「あれじゃあ、すぐに見つかるわよ。なんて言ったらいいかしら……これまであなたが書いてきたものと、まったく違うわね。あの作品のことが、一日中ずっと頭から離れず、暑いのに震えが止まらなかったわ。正直、あなたがなにを目指しているのか理解できなかった……ときには忌わしく、狂気じみていて……あんなもの、いったい誰が喜ぶのだろうと思うほどだった」

「セリア、きみはあれを読むべきではなかった」とアンドレは苛立たしげに繰り返した。「ぼくは必ずしもあれを公にするつもりはなかったんだ」

「だったら、なんのために書いたの？」

「自分になにかを証明したかったんだろう。長いスランプが続いたからね、読者を心の底から感動させねばならないと感じたんだ……」

「だったら、成功しているわ」

アンドレは考えこんでいるようだ。そのあいだにも、セリアは続けた。

「よく聞いて。作品の出来を言っているんじゃないの。文章の質は間違いなく、かつてないほどすばらしいわ」

彼女は部屋を何歩か歩き、言葉を続けた。

「第一幕は型どおりって感じだけど、第二幕に入ると俄然引きつけられる……文字どおり、その場にいるような気分だった……（セリアは遠くを見るような目をした）敵対する二つの町の住民たちが王宮の前に集まり、女王カッシルダがバルコニーから美しい声で朗唱する和解の歌を聴く場面なんか、本当にすばらしかったわ。そして興奮は最高潮に達し、聴衆たちは永遠に失われたはずの融和が戻ったのを知って歓喜の涙を流す。そのとき、女王カッシルダはバルコニーから虚空へ身を投げる。落下の鈍い音が、皆の心を凍りつかせる。恐怖のあと、群衆のあいだから怒号が湧きあがる。そして美しきカミラは、愛する人の亡骸に駆けよる。ところが彼女は熱い涙を流す代わりに、突然大声で笑い出す。その不気味な笑い声に、群衆は皆恐怖で凍りつく。やがて二つの太陽が地平線に消え、遥か彼方に立ち並ぶ塔の前に月がのぼる。そこに青白い仮面をつけた男があらわれる。鉛色の月光が、男の仮面を照らし出す。男はカミラを助けようとしているらしい。彼女の狂気を癒し、救いの手を差し伸べようとしている。けれどもあまり強く握りしめるものだから、カミラの指は離れてしまう……でもそれは、まだ始まりにすぎない……」

19　鉄のアリバイ

アキレス・ストックの手記（承前）

その朝、空には雲ひとつなかった。輝く雪がすばらしい天気をいっそう引き立てている。レヴン・ロッジの居間に燦々と注ぎこむ光は、暖炉の前に横たわるチャンドラ・ガネシュの亡骸を黄金色《こがねいろ》の絵筆で染め、その禍々しさを際立たせた。ウェデキンド警部とオーウェン、わたしの三人は宿屋の朝食を中断し、あわててこの場に駆けつけた。チャンドラは両手を広げてうつ伏せに倒れていた。頭はちょうど暖炉の角のあたりにある。左のこめかみに、大きな打撲の跡が見えた。

「永久に続く昼と夜とのせめぎ合いだ」とわたしは重々しく言った。「善と悪とのせめぎ合い。死は闇を仲間にして新たな貢物を奪い取り、翼を羽ばたかせて逃げ去っていく。光を避ける蝙蝠のように」

「ああ、またしても死の翼か」とオーウェンは、暖炉のまわりを調べながら叫んだ。「翼に呪いあれ。死神から翼をもぎ取ってしまえれば、さぞかしすっきりするだろうにな。アキレス、そう思わないか?」

「いや」とわたしは少し考えてから答えた。「そうしたら、きみはたちまち失業しちまうぜ」

「いい指摘だ、アキレス。前のひと言に比べるとずっといい。名誉挽回ってところだな」

ウェデキンド警部はわたしたちのやり取りを無視し、辛辣な笑みを浮かべて言った。

「またしても、足を滑らせた人間がひとりってわけか。このあたりでは、それは習慣になっているようだ……」

「ほう」とオーウェンは言った。「ほかの説がおありのようですね? だとしたら、どんな根拠で?」

「どんなって……あらゆる点から見てですよ」と警部は苛立たし気に答えた。「ついでに言わせてもらいますが、あなたの悪趣味なユーモアにはついていけませんな……この部屋には、こめかみに致命傷を負わせられるどっしりとした置物の二つや三つはあります。あとから被害者の頭部を暖炉の尖った角にむけ、ぶつけたように見せかけるのは簡単なことです。こんな粗雑な演出に騙されるのは、ミステリ小説に出てくるドジな探偵くらいなものでしょうよ。あなたのように経験豊富な探偵ならば、当然そうお思いでしょう。たとえ一見……」

「それじゃあ警部さん、ほかになにも気づかなかったと? まあ、いいでしょう。まずは死体の指先を見てください。特に右手の指を。黒く汚れていますよね。次に暖炉の火床を確認して。ほら、きみもだ、アキレス」

わたしたちは言われたとおりにしたが、なにも見つからなかった。するとオーウェンはこう続けた。

「灰だよ。灰に注目するんです……不自然ですよね。少なくとも形が。ちょっと見ただけではわからないけれど、熟練した探偵の目には明らかです。まだわかりませんか？　火床の隅のほうが、妙に空いてますよね。何者かが灰を、真ん中に寄せたんです。夜、寝る前なら、火が燃え尽きるままにしておけばいいはずだ。わざわざこんなこと、誰もしないでしょう。中心に火を集めたのは、なにかを燃やそうとしたからです。燃えてなくなりかけたものを、チャンドラは手でつかみ……でも、ほとんど灰になっていたんでしょう。黒くなった指がその証拠です……ああ、せめてかけらでもいいから、どこかに残っていれば」オーウェンはそう言うと、這いつくばってまたせっせとあたりを調べ始めた。

道具置き場を覗きこんでいたオーウェンは、ほどなく「われ発見せり《ユーリカ》」と耳を聾するような大声をあげた。そして火かき棒や小ぼうきを引っぱり出し、タイルの床にそっと並べた。

「諸君」とオーウェンは響きわたる声で言った。「ほらここに……端が焼け焦げたボール紙の小さなかけらがあります。バケツの底の溝にはまって、残っていたんです。チャンドラは撲殺される前に、これを手にしていたんでしょう。さもなければ、こんなものがここにあるはずありません。見たところ、本の切れ端のようです。表紙の厚紙部分でしょうか。色もわかります……」

「黄色だ」とウェデキンド警部は表情を曇らせて叫んだ。「われわれがさんざん捜した『黄衣の王』の表紙と同じ黄色……なるほど、わかってきたぞ。何者かが夜に乗じて、その本を暖炉で燃やそうとしていた。チャンドラ・ガネッシュはそれを目撃して……」

「そう、チャンドラは不審に思って灰のなかを引っ掻きまわし、黄色い本の切れ端を見つけた。そしてなんとか回収しようとした。そこに犯人がやって来て、手近にあった鈍器で彼の頭を殴りつけた。犯人はチャンドラがつかんでいたものを、急いでまた火にくべた。しかしその一部がバケツに落ちてしまったことに気づかなかった……犯人の正体はまだわかりませんが、その人物は黄色い本をどうしても消し去らねばならなかった……興味深いのは、まさしくそこです」

オーウェンはわたしたちの顔をしばらくしげしげと見つめたあと、話を続けた。

「わざわざそんなことをする目的はなんだったのでしょう？　わたしは二つの可能性が考えられると思います。この呪われた本を、人間の世界から消し去ろうとしたか……」

「だとしたら、チャンドラを殺す必要はないはずだ」

「そのとおり。つまり燃やされた本は贋物だったんです。そもそも『黄衣の王』という劇は実在する作品ではありません。変わり者の作家が小説のなかに登場させた架空の書物です。つまりサンダースさんの部屋にあったのは、適当な芝居の本に黄色い表紙をつけて作った贋物だった。それが第二の説です」

「そんなことだろうと、初めから思っていたけれど」とわたしは口を挟んだ。

「そう、しかしもはや疑問の余地はない。何者かがあの本をサンダースさんの部屋にそっと置いておいた。彼女はそれを、どこかに片づけてしまったのでしょう。それにしても、ずいぶんと手の込んだことをしたもんだ。入念に準備をしたということは、つまりサンダースさんの死は殺人事件だったということです」

「いまや二重の殺人ですよ」ウェデキンド警部は不安そうな目をしてつけ加えた。

「犯人はあの本を用意して、捜査を攪乱しようとしたのでしょう。荒唐無稽な餌ですが、われわれの目をくらます効果はあります。サンダースさんはあの本を読んで正気を失い、恐ろしい悪夢から逃れようと雪のなかに飛び出した。そんな馬鹿げた考えが、われわれの脳裏に焼きつくように。黄色いボロ着をまとった呪われた王の不気味な影が、取り乱した哀れな女のあとを追っていく……なんて美しい、劇的なイメージだと思いませんか？　どうです、われわれが相手にしているのは、巧妙な、芸術家タイプの敵なのは間違いありません」

「確かに」と警部は苛立たしげに言った。「でも、そんな演出に惑わされてはいけません。包囲網は着実に狭まっています。あの悪党を、早く締めあげてやりましょう」

「お楽しみはあとにとっておきましょう、警部。ここまでくれば、あわてるにはおよびません」

わが友の推理を別にすれば、捜査からほかに目ぼしい収穫はなかった。いちばん先に起きたアンドリューが寝ぼけまなこのまま居間に入り、チャンドラの遺体を見つけた。前の晩、被害者の元気な姿を最後に見たのも彼だった。寝る前に廊下ですれ違ったのだが、そのときはなにもおかしなそぶりはなかったという。アリスは夕食のあと、チャンドラと星を見あげながら哲学的な会話を交わした。彼の話は謎めいて難解だったが、ああいう男だから別になんとも思わなかった。

シェリルとダレンも屋敷のなかでチャンドラを見かけたが、それは午後十一時前だった。そのあとはみんな自室に引きあげ、すぐに眠ってしまったと言っている。夜中に怪しい物音を聞いた者もいなかった。

午後の半ば、ダレン・ベラミを居間に呼んだ。その前に死体は運び出されていたけれど、緊張感はいやがうえにも高まった。検死医によれば、チャンドラは夜中の一時ごろ、鈍器で殴られ死亡した。転んで暖炉の台座に頭をぶつけたという可能性も、理屈のうえだけならばないとは言えないが、と医者はつけ加えた。

ウェデキンド警部は訊問をリードした。彼は煙草に火をつけると、ミラー未亡人殺しの卑劣な手口を細々《こまごま》と語り始めた。初めはダレンも、少しずつ肩に食いこむ重荷にじっと耐えていた。次に警部は、二つの事件の驚くべき類似性を指摘した。どちらの場合も、ダレンのアリバイは《友達と騒いでいた》というものだ。しかも今回の事件では、あわてて取り繕った杜撰なアリバイで、サンダースさんの死亡時刻前後、五時間の空白があるのだからますます怪しいと。さらに警部は《黄色い本の一件》にも触れ、われわれが先ほど得た結論をひとつひとつ説明した。これにはダレン・ベラミの傲慢そうにかまえた笑みも、さすがにときおり凍りついていた。神経質そうに手で前髪を撫でつけるものの、すぐにぱらりと額にかかってしまう。

「警部さん、かんべんしてくださいよ。『黄衣の王』だなんていう馬鹿げた本の話は、もうたくさんです。みんな、もう子供じゃないんだから、ついていけませんね……冗談にもほどがある」

「ガネッシュさんの一件は、冗談ごとではありません。彼があの本のために殺されたのは、もはや明らかです。用心が足らなかったせいで、あなたは痛恨のミスを犯した。厚紙の切れ端が、バケツのなかに落ちてしまったんです。しかしまあ、あなたがあわてていたのもわからないわけじゃない。なにしろ、殺人を犯したところだったんですからね。いやはや、何回目の殺人だか……」

「わかりました」ダレンは目をぎらつかせ、いきなり相手を遮った。「正直に話しましょう。あなたが望んだことなんだから、せいぜい喜んでくださいよ。あなたがおっしゃる空白の五時間、つまりトランプが終わったあとも、ぼくは友人たちといっしょにいたんです。友人たちのなかには、フィリップとシャーロットもいました。しかしご存知のとおり、二人は結婚していますが籍は入れていなくて……」

「ええ、それはわかってますよ」

「内縁関係でも、結婚と変わりありません。ぼくたちがトランプをしていたところのすぐ近くに、《赤龍亭》といういかがわしい店がありましてね。ぼくたちはよくそこへ行き、羽目をはずしていました。アブサンを飲んだり、珍しい煙草を吸ったりして……日ごろの彼らからはとても想像のつかない淫らな欲望に思うぞんぶん身をゆだねていたんです。ぼくたちはそこで、朝まですごしました。彼らをこの事件に巻きこんだら、いろいろと迷惑をかけることになります。それはおわかりいただけますよね。ぼくはみんなの信頼と友情を、すっかり失ってしまうでしょう。それに警部、あなただってただでは済まなくなるかもしれませんよ」

それから二十四時間後、ダレンの証言の裏が取れた。彼と友人たちはその怪しげな店で、確かに朝の五時まで酒と阿片に浸っていた。店の主人とアジア系の従業員たちは、彼らのことをよく覚えていた。《友人たち》は皆最終的に、ダレン・ベラミのアリバイを確認した。ウェデキンド警部はそのために、あれこれ策を弄さねばならなかった。とりわけフィリップとシャーロットには、必ず内密にしますからと約束した。ダレンは友人を失うことになったが、命まで失うわけではない。こうしてサンダース夫人殺しの嫌疑は晴れた。チャンドラ殺しも、同一犯のしわざだとすればダレンが犯人ではない。今や彼のアリバイは鉄壁なのだから……

20　再びブルターニュへ

一九九一年七月二十五日

ブルターニュの平野に夕日が沈もうとしていた。予定していた時間には到着できそうもないと、アンドレはとっくにあきらめていた。高速道路でトラックの事故があり、長々と足止めを喰らってしまったのだ。こうなったらどこかでホテルを見つけ、一泊するしかなさそうだ。レンヌから遠ざかるにつれ、ホテルに泊まるのも難しそうな気がしてきた。十字路に黒々と立つ磔刑像だけが、彼の忠実な旅の道づれだった。過去からあらわれ出たような集落をいくつも通りすぎた。廃村らしいところもあった。モロー博士の家を訪れた翌日、アンドレはリタに手紙を書き、もう一度お会いしたいとていねいに頼んだ。あまりあてにしていなかったが、前回同様すぐに返事が届いた。何日か留守にする予定なので、急いで来るようにと書かれていた。明日ではもう、リタは出かけたあとかもしれない。そう思うと不安でたまらず、ハンドルを持つ手が震えた。疲れがどっと押し寄せてくる。事故を起こしたトラック運転手みたいに、居眠り運転をしないようにしなければ。

風が吹き始めた。車があおられ、木の葉が小刻みに揺れている。夕陽が地平線を赤く染めていた……とそのとき、彼の目に飛びこんできたものがあった。頭にフードをかぶった、全身黄色づくめの人影が、迫りくる車を無視して道を横切っていく……アンドレはあわててブレーキを踏み、スピンした車をなんとか制御して路肩にとめた。エンジンを切って車から降りると、ひんやりとした風が気持ちよかった。人影はもう、どこにもない。あたりまえだ。あれは想像の産物にすぎないのだから。あんな幻覚を見たのは、これが初めてではなかった。アンドレは苦笑いをした。《黄衣の王》は、ぼくの芝居に登場させられたのを面白く思っていないらしい。少なくとも、あんな役まわりでは。

強風で髪が乱れ、コートが体にぴったりと張りついた。こんな荒野の真ん中で、厳しい自然を眺めていると、体から力が抜けていくのを感じた。ひゅうひゅうと吹きすさぶ風のなかに、カッシルダの歌声が聞こえる。悪夢と化した和解の歌が……アンドレはふと、セリアのことを思った。こんな大事なときに、彼女を家にひとり残してきてよかったのか？　彼女はまだ冗談を言ったり、快活にふるまっているけれど、内心では焦燥感に苛まれているはずだ。ここ最近、苛立ちの兆候がいくつも見てとれる。とりわけ、モロー博士が家にやって来てからは。もしかして、新作の戯曲のせいだろうか？　もっと上手に隠しておかなかったのは失敗だった。もっと表現を和らげ、手直しを加えた最終稿を見せるつもりだったのに……まずは筆が走るまま、思うぞんぶん荒々しく書きあげた。そうやってできた作品は、作者の忌わしい悪意であふれていた。妻の目にはそこまで触れさせたくなかった。アンドレとしては、ただの習作のつもりだったのに……カッシルダ、青白い仮面の男、カミラ、黄衣の王は虚構の登場人物にすぎない。ここ、ブルターニュの片田舎で出会うはずのない者たちなのだ。彼らが暮らすのは数十光年の彼方、ヒュアデス星雲のなかに輝くアルデバラン星のカルコサの町である……

カッシルダはバルコニーから、風の轟きに負けじと歌い続けたあと、突然虚空に身を投げた。アンドレはジャンヌ・ラングロワ（モロー博士にはジャニーヌ・ランブランと言ってあった）のことを思った。古い石切り場の縁から、彼女も同じように落下した。何者かに背中を押されて……でも誰が、どうやって？　アンドレにはもう、わけがわからなかった。犯人の正体なんて、どうでもいい。カミラかもしれないし、黄衣の王かもしれない。あるいは青白い仮面の男かも。

＊

翌朝、十時ごろ、アンドレはリタ・メスメルと庭のあずま屋でコーヒーを飲んでいた。リタは前回と同じように、おいしいバターサブレをふるまってくれた。アンドレは車の後部座席で寝苦しい一夜をすごしたあとだったが、熱いコーヒーの奇跡的な効果ですっかり元気を取り戻していた。過去の亡霊たちは彼の調査に関わった現実の人物と、いつの間にか混ざり合った。しかしそれも、太陽が昇るとともに消え去った。ニワトリの鳴き声がカッシルダの歌を追い払ったように。

「ちょうどよかったわよ、アンドレ。明日の朝、出かけようと思っていたから」リタは何本目かの煙草に火をつけながら言った。

「それじゃあ、お好きなときに追い返してくださいね」

「でも遠路はるばるやって来たのには、なにかわけがあるのでは？　お昼をいっしょにしていただけたら嬉しいわ。大したものはお出しできないけれど、新鮮な玉子でオムレツくらいできるわよ」

「それはありがたいお申し出です」

「昔話をするのは、わたしも楽しいわ」とリタは続けた。「確かにつらい人生だったけれど、生き生きとした驚きに満ちていて、しあわせなひとときもあった」

「こうしておじゃましたのも……要するにしあわせな過去のためなんです。少年時代は、毎日が新たな発見でした。心配事などなにもなく、本当にすばらしい時代でしたよ……」

「そんな失われたしあわせを取り戻すために、わたしのところにいらしたのかしら？」とリタは皮肉まじりにたずねた。

「まあ、少しは。でも、それだけじゃありません。妻にはよく褒められるんです。あなたにはいいところがたくさんあるってね。そうするとついつい信じたくなるんですが、彼女はかいかぶっているんですよ。本当は欠点だらけの人間です」

「誰だってそうだわ」

「好奇心が強すぎるんです。謎と聞いただけでもうじっとしてられない。そこがわたしの悪いところで……職業病だって言うかもしれませんが、子供のころからずっとです。たあいもない漫画本に仮面の敵が出てきただけでもう、好奇心で体が震えるほどなんですから」

「どうやらあなたは、あのつらい事件の話を蒸し返そうとしているみたいだわね」とリタはため息まじりに言った。

「ええ、隠しはしません。どうしてなのか、うまく説明できませんが、れっきとした理由があるんです。なんて言うか……そこに幸福がかかっているような気がして」

「それじゃあ、話をうかがいましょう」

「まずはラングロワ夫人の金時計のことから始めましょう。彼女は動かなくなった金時計をあなたにあげました。でものちのち、とても後悔しました」

「わたしがそれを知ったのは、ずっとあとになってからなのよ。ジャン＝ピエールが話してくれたわ。でも彼は、時計を返さないほうがいいと言ったの。かえって奥さんが気を悪くするだろうって」

「あなたはその金時計をペンダント代わりにして、首からさげていましたよね？」

「ええ、ほかに使い道もないと思ったから。でもそれが夫婦喧嘩の原因になると知って、身につけなくなったわ。それがそんなに大事なことなの？」

「自分の記憶を確認するためにね。確かあなたは当時、そんなペンダントをしていたようなので」

「じゃあ、すばらしい記憶力だったってことね」とリタは言ってにっこり笑った。「よかったらさしあげるわよ、あの金時計」

「なんですって？　まだ持っているんですか？」

「ええ。でも、もっと前に手放すべきだったわ。動かないからってだけじゃなく、縁起が悪いから」

リタは家から金時計を持ってきた。アンドレはそれを手に取り、魅せられたようにじっと眺めた。

「映画の金時計から連想しなければ、あなたがこれを持っていたなんて思い出さなかったでしょうね」

「あら、残念。わたしのことが記憶に焼きついていたんだって、一瞬思ったのだけれど」

「それも少しはあるでしょうよ。あなたの長い黒髪は、わたしにとっていつも……」

「やめて。髪の話はしないでちょうだい。わたしにはつらすぎる話題だから……」

「それじゃあ、別の話に移りましょう。あなたの魅力と深い関係のある話に」

「気になるわね……」

「ずばりうかがいますが、あなたは当時ジャン＝ピエール・ラングロワさんと関係がありましたか？」

沈黙が続いた。家の前を通る小型バイクの音が、静寂のなかに響いた。

「ええ」リタはようやくぽつりと言った。「終始変わらない、情熱的な関係が」

「秘めた関係だけに、いっそう情熱的だったんですね」

「禁じられた恋というのは皆、そういうものだわ……前回ははっきり言わなかったけれど、とっくにわかっているのかと思ってたわ」とリタ・メスメルは言って、かけていた度つきサングラスをなおした。

「うすうす感じてはいましたが、確信はありませんでした。でも、ラングロワ夫人は知っていたんですか？」

「いいえ、知らなかったと思うわ。疑ってもいなかったでしょうね。でも彼女はとても悩んでいたみたい。なんていうか、生きることの意味に疑問を抱いていたの。生まれつきとても神経質で……精神安定剤を手放せなかった。お酒もあびるほど飲んでいたし。ときには幻覚を見ることもあったほどよ。大嫌いな蝙蝠がいたるところに見えると言って……それを追い払うためにまた飲んで……自分ではもう、どうしようもなくなってたわ。闘うには心が弱すぎたんでしょう」

「専門家に相談しなかったんですか？」

「もちろん、あたってみたわよ。何人もの人たちに。最後のひとりは多少成果をあげたけれど、長続きはしなかったわ。彼女は本当に、哀れを催す状態だった。それがわたしたちにとっても、問題だったの。ジャン＝ピエールとわたしは、正直に打ち明ける決心がつかなった。そんなことをしたら、彼女の心は壊れてしまうだろうと思ったの」

「でもラングロワ夫人が亡くなったあと、なにがあったんですか？」

するとリタは笑みを浮かべて遠い目をし、かすれ声で答えた。

「いつでも結婚できるようになったのに、どうしてそうしなかったかと？　そのわけを聞きたいのね？」

アンドレが黙ってうなずくと、リタは言葉を続けた。

「あの事件でわたしたちは、二人ともぼろぼろになってしまったの。ジャン＝ピエールはもう、昔の彼ではなかった。そしてわたしも、昔のわたしではなかった。警察の捜査が続くあいだ、わたしたちには疑いの目が注がれた。さいわい嫌疑は晴れたけれど、素直に喜べなかったわ。しばらくは会っていたわよ。もちろん、人目を忍んでだけれど。でも抱き合うたびに、ジャンヌの幽霊が二人のあいだに立ちふさがるの。ジャン＝ピエールの目を覗きこむと、責めるようなジャンヌの目がそこに見える。恐ろしくて、もう彼の顔を眺められなくなったわ。だからわたしたちは関係を絶った。お互い、まだ愛し合っているのに」

続く沈黙のあいだ、リタは頬をつたう涙をぬぐった。それから唾を飲み、こう続けた。

「それはわたしの人生で最大の試練だった……いまだに立ちなおれていないわ」

21　出発

一九一一年一月十三日

シェリル・チャップマンは大きなスーツケースをしめると、最後にもう一度戸棚の鏡に目をやった。期待どおりの姿が映っている。彼女は無意識のうちにポーズをとった。軽く腰をくねらせ、片手をそっとあごの下にあてて帽子をなおすと、自分に微笑みかける。分厚いコートのうえからでも、優美な体形が見てとれた。ダレンはわたしのことを、自慢に思うはずだ。彼は出発の準備を整え、居間で待っているだろう。この人里離れた陰鬱な屋敷を出ていこうとしている……いや、そんなふうに言うのは公正じゃないわ。レヴン・ロッジは二人の出会いの場所だったんだから。正確に言うならば、ここへ来る汽車のなかで会ったのだけど。同じ汽車に乗って、もうすぐいっしょにロンドンへ帰る。捜査の都合で少し長びいた週末を終えて。捜査も、もう終わったようだ。少なくともシェリルの目にはそう見えた。サンダースの死にダレンは無関係だと、警察はようやく納得してくれたらしい。新しい人生が始まるんだわ……陽光を浴びてきらきらと光る雪のような、輝ける人生が。シェリルは窓から雪景色を眺めた。人生に大きな転換が訪れたのはこれが初めてではないけれど、今回はいい結果になると彼女は確信していた。努力はきっとむくわれる。もちろん、サンダース社で秘書の仕事を続ける気はない。彼女はこの数時間、ずっと考えていたが、いつまでも悩んでいるつもりはなかった。当事者であるアンドリューにはまだこの決心を伝えていないが、いつまでも先延ばしはできないだろう。時間なら、汽車のなかでいくらでもある……

アリス・ヨハンソンも隣の部屋で、壁に備えつけた鏡に映る自分の姿に目をやった。シェリルほど長々と眺めてはいなかったけれど。しかしその瞬間、むやみに浮かれまいとはしながらも、シェリルと同じく未来に明るい希望を膨らませていた。夫は社長になるというのに、不満を並べる理由などあるだろうか。アリスは奇妙な笑みを浮かべながら、そう自問した。アンドリューは窓の前でせかせかと懐中時計を見ながら、駅へ行く馬車の到着を待っていた。そして「遅れるなよ」と居丈高に言って、荷物を手に寝室を出ていった。夫がいなくなると、ほっとした。彼のことはますます耐えがたくなっていた。アンドリューはもう、早くこの場を離れたくてしかたないようだ。こんな《陰気なところ》、《惨劇の舞台》からはさっさと出ていきたいと思っている。確かにあんな事件があったのだから、彼がそう思うのも無理はないけれど、わたしの目はふし穴じゃないわ。彼がなにを気に病んでいるのか、よくわかっている。それにダレンが姉の遺産をもらうことになると思うと、いっそう心穏やかではいられないのだろう。

枕もとの時計を見ると、九時半だった。出発の時間だ。レヴン・ロッジともこれでお別れ。もう二度と来ることはない。この地の地縛霊たちにも、永久《とわ》の別れを告げよう……チャンドラの穏やかな顔が目の前に浮かび、懐かしさがこみあげた。とても賢くて、いっしょにいるだけで安心できる人だった。星空の下で最後に交わした会話のことを、アリスはいつまでも考えていた。結局のところ、彼はなにを言いたかったのだろう。どうして手製の糊をくれたのか？　まるでそれがアリスの運命を決する、大事なパズルのピースであるかのように。

ほどなくダレンとシェリル、ヨハンソン夫妻、それに夫妻の犬は小さな乗合馬車に乗って駅にむかった。みんなほとんどしゃべらず、雪景色にじっと目をむけている。汽車のなかでも二組に分かれた。ダレンやシェリルとは別のコンパートメントにすわると、アリスが断固言いはったからだ。

一時間ほど汽車に揺られたあと、チャリング・クロス駅のホームでまた四人は顔を合わせた。笑みを浮かべている者、そうでない者。ダレンは前者だった。さあ、お別れのときです、と彼は言った。わたしたちの進む道が、この先どこかで交わることはないでしょう。われわれが経た試練はつらいものでしたが、決して悪いことばかりではありません。これから待ち受けている未来が、いっそう輝いて見えるはずですから。そんなダレンの弁舌に、アンドリューはもごもごとなにか答えただけだった。アリスは平然としている。いっぽうシェリルは笑顔の側だった。彼女は感極まったようにアンドリューの腕に飛びこみ、短い抱擁を交わしてこう言った。

「いろいろ、ありがとう、アンドリューさん。まだ言っていなかったけれど、サンダース社を辞めることにします」

「本当に？」とアリスは耳ざわりな声で訊き返した。「驚きだわ」

「もちろん、よく考えたことです」とシェリルは、神妙な表情を取り繕って答えた。「性急に出した結論ではありません。本当にお世話になりました。それは決して忘れないわ。わたしたちはとてもすばらしいひとときをすごし……」

アンドリューは困惑したように、顔を蒼ざめさせている。妻のアリスはと言えば、まるで蝋人形にでもなってしまったかのようだ。

「ありがとうございました、アンドリューさん」シェリルは目をぱちぱちとしばたたかせ、ダレンの腕につかまった。「あなたは父親のようにわたしを助け、導いてくれました。しかしわたしにはもう、頼れる人が別にいますから」

ヨハンソン夫妻はロンドンのアパートメントに着くまでの帰り道、ひと言も話さなかった。アリスは帰宅するなり、彼女には珍しく舌鋒鋭く切り出した。

「よくもまあ、あんな口をきけたものね、あの性悪女。人前であなたを辱めて。こっちまで恥ずかしかったわ。それなのにあなたときたら、ただ言われっぱなしだったじゃない。本当なら、いくら平手打ちを喰らわせても足りないくらいだわ。他人事《ひとごと》ながら腹が立つ……わかってるの、わたしにとってても侮辱だったのよ。でも、あなたは応《こた》えていないんでしょうね。もしあの女が戻ってきて、退職はやめにすると言ったら、あなたは二つ返事で受け入れるんだわ」

「そんなことないさ、ダーリン」とアンドリューは、きっぱりと男らしく答えた。

「ダーリンなんて呼ばないで。もう意味ないわ」

アリスはそれだけ言うとさっさと踵を返し、夫の鼻先でばたんとドアを閉めた。アンドリューは彼女のすすり泣く声が、一瞬聞こえたような気がした。けれどもアリスはすぐに、寝室に入ってしまった。

翌日もアリスは黙りこくっていた。犬のヘクターがいくら吠えても、彼女は知らんぷりだ。さらに次の日、仕事を再開したアンドリューが夕方、家に戻ってみると、なんと居間にスーツケースがずらりと並んでいるではないか。アリスはひじ掛け椅子にすわって、刺繍に没頭している。

「どういうことなんだ？」アンドリューは目を丸くし、口ごもるようにたずねた。「休暇を取ることにしたのか？」

「そうよ」とアリスはひと言そっけなく答えた。

「まあ、それも悪くはないだろうな……あんな体験をしたあとだから、気分転換が必要だ」

「休むわ。これからはずっと。たくさんなのよ。もう、たくさん……」

22　風車小屋

一九九一年七月二十六日

アンドレとセリアが家を出たのは、午後十時すぎだった。ここ数日、すばらしい夜が続いている。香しい甘やかな夜気のなかを散歩し、輝く満天の星を眺めたら、どんなに気持ちいいだろう。風車小屋にむかって、埃っぽい緩やかな坂道をのぼっていくあいだ、アンドレは昨日リタの家を訪ねたときのことを思い返していた。妻にはその一部しか報告していなかった。言ったとおりでしょ。わざわざ遠くまで出かけて、骨折り損だったじゃないのと、彼女はすかさず指摘した。そんなことはないと、アンドレは思っていた。リタとジャン=ピエール・ラングロワの秘められた関係が明らかになったし、ジャンヌの心の内もよくわかり——セリアには言わないでおいたけれど——この一件に新たな光があてられた。そもそも、セリアに主導権を取らせるのは、あまりいいことだとは思えない。彼女はジュランスキーの家に、星を見に連れていって欲しいとせっついた。星がよく見える晩ならば、都合のいいときいつ来てもかまわないと天文学者は言っていたので、前もって連絡する必要はないだろう。セリアは一日中、子供みたいにうきうきしていた。けれども陽気な目がときおり虚ろになり、心に秘めた苦悩の色があらわれることがあった。アンドレが書いた戯曲について、彼女は奇妙な指摘もした。なにかがおかしい、とアンドレは感じた。それはほとんど肉体的な感覚だった。

「早く見たいわ、望遠鏡でそのすばらしい光景を」とセリアは空を見あげて言った。

「あとひと息だよ」

「ところで最近、クリスティーヌさんに会った？」

「いや、会ってないと思うけど……でも、どうしてそんなことを？」

「ここしばらく、朝の散歩をしているのを見かけないから……」

「旅行にでも行っているんじゃないか」

「そうね、彼女はよく旅に出るから。恵まれている人もいるものね」

ほどなく風車小屋が、二人の眼前にあらわれた。青みを帯びたビロードの夜空を背景に、黒いシルエットがくっきりと浮かんでいる。アンドレは呼び鈴のボタンを押した。天文学者が明るくにこやかに迎えてくれると思いきや、なんだか勝手が違った。

「ああ、あなたでしたか」とジュランスキーは驚いたように、気のないようすで言った。

「もしお忙しいようでしたら……」とセリアは言った。

「いえいえ、どうぞお入りください。天気がいいのも今夜まででしょう。この機会を逃さないようにしなければ」

セリアは風車小屋のなかに入ると、趣味のよさを褒めまくった。インテリアや家具の配置がすばらしいと。けれどもジュランスキーは、観測室へあがるのでいっしょに来るようにと言っただけだった。木製の大きな階段は、足をかけるとぎしぎしときしんだ。先頭はジュランスキー。セリアがそのあとを影のようについていき、アンドレはしんがりを務めた。ぼんやりとした赤い光が、セリアの金髪を朱色に染めていた。カーブで彼女の横顔が見えたとき、アンドレはその口もとに笑みが浮かんでいるのに気づいた。けれどもジュランスキーの表情は、なぜかこわばったままだった。

観測室に着くと、天文学者はアンドレが前回見たのと同じように望遠鏡を調整した。解説も前と同じだったが、あまり熱が入っていなかった。それでもセリアは接眼レンズに目をあて、干潟星雲やトリフィド星雲が見えると、感嘆の叫びをあげた。

「すばらしいわ。あの星々のどこかに、カルコサがあるのね」

「いや」とアンドレが口を挟んだ。「カルコサはヒュアデス星雲の側にあるんだ。今日は見えないけれど」

「あそこにあるはずよ」セリアはますます興奮したように叫んだ。「町の塔が見える……ハリ湖も見える……」

カール・ジュランスキーは額にしわを寄せた。

「ほら、あれは宮殿だわ。バルコニーに女の姿がある。カッシルダよ、間違いない。彼女の隣には、青白い仮面の男もいる……黄衣の王、その人かも」

　すると天文学者はぐいっとセリアを押しのけ、望遠鏡が狙いさだめた空の一角に自ら目をむけた。やがて彼は肩をすくめた……そこでアンドレは、あわてて取り繕った。妻はわたしが書いた芝居の登場人物をネタにして、冗談を言っているのだと。

「その手の冗談は、いただけませんね」ジュランスキーは不平がましく言った。「とりわけ、あなたのような人が口にするのは」

　それでもセリアは、皮肉っぽい笑みを絶やそうとしなかった。アンドレはつっけんどんに言い返した。

「どうも、よくわからないのですが……」

「あなたは」とジュランスキーは、フクロウのような目でアンドレをじっと見つめながら言った。「あなたはよくおわかりのはずだ」

　死の沈黙があたりを包んだ。天文学者の決然とした冷たい視線に、アンドレははっとした。ここは用心に越したことはない。

「説明していただけると……」と劇作家は口ごもるように言った。

　緊張が緩むかと思ったのに、期待はずれだった。ジュランスキーは責めたてるように、アンドレとセリアに指を突きつけた。

「あなたたちがなにをしたのか、ちゃんとわかってます……わたしは見たんだ。いつかの晩、あなたたちを。雪のなかで……」

「雪のなかで？」アンドレはびっくりして訊き返した。「なんの話をしているんですか？」

「あなたたちは死体を運んでいた……間違いない。しっかり顔が見えたんです」

「死体を運んでいたって？　まったくどうかしている。しっかりしてください」

「偶然ではなかったんだ」とジュランスキーは、顔を真っ赤にさせて続けた。「奥義を体得した者は、意味もなくあの場所に色をつけはしなかった……」

「ああ、そういうことですか」アンドレは両手をふりあげて言った。

そして妻をふり返り、目くばせしながらこう続けた。

「ほら、前に色の話をしただろ。過去の出来事が見えるという色さ。ジュランスキー教授は再び過去を覗いてみたんだ。そうしたらそこに、ぼくらによく似た怪しげな人物が二人見えたというわけさ。教授がそうした実験をなしとげたのは、これが最初ではないらしい。彼は……」

「《似ていた》んじゃない。あれは間違いなくあなたがただった。わたしの頭がおかしいみたいに、言わないでいただきたい」

ずっと平静を保っていたセリアは、天文学者にモナリザの微笑をむけた。

「そんなこと、思っていませんよ、カール・ジュランスキーさん。あなたは狂人なんかじゃない。わたしたちには、そう思わせようとしているようですが。いえ、むしろとても狡猾な人だわ。ところで、メスメルという名前に聞き覚えは？　ありませんか？　それなら、ハインリヒ・メスメルなら？　やはり知らないと？　ずいぶん忘れっぽくなったようですね……」

今度はジュランスキーのフクロウのような目が、驚きのあまりまん丸になった。

「なんの話ですか？」

「よくおわかりのはずよ。しらばっくれるのはおやめなさい。あなたの小細工は、すべてお見とおしなんだから……」

セリアの燃えるような目を前にして、ジュランスキーはあきらめるしかなかった。

「どうやらもう、話し合うことはなにもないようだ」

「わたしもそう思うわ」

「お見送りしますよ」

「そうね。それがいいわ。行きましょう」

一日中、日が照っていたせいで、屋根裏部屋はむっとするほど暑かった。カール・ジュランスキーはそのなかを、階段にむかって歩いていった。彼が急な階段に足をかけたとき、すぐうしろからセリアが両手を突き出し……

23　最後のチャンス

アキレス・ストックの手記（承前）
一九一一年二月

事件の続きについては、おもにわが友の打ち明け話にもとづいている。わたしがコッツウォルズで営んでいる高級食器会社の仕事で忙しかったこともあるが、オーウェンが「ひとりで調査にあたる必要がある」と言って、わたしを遠ざけたからだ。それゆえこの時期、彼とはロンドンにのぼったおりに会うだけだった。

だからわたしは調査のなりゆきを逐一知ることはなかったし、正直言って少し関心も薄れていた。検死陪審はサンダース夫人もチャンドラ・ガネッシュも事故死だと結論づけた。疑わしいと思う理由はいくつもあったが、わたし自身について言えば、そんな印象も時とともに薄らいでいった。

アリス・ヨハンソンが夫と別居し、一時的にホテル住まいをしているという話はオーウェンから聞いていた。彼女はほとんど身寄りがなかったので、騒動になるのは夫の側だけだった。オーウェンが直接会って確かめたところによると、アリスは強いしっかりとした意志を示したという。夫が離婚に応じようが応じまいが、もう彼とは会わないと心に決めている。新たな状況は不安定だが、決して妥協はしないと。

オーウェンは、ミラー殺しの事件を担当した警官からも話を聞いたという。ダレンのアリバイに疑問点があったことを、彼はよく覚えていた。そして今でも、釈然としない思いを抱き続けていた。捜査にかかったときから、ダレン・ベラミが犯人だと確信していたからだ。しかしダレンのアリバイを裏づける証言がいくつもあったため、納得せざるを得なかった。

「でもオーウェン、きみはどう思うんだい？」とわたしはたずねた。「なにか考えがあるようだが」

「ああ、アキレス。担当警官の詳しい説明や当時の調書から、いろいろと仮説を組み立ててみたさ。でもそれについて話すのは、また今度にしよう。昔の事件の真実がいかなるものであれ、サンダース夫人の件とは結びつかないだろうからね」

「つまりダレン・ベラミは、昔の事件では有罪だが、今回の事件では無実だと？」

「そういうことになるな。安易な同一視は、われわれの仕事にとって最悪の敵なんだ。でもぼくは経験を積んでいるからね、そんな罠には落ちないさ。それは誰よりきみがいちばんよく知っているはずだ」

オーウェンは二月半ばごろ、シェリル・チャップマンにも会ったそうだ。デッサン教室をひらいている友人の画家が新しいモデルを雇ったのだが、その名前がシェリル・チャップマンだったというのだ。オーウェンはさっそく教室に行ってみた。

「彼女はあいかわらず美人だったよ、アキレス」とオーウェンはわたしに言った。

「たった数週間で、そんなに変わるはずないからな。それはともかく、彼女がまた絵の世界に戻ったなんて、驚きじゃないか。そうだろ？」

「確かにね。教室が終わったあと、紅茶を一杯おごって話を聞いた。ぼくに再会できて嬉しいって言ってたよ。でもダレン・ベラミとは、もう会っていないって。二人はうまく行っていると思っていたんだろ。ところが、そうじゃなかったんだな……彼らの美しい恋物語は終わりを告げたのさ。たちまちのうちにね。ほんの二週間で、お互いむいていないとわかったそうだ」

「まったくひどいやつだな。そりゃまあびっくりしたけれど、シェリルにとってはむしろ悲しい出来事だろう」

「落ちこんでいたのは事実だな。でも彼女だって一文無しじゃないし、きみが心配するにはおよばないさ。人生経験もないわけじゃない。困ったときは相談にのると言っておいたよ。また会おうと約束もしたし……」

「きみの寛大な心には恐れ入るよ、オーウェン。彼女が悪影響を受けなければいいがな……」

翌週、オーウェンは頰を紅潮させ、わたしを訪ねてロンドンのアパートにやって来た。そしてこと犯罪に関する限り、人間の狡知にはいつもながら驚かされると出し抜けに切り出した。その分野では長年の調査経験を誇る彼にしても、呆気にとられたと言うではないか。その証拠にと、彼は古い事件の数々をもったいぶって語り、悪賢い殺人者たちを列挙した。

「それで、なにが言いたいんだ?」わたしはとうとう口を挟んだ。「そんな話はぼくだってよく知ってるさ。この手で記録したからね」

「われわれは騙されていたんだ、アキレス。素人みたいに一杯喰わされたのさ」

「サンダース殺しのことで?」わたしはあえてたずねた。

「もちろんさ」とオーウェンは驚いたように言った。「わかっていると思ってたが」

「つまりサンダース夫人の死は他殺だと?」

「そのとおり。今やぼくは、心の底からそう確信している……」

「でも、どうやって殺したんだ? どうすれば犯人は、雪のうえに足跡を残さず被害者に近づけたと?」

「まだはっきりとはわからないが、考えがまとまり始めたところで……」

「ぼくを焦らそうとしているんだな!」

「そうじゃないさ、アキレス。今のところ、謎ときの大まかな構図しかできていないんだ。巧妙きわまる手口なのは間違いない。でも、事件のもっとも狡猾なところはそこじゃない……思うに、罠はほかにある。われわれがむざむざと陥った心理的な罠は……まさに芸術的だよ、アキレス。尊敬に値する。ともかく、もう少し待ってくれ。折を見てすべて説明するから。ぼくなりのアプローチで、考えねばならないんでね。実を言うと、この事件をこれ以上追うべきか迷っているんだ……」

＊

オーウェン・バーンズは山高帽を目深にかぶり、背中を丸めぎみにしてグレート・ラッセル通りを横ぎり、思案顔でティーサロン《タトル・アンド・ティー》に入った。ロンドンで最高級の店とは言えないものの、オーウェンは斬新なインテリアが気に入っていた。店内にほどよく飾られた絵の、赤い色調が心地いい。けれども今日は、あたりのようすなど一顧だにしなかった。なんであれ、誰であれ、まったく意識の外だ。彼は席につくと、ポケットからばさばさと新聞を取り出し、一心に読み始めた。まるでこの世に自分ひとりきりであるかのように、隣の席の客たちを無視して。そうやって、いささか目につくやり方で店に入ることこそオーウェンの目的だった。しばらくすると、彼は悪いニュースに驚いたかのように、いかにも不快そうに新聞を置き、思いに沈んだ暗い目であたりを見まわした。そして突然、ぱっと顔を明るくさせ、近くの席にいた男女に視線をとめた。

「これまた！」とオーウェンは叫んだ。「ヨハンソン夫人と……ベラミさんではありませんか。奇遇ですね」

話しかけられた二人は、嬉しい驚きだとでもいうような顔で——オーウェンほどではなかったけれど——彼におじぎをした。

「これはこれは、名探偵さんじゃありませんか」とダレン・ベラミはいつものにこやかな笑みを浮かべて言った。「またお会いできるとは。お元気ですか？」

「ごいっしょしてもよろしいでしょうか？」

「もちろんですよ。ぜひそうしていただかなくては」

「いやはや、驚きました」オーウェンは席につきながら言った。「それも二重の意味でね。ここであなたがたに再会するなんて……しかもお二人がごいっしょにいるところに。わたしはてっきり……」

「わかりますよ。でも世の中、なにがあるかわかりませんから。そうだろ、アリス」

ヨハンソン夫人は困惑したような笑みを浮かべてうなずいた。

「わたしもまたあなたにお会いできて嬉しいですわ、バーンズさん。最後に会ったときのことは、忘れていません。あなたのお心遣い、励ましの言葉を。あんなふうに接してくださったのは、あなただけでしたから……」

「だけってことはないはずだが」とダレンが冗談めかして口をはさむ。

たまたまアリスと会って彼女が置かれている状況を知り、なんとか元気づけようと経済的な援助を申し出たんです、とダレンはオーウェンに説明した。そのお返しにもらったものといえば、情け容赦ない平手打ちだけでしたけどね、と彼はつけ加えた。

そしてまだひりひりするとでもいうように、片手で頬をおさえた。

「それから?」とオーウェンは、不思議そうにたずねた。

「それから……」アリスは美しい青い目で、オーウェンの目をじっと覗きこみながら言った。「それから、わたしのなかでなにか奇妙なことが起きたんです。あのときは、自分のふるまいを後悔なんかしていませんでした。つまり、屈辱的な申し出をしてきた相手に平手打ちを喰らわせたことを。ところがそのとき、夫の姿が目の前に浮かんできて、ふとこう思いました。シェリルに捨てられて以来、夫が敵対心を燃やしている男の腕に飛びこんだらって。夫の横暴に屈し続けた妻にとって、こんな鮮やかな復讐もないわ。わかっていただけないかもしれませんが、バーンズさん、でも……」

「ああ、よくわかりますよ。わたしはあなたが思っているような冷徹一本鎗の探偵、推理する機械じゃありませんからね。ときには情にほだされることだって……」

「そうですよね、バーンズさん」とアリスは、オーウェンの腕に手をあてて言った。「確かにそうです」

「これでも多少の女性経験はありますが」とダレンは頭を掻きながら言った。「正直言って、あのときは本当に驚きました。彼女が力いっぱい平手打ちをしたあと、今度はキスを求めてきたんですから。わたしはすぐに理解しました。これはただの気まぐれや、感情の昂ぶりではないって。そして何度も会っているうち、アリスは美しいだけの女性ではないと思うようになったんです」

「わたしのほうも」とアリスは、ダレンにやさしく微笑みかけながら言った。「最初は夫を傷つけるためだけにダレンと会っていたけれど、彼は思ったほど悪い人じゃないという気がしてきました。でも、あなたが驚くのは無理ありませんね、バーンズさん」

「とんでもありません」とオーウェンは陽気に叫んだ。「この世はそうやってまわっているんです」それから彼はダレンのほうをふり返った。「そうそう、ベラミさん。実は最近、あなたのことを考えていたんです。ミラー殺しの件で……」

「なんだって、そんな昔の事件のことを?」

「ご心配なく。事件を蒸し返そうというつもりはありません。ただ純粋に知的な観点から、わたしの考えをお聞かせしようと思いまして。なんと言うか……レヴン・ロッジでは情けない、無能な探偵ぶりをお見せしてしまいましたが、本当はちょっと違うんだというところを証明したいんです。いえ、わたしに対するあなたの評価は、よくわかっていますから、否定されなくてもけっこうです。寸鉄人を刺す厳しい言葉の端々から、お気持ちのほどがよくあらわれていますよ。ミラー夫人殺しでのあなたのアリバイは、非の打ちどころないように見えますが、実はそうでもありません。わたしが捜査を担当していたら、簡単にそれを証明していたのですが……」

ベラミの目が猫のようにきらりと光った。

「あなたには驚かされますよ、バーンズさん」

「さまざまな事実や証言を検討した結果、問題の時刻――ミラー夫人は午後十時ごろに殺されたのだから、午後九時半から十時半までということになりますが——あなたはちょうどピアノを弾きながら、その手のパーティにふさわしく陽気な歌を熱唱していたとわかりました。わたしが確認したところ、ピアノは部屋の隅に置いてあったそうです。そこであなたは皆に背をむけ、カウボーイハットとネッカチーフというでたちで演奏していたのです。でも、カウボーイスタイルの男なんて、みんな同じに見えますよね？」

「なるほど……わたしによく似た共犯者がそっくりな衣装を着て、そのあいだ身代わりを務めていたというんですか？　でも、声はどうします？」

「声というより、歌といったほうがいいでしょう。あなたは話していたのではなく、歌っていたのですから。専門家なら知ってのとおり、歌にはあまり訛りが出ないんです。純粋のスコットランド人でもね……もちろん、歌がうまければの話ですが。才能ある物まね芸人なら、他人の歌声を巧みに再現することができますよ。もちろん、誰でもその役を演じられるわけではありません。身代わりを務められるのは、プロの芸人だけでしょう。でも、確かあなたは当時、バーでピアノを弾いていて、芸人たちとも付き合いがあったとか」

ダレンは笑ってうなずいた。

「いいでしょう、バーンズさん。できるかできないかと言えば、不可能ではないでしょう。でも、いいですか。あそこには五十人もの人がいたんですよ」

「確かに。だからずいぶんと騒がしかったはずだ。わたしはむしろ人数が多かったからこそ、証言の信憑性は怪しくなると思いますがね」

「ええ、一本取られました。でもそれはただの推測にすぎないと、お認めになりますよね」

「確かに。でも、徹底的に調べた結果です。ああ、もうひと言、殺人の状況そのものについてもつけ加えておきましょう。むかいの家の窓から見ていた少年によれば、ミラー夫人は雨のなか、犬を捜しに出たそうです。けれどもなかなか見つからず、あきらめて戻ってきました。そのときなぜか家の前で、びっくりしたように立ちどまったのです。おそらく彼女は、出ていくときに消したはずの明かりがついているのに気づいたのでしょう。言いかえれば、留守のあいだに何者かが家に入ったのだと。警察の調べでは、ドアや窓をこじあけた形跡がないことから、合鍵を持っている顔見知りに違いありません。その人物は、ミラーさんが犬を追って外に出たのを知らず、家にいるものと思っていたのです。もしそれがミラーさんを殺した犯人だとするならば、そしてミラーさんを殺したのが、われわれの推測どおりあなただとするならば、あなたは彼女が家にいないと知って激昂したことでしょう。せっかく苦労して、アリバイ工作までしたんですからね。あなたは家のなかをざっと見まわし、すぐさま帰ることにしました。よほどあわてていたのか、そのとき明かりを消し忘れたんです。しかし通りの先に、ミラーさんの人影が見えたので……」

「もうけっこう、バーンズさん。なるほど事件のなりゆきは、そんなことだったかもしれません。しかしほかにいくらでも、説明のしようはありますよ。例えばミラーさんは、自分が家を出るときに明かりを消し忘れただけかもしれません。もし犬に逃げられたのだとしたら、あわてていたはずですからね。なにせ彼女はあの犬を、ずいぶんとかわいがっていましたから。そして同じ理由から、自分がうっかりしていたのにも気づかず、明かりのついた窓を見て驚いたのかもしれません」

「今度はあなたのほうが、一本取りましたね」とバーンズは陽気な口調で言った。「だからって、なにも驚くにはあたらない。あなたはどんな疑問にも、ちゃんと答えを用意してあるんだから。それはこれまで、何度も確認ずみですよ。だったら次のような偶然も、難なく説明していただけるものと思うのですが。ミラー殺しの三週間後、イーストエンドのミュージックホールで道化芝居を演じていた売れない芸人ラリー・ダニエリことマーク・ケラーなる男の死体が、テムズ川から引きあげられました。彼はあなたとよく似た歳格好でした。そして頭に一撃を喰らったあと、テムズ川に放りこまれたんです。しかも殺された時期は、ミラーさんとほぼ同じでした。しかし当時の捜査では、二つの事件を結びつけた者は誰もいませんでした。無理もないでしょう。テムズ川から見つかった溺死体なんて、珍しくもありませんからね。こんな三面記事事件を見つけ出すことくらい、お茶の子さいさいでしたよ。どこを探せばいいのか、はっきりわかっていましたから。さあ、どうです？　ノーコメントですか？　わたしは昔からよくある事件だと思いますよ。邪魔な証人を消したんです。共犯者はさっさと片づけたほうが安心だ」

重苦しい沈黙が続いたあと、オーウェンは再び口をひらいた。

「でも、すべて忘れましょう。古い事件です。なにをしたところで、死んだ人間が生き返るわけじゃない。現在のこと、未来のことを考えましょう」

「ええ、そうですとも」ベラミは瞼にしわをよせて言った。「そのほうが賢明だ……」

「あなたがたお二人には、明るい未来が待っています……愛、お金。まだまだ人生はたっぷり残っている……実に恵まれていますよ。そうは思いませんか？」

「なにがおっしゃりたいんですか、バーンズさん？」

「つまりですね、こんなに恵まれたあなたに、さらにもうひとつチャンスを差しあげようというんです。でも、これが最後のチャンスになると思ってくださいよ」

またしても沈黙が続いた。疑念に満ちた沈黙が。やがてオーウェンは、がらりと声を変えて言葉を続けた。

「いいですか。わたしがこんな特別待遇をするのは、あなたのためなんかじゃありません。ベラミさん、それはよくおわかりのはずだ。わたしはすべて見抜いています。なにもかも、ほんの細かな点にいたるまで。サンダースさんの悪夢が偽りだったこと。シェリルさんのブーツによる足跡の巧妙な仕掛け。磔刑像の使い方や、あなたの無実を確実なものにした二段構えのアリバイも見事なものです。結局のところ、あなたは本当に無実でしたし。だってベラミさん、大仕事をやってのけたのは、もちろんあなたではなかったんですから」

オーウェンはちらりとアリス・ヨハンソンに目をやった。彼女も謎めいた表情で、オーウェンをじっと見つめている。オーウェンはうつむいて、また話し出した。

「四十八時間の猶予をあげましょう。よく考えて、どうすべきかを判断する時間です。二日後に、追手が放たれます。わたしだって、いつもこんなふうにするわけじゃない。どうしてだか、自分でもよくわかりませんが……まあ、それはどうでもいい。四十八時間ですから、お忘れなく……」

24　説明

一九九一年七月二十八日

　アンドレはいつものように、青い磁器の象を見つめていた。しかしそれも、今日で最後になるだろう。しかも今回は、モロー博士と二人きりではなかった。かたわらにはセリアが腰かけている。ソファのうえで背筋をぴんと伸ばし、ハンドバッグのファスナーに指をあてて。木綿のワンピースがよく似合っていた。ピンクがかったグレーの色合いが、絹のように柔らかなブロンドの髪を引き立てている。セリアはとても緊張していたが、それは無理もないだろう。彼女にとって待ちに待った日が、ようやく訪れたのだから。

「われわれの調査は完了したと思っていましたが」と精神分析家はアンドレにむかって言った。

「ええ、今日で終わります」

「それならよかった。あなたはわたしの忠告を聞き入れたわけだ……」

「ある意味では。時間を無駄にしないよう、率直にうかがいますが、あなたはセリアが何者か、前回すでに気づいていたのでは？」

　モロー博士は平然としているセリアのほうをちらりと見て、うなずいた。

「ええ、そうです」

「そしてギーという名前にも、はたと思いあたったはずだ。わたしの友達だったギーは、妻の兄なんですから……あなたは自分自身の過去と、なかなか結びつけようとはしなかった。使われなくなった石切り場についてたずねたのを聞いて、わかりました。そのときですよね、あなたが疑いを抱き始めたのは……」

「確かに。でもまだ、まさかそんな偶然があるはずないと……」

「ですから、偶然ではなかったんです」

　沈黙が続いた。モロー博士は口を結び、作り笑いを浮かべてうなずいた。

「だとしたら、そちらからなにかご説明をいただけるんでしょうな」

「そのために来たんです。けれども、まずはあなたのことから始めましょう。アンブロワーズ・モロー、哲学博士。あなたは一九六〇年代、ストラスブール大学に勤めるかたわら、精神分析家としてカウンセリングの仕事をしていました。相談者のひとりだったのが、ストラスブール近郊の町オベルルネ在住のジャンヌ・ラングロワ――話の都合上、ジャニーヌ・ランブランと名前を変えておきましたが――でした。そして彼女は、ほどなくあなたと愛人関係になりました。否定しても無駄ですよ。妻はジャンヌの娘ですからね。あなたとの関係を詳細に記した母親の日記を持っているんです」

「否定はしませんよ」

「お二人の関係は、ジャンヌが亡くなる直前に終わりを告げました。あなたは彼女の家族と、ほとんど会っていないでしょう。オベルネにある彼女の家にも、行ったことがありません。それはまあ、当然ですよね。ですから、メスメル姉弟と知り合う機会もありませんでした。しかしジャンヌの子供たちの名は彼女から聞いて、今でもよく覚えていたはずです」

モロー博士はもう一度うなずくと、セリアのほうをふり返った。

「あなたのお父様には、お会いしたことがありますよ。一、二度、個人的にね。お母様の症状は重篤だと説明して……」

「それだけ？」とセリアは食ってかかるようにたずねた。

「もちろんです」とモロー博士は少し肩をすくめて答えた。「余計な話をしても……みんなが困るだけですから」

「いいでしょう」とアンドレがまた話を続けた。「ここまでが話の前段階です。それだけでも、あなたがどうして急に意見を変えたのかがよくわかりますよね。あなたは今回の一件が自分自身にも関わっていると気づき、深追いはするなとわたしに忠告したんです。次にわたしたち、つまり妻とわたしのことをお話ししましょう。

八〇年代の半ばごろ、わたしたちは偶然に出会いました。再会したと言ったほうがいいでしょう。子供のころにオベルネで、顔を合わせていたのですから。彼女のほうがわたしに気づきました。セリアは当時、二十五歳になるところでしたが、最後に会ったときはまだ七、八歳でした。ギーの葬式には行けませんでしたし、そのあと彼女が父親を亡くしたことも知りませんでした。家族全員を失い、セリアは沈んでいました。それでもわたしたちは、昔話に花を咲かせました。わたしとギーとがいつも彼女をのけものにして、遊んでいたころのことで。セリアは魅力的な女性に成長していました。そんな彼女とおしゃべりに興じていると、われを忘れてしまいそうでした。そのセリアが、若くしてこんなに人生の苦難を味わうなんて、あってはならないことだと思いました。わたしたちは何度も会って……いや、細かな話はどうでもいい。ともかく二年後の一九八七年、わたしたちは結婚しました。そして翌年、妻は母親の遺品のなかから一冊の手帳を見つけました。ここからなんですよ、話が面白くなるのは。その手帳は、母親の日記だったんです。そこには日々の些細な出来事が、書き連ねられていました。壊れた金時計が原因で、夫婦げんかになったこととか……」

「それじゃああれは、あなたご自身が覚えていたことではなかったんですね」とモロー博士はうめくように言った。

「ええ、実は。でも、リタがペンダント代わりにさげていたのは記憶にありました。あなたがうまく導いてくれたおかげで、思い出したのですが。ジャンヌの手帳にはもっと驚くべき、有益な事柄が書かれていました。セリア、少し読みあげてみたらどうかな？」

ハンドバッグをあけて待ちかまえていたセリアは、なかから薄紫色の手帳を取り出してページをめくると、うつむいて唾を飲みこみ読み始めた。

「自分が恥ずかしいわ。こんな関係を続けても、なんにもなりはしない。むしろその逆だ。勇気があれば、すべてを夫に打ち明けるのに……ああ、神様、あんなことが起きる前に戻って、いちからやりなおしたい。恐いわ、どうしたらいいの。別れるならわたしを殺すと、アンブロワーズに脅迫された。彼ならやりかねないわ。夫のもとに帰りたい。あんな下劣で冷たい男はたくさんだ。わたしの体を貪りながら、メスで脳を切り刻むような男は……」

「もういいよ、セリア。これでもう、誰の目にも明らかなのでは？　そうですよね、博士？」

精神分析家はうなずき、椅子のひじ置きをとんとんと叩きながらこう言った。

「それじゃあ、わたしが彼女を殺したと思っているんですか？」

「愛人が夫のもとに戻るのは、我慢ならなかったのでしょう。あなたとつき合ったあとに、やっぱり夫のほうがいいと思うなんて……」

「だからって、殺すわけない」

「手帳には、はっきりそう書いてありますよ」

モロー博士はもの思わしげにあごをさすっていたが、執念深そうに目を光らせて言葉を続けた。

「お話の続きは？　まだよくわからないのですが……謎の映画だなんて、どうしてあんな作り話をしたんです？」

相手をなだめるように、アンドレは手をあげた。

「作り話じゃありません。映画に関してお話ししたことは、すべて事実です。わたしは何年も前からずっと、あの映画を取り憑かれたように探し続けていました。あなたが昔、なにをしでかしていようが、見つけ出す手伝いをしてくれたことには感謝の気持ちを忘れません。あなたに近づく口実に、利用したんです。確かに、少し身勝手だったかもしれません。それにいささか手が込んでいる。でも仕事柄、芝居じみたやり方が性に合っているようで。信じていただけるかどうかわかりませんが、あなたがわたしの記憶の奥底からよみがえらせた出来事に、嘘偽りはありません。壊れた金時計の一件は、別ですけれど。あれはラングロワ夫人の手帳に書かれていました。ほかにもあと一、二、あとからつけ加えたことがあります……例えば、わたしのすぐわきに恐怖で歪んだ女の顔があったこと。あれはまったくのでっちあげでした」

「でもリタ・メスメルは……実在したんでしょう？」

「もちろんです。なんなら住所もお教えしますよ」

「その必要はありません」

「愛人だった女の死に、少しずつあなたを導いていこうと考えたんです。過去の謎めいた事件にあなたをよびよせ、そのすばらしい推理力を発揮させようってね。あなたが知恵を絞って探偵役を演じ、手がかりを追って一歩一歩進むようにしむけた。そして最後には、自分自身の罪を暴こうとしていたのだと気づかせたかったのです」

新たな沈黙が続いた。モロー博士の手は、まだひじ置きを叩いている。

「なるほど」博士はようやく口をひらいた。「実に巧みな作戦だ。脱帽しますよ……それにあなたには、演技の才能もおありのようだ」

「今、言ったように、お芝居は半分だけですがね。まずはセリアがあなたの行方を捜しあて、それからわたしが計画を立てました。わたしたちがここ、オルヴィルに引っ越してきたのも、そのためだったんです。クリスティーヌさんが口添えしてくれたおかげで、自然にあなたに近づくことができました。あなたと、それにジュランスキー教授にも。クリスティーヌさんは、彼にも相談するよう勧めてくれましたから」

「ジュランスキー教授だって……」とモロー博士は、じっと考えこみながら繰り返した。「彼になにがあったか、ご存知でしょう？　昨日、階段の下に倒れているのが見つかったんです。首の骨が折れていたとか……」

「ええ、聞きましたよ。でも、あんなに急な階段ですから、足を踏みはずしたとしても驚くにはあたりません」

別にそれは間違いじゃない、とアンドレは思った。あの階段は危ないと、前から心配だったんだ。けれどもセリアが狂気の発作にとらわれ、天文学者の口をふさぐためにすばやく背中を押すとは、まさか想像もしていなかった。確かにその晩は、初めから妻のようすがおかしかった。それに彼女がこう言うのも聞いていた。《ジュランスキーが屋根にのぼって、わたしたちのことを大声で殺人犯呼ばわりしたら、きっと大変なことになっていたわ》と。だからセリアは自分たちの身の安全のため、彼を突き落としたのだとも考えられる。いくらジュランスキーが非難しようと、頭がおかしいと思われるのがおちだろうが。しかしセリアはジュランスキーがリタの弟で、アフリカで行方不明になったハインリヒだと思っていた。そんなことを考えつくなんて、そのほうがもっと心配だ。もちろん、絶対にないと言えないが、どうして本名を隠し、姉にまで死んだふりをしなければならないのか？　そんな話、にわかには信じがたい。セリアの神経がぼろぼろになってしまったのは明らかだ。計画をなしとげ、復讐を達成する日をあまりに待ち続けたせいで。それはアンドレ自身の復讐でもある。貝殻のかけらを合わせたときから、二人は一身同体なのだから。犯人を追いつめ、じわじわと料理して自白をさせる。それから、被害者の手で書かれた証拠を当局に差し出すのだ。

しかし今のところモローは尻尾をつかませていないと、認めざるをえないようだ。彼は平静を保っている。もしかしたらモローはラングロワ夫人を殺していないのではないかと、最近ではアンドレも疑問を抱くようになっていた。もちろん妻には、そんなことを打ち明けなかったけれど。しかし、もう間違いない。あの高慢ちきで人を見下すような態度は、まさしく犯人のものだ。

「ほかになにかおっしゃりたいことは？」

セリアはもうこれ以上、我慢ならなかった。彼女は豹のようにソファから飛びあがると、手にしたままのハンドバッグをモロー博士の顔に投げつけた。

「ほかになにかですって？　よくもそんなことが言えるわね？　母はあなたのせいで死んだのよ。卑劣にも、あなたが母を殺したんだわ……そしてわたしは兄も失った」セリアはギーといっしょにブランコ遊びをしている写真をハンドバッグから取り出し、モロー博士の目前に突きつけた。「さあ、見てちょうだい。兄がどんなにやさしくわたしを抱きよせているか。兄は自動車事故で亡くなったわ。運転していたのは父だった。父はまだ苦しみに打ちひしがれていた……きっとあのとき、母のことを考えていたんでしょう。運命の新たな試練を乗り越え、どうやって生きられるというの？　わたしは父が苦しみながら、緩慢な死をむかえるようすをこの目で見続けた。モロー博士、あなたのせいで、わたしの家族は皆死んでしまったのよ。あなたのせいで、わたしの人生はめちゃめちゃになってしまった」

「落ち着いてください」とモロー博士は、なだめるような口調で言った。「わたしは誰も殺してなんかいません。それに、いいですか、もしあなたのお母様が本当に殺されたのだとしたら……犯人は夫のラングロワさんですよ」

あまりに大きな侮辱だったので、これにはセリアもただ茫然としていた。モロー博士はゆっくり立ちあがると、机の引き出しをあけてメモ帳を取り出した。そしてページの端に何ごとか書きつけ、それをアンドレに渡した。

「これは捜査を担当した憲兵隊員の個人的な連絡先です。運がよければ、まだ連絡がつくでしょう。彼とはその後、別の事件で親しくなる機会がありました。そしてジャンヌさんの死について抱いた印象を、聞かせてもらいました。ぜひとも彼と話したほうがいい。わたしよりも、的確な説明をしてくれるはずです」

アンドレは黙って紙きれをポケットにしまったが、そのあいだにも妻から目を離さなかった。

セリアは顔面蒼白になり、憎しみに満ちた声でゆっくりと言った。

「あなたは母を殺した……そして今度は、父まで侮辱しようとしている……」

「あなたがわたしを殺人犯呼ばわりしたからです。そうじゃないですか」

「だったらこうするのは、あなたのせいよ」とセリアは叫んで、ハンドバックから銀色の小さな拳銃を取り出し、モロー博士の額に突きつけた。次の瞬間、たて続けに三度、銃声が轟いた。

25　リヴァプール

一九一一年二月末

リヴァプールの下町にある安ホテルの部屋で、アリスはもの思いにふけっていた。ひとつしかない窓の汚らしいガラスに額をあて、彼女は沈みかけた夕日を眺めながら。灰色の空、黒ずんだレンガ、陰気な建物、吐き気がするような港の臭いを運ぶ風。生まれてこのかた、こんなもの悲しい光景を見たことはない。しかし彼女には、今それがすばらしく思えた……

わたしとダレンは、新たな人生を始めようとしている。アリスはそう確信していた。もうすぐそのときが来ると、チャンドラははっきり言っていた。彼にはわかっていたのだ。アリスとダレンがなにをしたのかも、チャンドラはわかっていた。彼女がなにをしようとしているかも、その晩、ダレンがいっしょに星を見たあと、彼女が自分になにをするだろうかも、みんなチャンドラは見とおしていた……アンドリューが眠るのを待って彼女はベッドから起きあがり、薪置き場に隠しておいた『黄衣の王』を取り出した。それから居間におりて、本を暖炉の火にくべた。そこにチャンドラがやって来た。ああ、そのせいで殴り殺す羽目になってしまった。とても立派で、すぐれた男だと思っていたのに。でも、ほかに選択の余地はなかった。はじめから書かれていたことなんだ……オーウェン・バーンズは自らの義務を果たす前に、親切にもチャンスをくれた。なんとも騎士道精神にあふれるふるまいだ。彼に会えなくなるのも残念だ。優雅なものごしの、魅力的な男だったのに。頭がよくて、思いやりがあって……一目会ったときから、通じ合うものがあった。わたしの手が美しいとあんなふうに褒めてくれた人は、これまでほかにいなかったわ。

オーウェン・バーンズから最後通牒を突きつけられたあと、ダレンは檻に閉じこめられたライオンのように、うろうろと部屋を歩きまわった。どうやって逃げようか、そのことで頭がいっぱいなのだろう。まさにその晩、アリスは《真実》に気づいた。チャンドラの言葉が、記憶によみがえったのだ。

これがなんの役に立つのかは、そのときが来ればわかります。あなたが新たな生を授かったときに……

星のなかにはあらゆる物語が書きこまれています……

そしてとりわけ、アリスとダレンの物語が。二人が貝殻の破片を合わせたときから、アリスにはそれがわかっていた。

目に見えない、たったひとつのすばらしい色とはどういうものなのか、よく理解できなかったけれど、それは神の光と結びついているに違いない……貝殻の螺鈿が放つまばゆい虹色の輝きこそ、その確たる象徴《シンボル》ではないか？

ともあれ、今や明らかだ。二人を結びつけた貝殻の破片は、もとどおりひとつになるはずだ。彼らの驚くべき物語が繰り返され、アリスとダレンに新たな生がもたらされるために……

アリスはチャンドラからもらったガラスの小瓶をつかみ、乳白色の液体を――特殊な成分にもかかわらず、臭いはまったくしなかった――二つに割れた貝殻の断面に塗って、かけらとかけらを合わせた。はみ出た接着剤を濡れたスポンジでそっと拭き取ると、驚くほどしっかりくっついているのがわかった。すごいわ、割れ目の跡もまったく残っていないなんて！

アリスがそれを見せると、ダレンは少しいらっとした。先のことが心配で、あわてているらしい。男はものごとを、現実的にしかとらえられないんだ。

「この大変なときに、よくそんなくだらないことを考えていられるな。今夜のうちに、腹を決めなくちゃならないんだぞ。明日になったら、逃げださねばならないんだから。あの野郎、なにが名探偵だ。偉そうな口を聞きやがって。さっさと黙らせればよかったよ。おまえの言うことなんか無視して」

ダレンはそう言うと、冷たく光る鋼鉄製のスミス＆ウェッソン小型拳銃をちらりと見やった。これからも、いろいろと面倒ごとがあるだろうからな、こいつがあれば役に立つ、と彼はアリスに説明した。

そんなことしても無駄だろうと、アリスはダレンに言った。オーウェン・バーンズはきっと、万が一の場合に備えていると。本当は彼女も確信はなかったけれど、バーンズがダレンの憎しみに満ちた銃弾に倒れると思っただけで、耐えがたかった。すでに二人は死体の山を充分築いてきた。アリスは《悟って》以来、そんなことどうでもよくなっていた。

「アメリカ、フランス、スコットランド……どこでもかまわない」とダレンは吐き出すように言った。「ともかく決めなくては。姉貴の遺産に手をつけている暇もないんだ。今こそあれが必要だっていうのに……」

貝殻の破片がひとつになったことが、どんなに重要な意味を持つかを、アリスは静かに説明した。

「なにを考えているんだ。頭がどうかしてるぞ……」ダレンは努めて平静を保ちながら答えた。「正直おれだって、井戸の底にとらわれたネズミみたいな気分だがね」

こうして二人は翌朝、出発間際のリヴァプール行き始発列車に乗ったのだった。ダレンは友達のひとりがスコットランドの片田舎に漁師小屋を持っていたのを思い出した。季節がいいときにしか行かないので、今なら空いているはずだ。とりあえずそこに避難するのが、最良の策だろう。けれどもダレンは、途中で気が変わるかもしれないと思い、リヴァプールでひと休みすることにしたのだ。

アリスは午後いっぱいかけて港を一周し、ひとりのフランス人旅行者に目をとめた。彼なら信頼できそうだ。それに翌日に出るリュジタニア号に乗るため、キューナード・ラインの事務所で切符を取ったという。アリスの頼みごとを聞いて、男は不審に思った。けれども結局受け入れたのは、アリスの美しい目に負けたからだろう。

アリスはホテルの部屋に戻ると、その出来事を自慢げにダレンに語った。するとダレンはあいかわらず苛立たしげに、いきなり不快な笑い声をあげた。

「そのフランス野郎が、きみに託された貝殻を後生大事に持っていると思うのか？」

「約束してくれたわ」

「なんに役立つのかもわからずに？　馬鹿げてるね。きみがうしろをむいたとたん、捨てちまってるさ」

「彼の目を見てわかったわ。きっと約束を守ってくれるって」

「むしろきみの目のなかに、そいつは別の約束を見てとったんじゃないか」

「どうでもいいわ、約束を守ってくれさえすれば。ともかくわたしは、そうしなければならなかったの。チャンドラの話を聞いて、よくわかったわ」

「チャンドラ、チャンドラ、チャンドラ……それればっかりだ。あいつに惚れてたんじゃないかって思うくらいだ。もしきみが、あいつを殺したんじゃなければ……」

「やめて。その話を蒸し返さないで。彼を殺したのは、わたしたちのためだったのよ。わたしたち二人が、いつまでもいっしょにいられるように……」

「ああ、死が二人を分かつまでってことか」とダレンは耳ざわりな声で言った。「こんなくだらない話で時間を無駄にしていたら、文字どおり死に別れにならないとも限らないぞ」

「それはそうと、これからどうするつもりなのか、まだ聞いていないわよ。もう決心はついたの？」

「まだ決めてないが、ほぼ固まっている。南アメリカか、スコットランドの漁師小屋かだ」

そう言って、ダレンは出ていった。彼は夜遅く戻ってくると、スコットランドに決めたとアリスに告げた。午前の汽車に乗れば、昼前にグラスゴーに着ける。そこから避難場所に近い小村モーラーへむかい、オーウェンが定めた猶予期間が終わるまでになんとか逃げ切らねばならない。

アリスは黙ってうなずいた。口もとには、奇妙な笑みが浮かんでいる。その日の午後、偶然通りかかった工事現場のことを考えていた。若い作業員が——自信たっぷりの、ハンサムな若者だった——ものは試しと話しかけてきて、工事の行程について詳しく説明してくれた。

「懐具合を考えると、それがいちばん妥当な策だろうよ」とダレンは熱に浮かされたような声で言った。「ああ、腹が立つ。もう少し資金があればな」

「お金ならあるわよ」とアリスは落ち着いた声で言った。

「なんだって？」

「こう見えても、やるときはやる女ですからね。あなただって、わかってるでしょ。今日一日、ただフランス人に色目を使ってすごしていたわけじゃないわ。キューナード・ラインの事務所で、またとないチャンスがめぐってきた。それを躊躇なくつかんだの。いきなり火災報知器が鳴り出して、出納係は飛びあがったけれど……わたしは平然としたものだった……わかるでしょ、どういう意味か？」

「いやはや」とダレンは目を丸くして叫んだ。「それで、いくらあったんだ？　いくら？」

「大したことないわ。でも、なんとか窮地は脱せるはずよ。数えている暇はなかったけれど、両手に一杯つかんだから。一ポンド札ばかりじゃなかったし」

「でかしたぞ」とダレンはアリスを抱きしめて叫んだ。「でも、どうしてもっと早く言わなかったんだ？」

「そんな気になれなかったのよ。さっきはフランス人と交わした約束のことで、ねちねちと絡んできたじゃない……女心がわからないんだから。少しくらい経験を積んだからって、まだまだだめね……」

「ああ、そうみたいだな。ともかく、金はどこにあるんだ？」

「安全な場所にあるわ。とっさに隠さなければならなくて……つかまりそうだったから」

午前零時すぎ、ダレンとアリスは懐中電灯を手に工事現場へむかった。そこは昼間、アリスが若い作業員と会った場所だった。コンクリートの鉄筋が突き出た泥だらけの一角を、懐中電灯で照らしながら手探りしたあと、アリスは広々とした四角い空き地の境界をなす深い穴のひとつを指さした。

「ここよ」

「この下に？」とダレンは不審げにたずねた。「少なくとも、深さ四メートルはあるぞ。こんなところに金を隠すなんて、よく思いついたな？　どうやって降りるつもりなんだ？」

「ロープを伝うの……このあたりにあるはずよ」

ほどなくダレンは鉄筋に縛りつけたロープにつかまり懸垂下降をして、穴の底にたどり着いた。

「なにも見えないぞ」と彼は不満げに言った。「土と砂利しかない」

「ちょっと待って。わたしも行くから。どのあたりに落ちたか、わかると思うわ」

アリスも下に着いた。けれどもダレンは、鋼鉄の光沢を放つスミス&ウェッソンがその手に握られているのを見てぎょっとした。

「こうするしかないのよ」とアリスはうめくように言った。「わたしたちが永遠に結ばれるには、こうするしかほかにないの」

銃声が鳴り響き、ダレンの顔に浮かんだ驚きの表情は永遠に凍りついた。アリスはロープの端に大きな石をしばりつけ、頭上にあいた穴の口めがけて放った。それから驚くべき力で側壁に窪みを穿ち、なかにダレンの死体を押しこんだ。地面を転がって全身泥だらけになり、死体を抱いて首に腕をまわして、手にした銃の先を口にくわえた。

引き金に指をかけながら、彼女は思った。うえから見ても、窪みのなかで、泥にまみれて縮こまる二人には誰も気づかないだろう。石をしばりつけたロープがあっても、気にする者はいない。あと数時間で作業員たちがやって来て、仕事を終える。土台の穴にコンクリートを流しこみ、わたしたち二人の抱擁を永遠に封印するのだ……

26　逃走

一九九一年七月三十一日

その日の午後は曇り空で、気温も数度下がった。灰色の雲の下で見る砂岩の古い採石場は、いっそう暗く殺伐としていた。人間は大自然のなかに大きな傷をつけ、そのまま冷たく見捨ててしまった。あまりに荒涼とした景色のためか、不動産屋も開発業者も恐れをなしてきたのだろう。断崖の縁に立つ二人の男と、畑を荒らすカラスのほか、生き物の姿はまったくない。二人の遥かうしろにとまっているそれぞれの車だけが、石と草ばかりの世界に機械文明の色合いを添えていた。

アンドレにすれば目の前に広がる光景は、むっつりとした今の気分にぴったりだった。かたわらの男はシャルル・ランベール。引退した憲兵隊の将校で、齢《よわい》七十をすぎてもなおかくしゃくとしている。アンドレはモロー博士が死んだ晩、彼に電話したのだった。セリアは強力な睡眠薬を飲んで、ぐっすりと眠っていた。おかけになった電話番号は現在使われておりませんという録音のアナウンスが流れるものと思いきや、受話器のむこうから愛想のいい男の声が聞こえてきたのは嬉しい驚きだった。時間ならいくらでもあるので、明後日にでも会いましょうと男は言った。

憲兵隊員の連絡先を大事にとっておいたことや、彼と待ち合わせの約束をしたことは、セリアに言わないでおいた。一昨日、妻がアンブロワーズ・モローを突然撃ち殺した光景が、ありありと脳裏に浮かんだ。そして今、彼が立っているちょうどこの場所で、ジャンヌ・ラングロワが死んだときの光景もはっきりと想像できた。セリアは精神分析家の頭に、三発の銃弾を撃ちこんだ。モローは死んでもなお驚愕したように目を見ひらき、口をあけていた。アンドレは泣きじゃくっている妻を抱きしめた。それから死体を地下のガレージに運び、モローの車のトランクに隠し、こっそりとその場を立ち去った。家と車の鍵は持っていった。モローのところへ来たのは、誰にも見られていないはずだ。彼が森のはずれに住んでいたおかげで、窮地を逃れられるだろう。精神分析家の姿が見えないのを皆が心配し始めるには、きっと何日もかかる。そのあいだに死体を始末し、トランクのなかをきれいに清掃して車をガレージに戻しておけばいい。

ジュランスキーが死んだときと同じく、今回もついていた。自分たちでミスを犯さなければ、うまく逃げきれるだろう。最大の危険は、セリア自身にある。昨日はほとんど一日中、錯乱状態にあったけれど、しばらくすると落ち着いてきた。そしてもう大丈夫だ、すぐに元気になるからと断言した。彼女を苦しめた卑劣な男をその手で亡き者にし、嬉しがっているようすすらあった。これからは冷静をたもっていられそうだ。明日は演出家と会う約束があるので留守にすると言ったときも、セリアは不満そうな顔ひとつせず、安心して出かけていいわと答えた……

シャルル・ランベールの声に、アンドレははっと現実に引き戻された。

「ちょうど今、わたしたちが立っている場所です……でも、あまり近づきすぎないでくださいよ。下までまっすぐ十五メートルもあります。砂岩ですから、激突したらひとたまりもありません」

「確かにここですね？」

「間違いありません。よく覚えていますよ。すぐうしろの地面が、少し盛りあがっていますから。それでわたしたちは、疑いを抱いたんです」ランベールはそう言ってふり返った。「ほら、見てください。高さは五十センチほどですが、体をかがめれば充分隠れられます。あるいは、なにか隠すことも。証人たちが走ってここまでやって来ても、目につかないでしょう」

「証人はどこにいたんですか？」

「ここから三、四十メートルのところです。名前は忘れましたが友人の夫妻で、ラングロワ夫人を殺す動機はまったくありません。彼らはあちら、北東の小さな茂みの近くにいて、ラングロワ夫人が南側にいるのはわかっていました。ジャン＝ピエール・ラングロワは北側の、見通しのいいあたりです。友人夫妻がバッグからサンドイッチを出そうとしていたら、ラングロワ夫人の叫び声が聞こえました。あわててふり返ると、ちょうど夫人が虚空に倒れこむのが見えました。ラングロワ氏は反対側、つまり北側の林を見ていました。そしてふり返ったとき、友人夫妻が見たのと同じ光景を目にしたのです。三人は急いで断崖へむかい、同時に到着しましたが、もうどうすることもできませんでした。これであなたもおわかりでしょう。一見したところ、殺人事件ではなさそうです。状況から言って、自殺だとも思えません。残るは事故という可能性だけ。結局それが採用されました」

「あなたがそう結論づけたのですか？　それとも、捜査の結果がそうなったと？」とアンドレは、疑わしそうにランベールを見つめながらたずねた。

「捜査の結果です」とシャルル・ランベールは目にしわを寄せて答えた。「わたし自身は、夫を怪しんでいましたから。ええ、大いにね。彼は好人物でした。なかなかの有力者でありながら、威張り散らすようなこともなく。けれども捜査の結果、夫婦関係に問題ありとすぐにわかりました。それにこの種の事件で殺人が疑われる場合、犯人は十中八九生き残ったほうの配偶者なんです。それにわたしの勘から言っても……彼は悲しみで目を真っ赤に泣き腫らしていましたが、その目を見てぴんときました。彼だって心の底のどこかで、妻の死に本気で涙していたはずですが……まあ、そんなものなんでしょう。妻が邪魔になったとき、なぜかみんな、離婚するより殺すほうを選ぶんです。なんといっても彼には、愛人がいましたしね。よく覚えていますよ、いかにもバパリア風の、美しいドイツ女です。数日後、彼女にも訊問できました。事件があったときは、ここにいなかったので。彼女の反応は、もっとはっきりしていました。青い大きな目に、殺人に対する恐怖がありありと浮かんでいました。彼女自身が共犯者ではないとしても、愛人が殺人犯だとわかっていたのです。ただわたしは、はっきりと証明することができませんでした。殺人を裏づける物的証拠は、ほとんどなかったんです」

「証人はほかになにも見なかったんですか？　怪しいもの、おかしなものはなにも？」

「ええ、残念ながら。でも、友人夫妻が鳥の話をしていたのは覚えています」

「どういうことですか？」

「被害者の近くに、鳥が飛びまわっていたとか……しかし彼らにも、確信はありませんでした。ただの印象で」

「あんなカラスでしょうか？」アンドレは空を見あげて言った。

「たぶんね。だから、どうだっていうんです？　わたしが思うに、ひとつだけ可能性があるとすれば、ラングロワ氏があの盛りあがった地面の陰に罠を仕掛けたんじゃないかってことです。ばね仕掛けのびっくり箱のような装置で妻を驚かせ……しかしそれも、根拠がある話ではありません。友人夫妻はなにも気づかなかったのですから。そこのところは、何度も確かめたのですが……ああ、危ない！」とランベールは突然叫んだ。一羽のカラスがかあかあと敵意に満ちた鳴き声をあげながら、彼の帽子のうえをかすめた。

アンドレは羽ばたきして飛び去るカラスを目で追った。彼は眉をひそめてしばらくそうしていたが、やがて晴れやかな表情になった。そしてぱちんと指を鳴らし、こう言った。

「もしかして、蝙蝠だったのでは？」

「蝙蝠ですって？」と元憲兵隊員はびっくりして繰り返した。

「ええ、証人たちが見たという鳥ですよ」

「真っ昼間に？」

「ありえないわけじゃない。洞窟から追い出すこともできるし……あるいは、もっと別の方法で……」

「なにか思いあたることがあるんですね」

「ええ、ジャンヌ・ラングロワは不安をお酒で紛らわしていました。アルコール中毒で譫妄状態になると、いたるところに蝙蝠が見えたとか……」

「ええ、その話はわたしも聞いています。でも、それがどう結びつくんです？」

「どうやら謎が解けましたよ……あなたのおかげで。あるいは、さっきの厚かましいカラスのおかげでね。ずっと昔のことになります。最近、あの頃のことを考える機会があって、今、ようやく思い出しました。ラングロワ夫妻の息子ギーとブーメランを作っていたら、父親のラングロワさんにこっぴどく叱られたんです。そんなに怒らなくたっていいじゃないかと思うほどでした。だからこそ、驚きだったんですよ。そう、たった今思い出しました。前に森で彼がブーメランの練習をしているのを、わたしは目撃していたんです。もっと大きくて、真っ黒なブーメランでした……」

「蝙蝠みたいに！」ランベールはぽんと拳で手の平を叩き、そう叫んだ。「なるほど、そういうことか。ラングロワは友人夫妻が見ていない隙にブーメランをひとつ、ふたつ続けざまに投げ、妻のところまで飛ばしたんですね。びっくりしたラングロワ夫人はあとずさりして……」

重苦しい沈黙が続いた。セリアの復讐は無駄だったと思うと、アンドレの胸に苦々しさがこみあげた。やがてシャルル・ランベールが口をひらいた。

「どうするおつもりですか？　こんなこと、奥様にお話ししたくありませんよね」

「ええ、妻は耐えきれないでしょう。あなたのほうは、どうしますか？」

「もう二十年以上も昔のことですから……それにラングロワは、充分罰を受けたと思います。事件のあと彼の身に起きた悲惨な出来事を考えると……あんなふうに息子さんを亡くして……」

ランベールはため息をつくと、こうつけ加えた。

「お時間があるようなら、ビールを一杯おごりますが」

「それはどうも。でもそのあと、留置場でひと休みなんていう目に遭わせないでくださいよ」

＊

アンドレは帰る道々、ずっとモロー博士のことを考えていた。すべて彼の言うとおりだった。セリアの父親が犯人だったことだけでなく、過去を蒸し返さないほうがいいというアドバイスも。結局ぼくとセリアは、自分から罠にはまってしまった。あまりに手の込んだ作戦が、自分たちに跳ね返ってきたんだ。無実の人間を罰してしまっただけでなく、今やわが身が危うくなっている。人殺しの罪を問われるうえに、精神的にもショックは大きい。いずれにせよ今回の出来事は、二人の心に決して消えない傷痕を残すことだろう。二人はそれを乗り越えられるだろうか？　アンドレは全力でがんばるつもりだった。なんとしてでもセリアを守らなければ。今、大事なのはそれだけだ。さしあたり、モロー博士の死体を始末しよう。言うはやすしだが、実際にやるとなると……

彼は午後九時ちょうどに帰宅した。セリアの前でどんなふうに、何事もなかったような顔をすればいいのか？　そんなことを思いながら、彼は玄関に入った……とそのとたん、なにかがおかしいのに気づいた。明かりが煌々と灯され、散らかり放題の部屋には服が散乱し、バッグやスーツケースがいくつも並んでいる……

セリアが姿をあらわすと、アンドレはどきっとした。彼女は夫に奇妙な笑みをむけた……見れば顔に赤い跡がこびりついているではないか。血だ、とわかってアンドレは震えあがった。手首を切ったのだろうか？　いや、そうではないようだ。

「お帰りなさい、あなた」とセリアは別人のような声で言った。「よかったわ、間に合って。もしあなたが……ともかく急がなくては」

「どうして？」

「すぐに逃げるのよ。事態を立てなおすには、もう遅すぎるから」

「事態って？」

「クリスティーヌを殺したわ。帰ってきたのに気づいたから。どうしてそんな目で見るのよ。わからなかったの？　彼女はリタだったのよ。あなたがブルターニュに出かけるたび、彼女も家を空けていたじゃないの。明らかだわ、そうでしょ？　声が枯れたとかなんとか言って……（セリアは気味の悪い笑い声をあげた）あいつら、わたしたちを罠にかけたつもりだったでしょうけど。リタと、天文学者に変装した弟のハインリヒの二人は……二人ですって？　いえ、三人だわ。もちろんモローも、悪だくみの仲間だったのよ。でもやつらはミスを犯した。わたしを甘く見ていたんだわ」

「夢だと言ってくれ……クリスティーヌを殺してなんかいないんだろ？」

「殺したわ。がんばってやったのよ……このあいだ観た、ヒッチコックの映画のことを考えながら。アンソニーなんとかっていう役者が出た……」

「『サイコ』だろ」

「そう、それよ。シャワーのシーンがあったでしょ……でもはっきり言って、わたしはもっとうまくやったわ。いっしょに戻ってみる暇がないのは残念だけど。きっとカッシルダのことを誇らしく思うわよ、わが愛する人、青白い仮面をかぶった謎の男……さあ、そんなふうに立ちすくんでいないで、行かなくては」

「行くって、どこへ？」

「もちろん、カルコサの町へよ。ほかにどこがあるっていうの？　さあ、しっかりして」

二時間後、アンドレは震える手でハンドルを握りしめ、猛スピードで車を飛ばしていた。モロー博士の死体は、まだトランクに入ったままだ。助手席で微笑むセリアは、すっかり正気を失っている。一時的ならいいのだが。クリスティーヌの台所に残る虐殺の跡を見て、アンドレは思った。こんなに狂気じみた殺し方をするなんて、まさか穏やかな隣人たちのなかに犯人がいるはずない、きっと凶悪な通り魔の犯行だと誰しも思うだろう。その点でも、うまく切り抜けられるチャンスはわずかながら残っている（クリスティーヌを殺した犯行現場は、片づけようもなかったし）。事件と彼らを結びつけるのは、モロー博士の存在だ。アンドレがしばしば博士の家を訪ねていたことは、みんなが知っているから。それゆえ、博士の死体を始末することが最優先となった。そのあと家のなかに少し細工をして、博士が自ら出ていったように見せかけよう。

なぜか西のブルターニュ方面に針路を取っていた。先日の晩、黄衣の王を見かけたからかもしれない。今もすでに、ヘッドライトのなかに見えているのでは？　黄色いボロ着姿でこちらをふり返り、メダル代わりにぶらさげた大きな金時計を見せているのでは？　アンドレは歯を食いしばり、首を横にふった。いや、あれはただの幻影だ。セリアの狂気がぼくまで侵食しようとしている……そんなことさせるものか。しっかり持ちこたえねば……

人魚《セイレン》の歌声が聞こえないよう耳をふさいだユリシーズのように、アンドレは妻が歌い始めた奇妙な歌を聴くまいとした。どうやらそれは《カッシルダの歌》らしい。自作の戯曲に登場させた歌なのだから、すぐにわかった。セリアは歌をやめると、今度は芝居じみたしぐさで手をあげ、大声で叫んだ。

「気をつけよ、カルコサ。アリス来たれり！」

「どうして《アリス》なんだ？」アンドレは一瞬考えてからたずねた。「ぼくの芝居には、アリスなんて出てこなかったはずなのに」

「不思議の国のアリスに決まってるじゃないの。あなたの好きな古典を忘れたの？」

あたりは冷たい夜気に包まれていたけれど、車のなかにはじっとりと重苦しい空気が満ちていた。ここ数時間、高まり続けた緊張感のせいもあるだろう。

「カルコサ、不思議の国？」とアンドレは、額に汗をにじませて言った。「なに馬鹿なことを。悪夢の町じゃないか」

セリアにはもう、アンドレの声も聞こえていないらしい。彼女は幻覚にとらわれたような目で、車が突き進む道をぼんやりと見つめている。やがて彼女は言った。

「もうすぐ鏡を通り抜けるわ。どうしてわたしがアリスなのかですって？　それはアリス（ALICE）がセリア（CELIA）のアナグラムだからよ。今までずっと気づかなかったの？」

いかれてる、とアンドレは思った。けれども頭はちゃんと働いているようだ。それなら逆にむこうの盲点をついてやろうと、彼はたずねた。

「じゃあ、ぼくの名前はどうなんだ？　なにもなしか？」

「アンドレ（ANDRE）のこと？　もちろんあるわよ。ダレン（DAREN）ね。確かに珍しい、北欧風の名前だけど、ちゃんと存在するわ。あらまあ頭がいいくせに、そんなことも考えつかなかったとは」

アンドレは妻に目をやった。するとどうだ、セリアは懐中時計を弄んでいるではないか。

「どこから持ってきたんだ、そんなもの？」

「もちろん、カミラの時計よ。もう動かないけれど」

「つまり、リタの時計ってことか？」

「ええ、この前、あなたが彼女からもらってきた時計」

アンドレはため息をついて、運転に集中した。前方に、崖沿いを通る長いカーブが見えたからだ。額が汗でぐっしょりと濡れている。もっと慎重に行かなければ……しかし曲がりくねった道をじっと見つめているうち、熱に浮かされた頭の中味が奇妙な幻影となってそこに映し出された……本のタイトルでもあり、その主人公でもある《黄衣の王》が、まずは先頭に立っている。そのうしろには、アンドレが戯曲のなかで登場させたそのほかの人物たち……さらには白い大きな階段や、雨に打たれる老女、鉄柵の囲い、殺人者の人影、光る歩道に落ちた懐中時計と続き……モロー博士が車のトランクから、耳もとでささやきかけてくるかのようだ。《それは単なる映画の思い出ではなく、あなた自身の奥底に隠された遠い過去の記憶なのです……》その点でも彼の見方は正しかったのかもしれない、とアンドレは思った。

「あら、変ね」とセリアが明るい声を出した。「わたしの勘違いかしら。動いてるわ」

「いったい、なんの話だ？」

「時計よ」

「馬鹿なこと言うなよ。時計は止まったきりだ」

「それが動いてるのよ。でも、どうしたのかしら。おかしいわ。針は反対方向にまわってる。ほら、見て」

アンドレはなにごとかと、思わずわきに身をのり出した……

とそのとき、背筋がぞっとした。まずいぞ、ハンドルがきかない。大失敗だ。さらにそれを思い知らせるかのように、鉄板がつぶれる大音響がして……

27 完璧な計画

金属がきしむ恐ろしい音がして……まるで隕石が近くに落下したかのような、激しい衝撃があった。そして、地獄の鍛冶屋が槌打つ轟音が続く。ガラスが割れる音、鉄板がつぶれる音……下から突きあげてくる地震のように、地面が大きく揺れたかと思うと、視界がぐるりと半回転して逆さまになった。

突然、昼のあとに夜が、大音響のあとに静寂が訪れた。空の水門がひらいて、大雨が降り注いでいる。歩道を歩く人影があった。こんな天気のなか、あの女は外でなにをしているのだろう？ 彼女は暖かい家のなかで、待っているべきだった。今夜、寄るかもしれないと言ってあったのだから。なのに彼女はいなかった。だからこそ、女の家を飛び出たのだ。彼女を殺すつもりだったのに、家にいなかったから。ふざけやがって。けれども、次のチャンスはすぐに巡ってきた。女があそこに立ちどまって……なにかなくしたみたいだ。やるなら今だぞ。おや、逃げ出したな。《いくらでも走るがいいさ、ジェイン。もうどうにもならないぞ。最後のときが来たんだ》この界隈は詳しいので、路地を抜けて先まわりし、反対方向から襲いかかることにした。うまい具合にレンガの山がある。あれをひとつ使って、凶器にしよう……

《まん丸に見ひらいた目で、おれの同情を誘おうと思っても無駄だぞ》手に持ったレンガをふりかざし、力いっぱい女に叩きつける。もう一度……さらにもう一度。女の血が舗道を濡らして光る雨に混じるまで……

しかし女は、不意に起きあがった。激しい殴打をものともせず、ずんずんとこちらに近づいてくる。顔も真っ青なら、前に伸ばした手も真っ青だ。《まさか、そんなはずない……》思わずあげたうめき声が、自分自身の耳に響いた……

ダレン・ベラミはそこではっと目を覚ました。額が汗でぐっしょり濡れ、心臓は激しく鼓動している。なんて恐ろしい夢なんだ、と彼は思った。少しずつ目が光に慣れ始めた。悪夢を見るのはこれが初めてではなかったが、今回はいつになく真に迫っていた。手についた血のねばねばした感触が、まだ残っている。おまけに体中が痛くてたまらない。恨みを晴らそうとするジェインの亡霊に、さんざん殴られたかのように。それにしても、ここはどこなんだ？　まわりにはぐったりとした体が、いくつも横たわっている。あちらからもこちらからも、うめき声や悲鳴が聞こえるじゃないか。

ダレンはそのとき初めて、悪夢から醒めたあとに別の悪夢が待っていたことに気づいた。もっと生々しい、現実の悪夢が……汽車が脱線したのだ。ちょうど眠っていたので、どんな状況かはわからないが、大変な事態らしい。彼自身はかすり傷ですんだ。手首の傷だけはずきずきと痛むけれど、今度もまたついていたようだ。

ダレンはなんとかコンパートメントから抜け出し、ほかの乗客を確かめた。吐き気を催すような、悲惨なありさまだった。ぐったりと倒れこんでいる者、わずかに動いている者。そこかしこから、恐ろしいうめき声があがっている。彼のように大怪我を負わずにすんだ者は、ほんのわずかだった。そのなかにひとり、金髪の美人がいた。左右から死体にはさまれ、「泥棒！」と叫んでいる。女はダレンと目が合うと、窓ガラスを指さした。

列車の外に目をやると、バッグを手に早足で森のほうへと逃げていく人影が見えた。ダレンはすぐにぴんときた。あの悪党め、どさくさに乗じてこの美人から金品を奪い取ろうしたんだな。ダレンには救急隊員のような正義感も、思いやりの精神もなかったが、場合によっては人助けのひとつもする用意はあった。彼は外に飛び出すと、賊のあと追った。

五分後、ダレンはほかの生存者といっしょに列車の外にいた金髪美人のところへ行った。

「泥棒を捕まえることはできませんでしたが、盗んだ品を落としていったようです。これですよね？」彼はそう言って、バックスキンの小さな旅行鞄を差し出した。

感謝の涙で曇った二つのきれいな青い目が、彼を見あげた。

「ありがとうございます。どうもありがとう」

「お金を抜き取る暇はなかったと思いますよ。バッグは口が閉まったまま、草むらに落ちていましたから」

「ああ、お金はどうでもいいんですが、個人的にとても大事にしているものが入っていたもので。ですから、なんとお礼を申しあげたらいいのか」

「では、お名前だけでもお聞かせください。それで充分ですよ」

「アリス」と金髪美人は微笑を浮かべて答えた。「アリス・ヨハンソンです」

結局のところ、この日ダレンは名前を聞いただけで満足せず、ぜひまた会いたい、もっと落ち着いて話がしたいと彼女に告げた。

一週間後、二人はテムズ川の右岸にある洒落たレストラン《ファウンダーズ・アームズ》で夕食をした。川の景色がすばらしい。二人が交わす笑顔を見れば、悲劇的な列車事故はすでに遠い思い出にすぎないとわかるだろう。

「ところで、お願いしたものは忘れずに持ってきていただけましたか」ダレンはコーヒーが出たあとにたずねた。

「ええ」とアリスは困惑したような笑みを浮かべて答えた。「でも、恥ずかしいわ。このあいだ、《個人的にとても大事にしているもの》がなんなのかを説明したときは、ずいぶん身勝手な女だと思ったことでしょうね。ただの貝殻のかけらを取り返すために、追いかけてもらったりして……」

「おばあ様のお守りだったんですよね?」

「ええ、祖母は死ぬ前にこれをわたしに託し、形見に持っていて欲しいと言ったんです。あんな悲惨な事故のさなかだというのに、つまらない感傷に浸っていたものですよね。でもなぜかこの貝殻のことを、真っ先に考えたんです」

「わたしだってまわりに横たわるたくさんの怪我人を置いて、泥棒を追いかけていきましたから。考えている余裕なんてなかったんです。あんなときには、直感で反射的に動くしかありません。でもこうして再会したのに、お互いのことはなにも知りませんね」

アリスはダレンの視線が薬指の結婚指輪に注がれているのに気づき、重々しい口調でこう言った。

「でも、わたしが結婚しているのはおわかりですよね」

「こんなに美しい女性なんだから、結婚していないはずありません。でも旦那さんのことは、まだうかがっていませんでした。なにをされているんですか？」

アリスが夫のことを話し始めるや、ダレンは遮った。

「ヨハンソン、アンドリュー・ヨハンソンさんですか……どこかで聞き覚えがあるような……もしかして、サンダース社にお勤めではありませんか？」

「そうですよ。でも、どうして？」

「社長のヴィクトリア・サンダースの旧姓はベラミなんです」

「あらまあ、ご親戚ですか？」

「わたしの姉ですよ」

「世の中、狭いわね」とアリスは言った。思いがけないめぐりあわせに、二人ともびっくりしていた。でもそれを喜んでいいものか、アリスにはよくわからなかった。

というのも二人は、すでにお互い惹かれ合っていたからだ。アリスはまだ無意識にだったけれど。ダレンのほうは、手慣れた行きずりの関係ではないと感じていた。そしていつものようにあからさまに迫るのは、本能的に控えることにした。

アリスは大事な貝殻の破片をテーブルのうえに置いた。するとダレンは、ジャケットの内ポケットに手を入れてこう言った。

「この前すぐにお話ししなかったのは、あなたに誤解されたくなかったからです。口から出まかせをでっちあげて、あなたの関心を引こうとしていると思われたくないと。信じてもらえるかどうかわかりませんが、そんなことはどうでもいいでしょう。実はわたしも母親の遺品にあった貝殻の破片を、ずっと持っていたんです。母がそれを大事にしていたということ以外、詳しいいきさつは知りません。もしかしたら、興味があるかもしれないと思って……」

ダレンはビロードの小袋から貝殻の破片を取り出し、テーブルに置いた。するとアリスが叫んだ。

「まあ、そっくりじゃないの。なんていう偶然かしら。いいえ、騙されないわよ、ダレンさん」と彼女は笑いながら言った。「わたしはそんなにうぶじゃありませんからね」

「そうおっしゃると思ってましたよ。でもダレンと名前で呼んでいただけたのは、嬉しいですけどね」

「こんなにそっくりの貝殻を、どうやって見つけてきたのかしら?」

アリスは二つの破片をつまみあげ、断面をなにげなく合わせてみた。彼女ははっと顔をあげ、口ごもるように言った。

「ぴったり合ってるわ……」

「こんどはあなたのほうが、いっぱい食わそうというわけですか」

「嘘じゃないわ……自分で試してみて」

ダレンが自らの手と目で驚くべき偶然を確認したあとの一瞬は、言葉ではとうてい言いあらわせないだろう。レストランを出るなり、二人はテムズ川の黒い水面に点々と映る街灯が見守るなかで熱い口づけを交わした。

アリスとダレンはそれからも会い続けた。高まる情熱はもう抑えようがなかった。けれどアリスは、夫と別れようとは思わなかった。障害になるのは愛情がらみの話ではない。彼女はとうに夫を愛してはいなかったし、アンドリューが新しい秘書と浮気をしているのではないかと疑っていたから。むしろ経済状態に関わる基本的な問題を、なんとかしなければ。

ある日、アリスはダレンとリージェント・パークの動物園を散歩しているとき、愛人に手渡された小さな四角い箱をあけてびっくりした。

「定規《ルール》じゃないの……木の定規」と彼女は言った。「ずいぶんと変わったプレゼントね。これをどうすればいいの？」

「折るんだ」

「今、ここですぐに？」

「ああ、折ってくれ。ぼくが自分に定めた唯一の規則《ルール》は、規則《ルール》を持たないことだからさ」

「いいわ、そうしましょう。でも夫と別れたら、わたしは一文無しになってしまう。あなたもそれはよくわかっているはずよ。でも、貧乏生活を送る決心もつかないし」

「それはぼくも同じさ。でも今は貧しいけれど、姉は金持ちだからね。バランスを取るために、一計を案じたんだ」

二人がリージェント・パークをあとにすると、トラの檻の前で少年が折れた定規を拾っていった。ダレンが立てた計画を、二人はさらに何日もかけて練りあげていった。貝殻のメッセージを知って以来、アリスは運命が二人を結びつけたのだと確信していた。彼らの物語は星に記されている。二人を待ち受けている試練がどんなに苦しいものであろうと、それもまた星に記されているのだと。ヴィクトリアを殺すのも、そんな物語の一部なのだ。彼女はたとえ地獄までもダレンについていこうと心に決めていた。

ダレンは姉の包括受遺者という立場にあるから、ヴィクトリアが殺されたら真っ先に疑われかねないと言ってアリスを説得した。自分は完璧なアリバイを用意し、汚れ仕事はアリスにやってもらわねばならない。それに二人の関係は、絶対秘密にしておかねば。少しでも怪しまれたらおしまいだ。まわりの目をあざむくために、ダレンはわざと厚かましくアリスに言い寄り、アリスのほうは嫌悪感を露わにして彼をはねつける。同時に彼女は夫の秘書に嫉妬しているふりをし、あれこれあてつけを言ったり、夫婦喧嘩をしかけたりする。田舎の別荘に集まろうというヴィクトリアの企画は、計画を実行に移す願ってもない機会だった。降雪の予報が出ているのも、二人にとって好都合だ。ダレンはチェイムバーズの短編集『黄衣の王』を読んだばかりで、そこに登場する呪われた戯曲を利用しようと思いついた。その戯曲を読んだ者は狂気の発作を起こし、誰かを殺すか自殺をするかしてしまうというのだ。それを一冊、ヴィクトリアのナイトテーブルに置いておけばいい。アリスがその本に夫の注意を引きつける役をする。ただし本を手に取って、ページをめくるのは彼女だけ。あとからたずねられたなら、普通の戯曲と同じく台詞しかなかった、表紙に著者の名前はなかったと答える。アリスにもアリバイが必要だ。ダレンのアリバイほど鉄壁なものでなくとも、捜査の目をごまかせれば充分だろう。

運命の晩、午前四時ごろ、アリスは目覚まし時計の針を二時に戻し、叫び声をあげて夫の目を覚まさせた。ヴィクトリアとは前もって、一階の居間かどこかで会う約束をしておいた。彼女の弟のことで、個人的に話したい大事な要件があるという口実で。ヴィクトリアにとって弟のことは、唯一人前で話せないタブーだったので、そんなふうに明け方、こっそり会うのも仕方ないと思っただろう。さもなければ、彼女が眠っているところを殴り殺すというもっと難しいやり方もある。

夫はどうせ暖かいベッドから出ようとしないだろう。しかし万が一の場合に備え、アリスは先手を打っていかにも心配そうに一階におりた。そしてヴィクトリアを殺害し、薪置き場に使っている納屋に死体を運ぶ。寝室に戻って、ヴィクトリアが恐ろしい悪夢を見て起きてきたと夫には説明する。それからうまく説得して、夫にミルクを持ってこさせる。そうすれば警察は、アンドリューが午前二時半ごろ、アリスに睡眠薬を飲ませたと思うかもしれない。副社長の地位にある彼が、社長に取って代ろうとしたとしても不思議はない。殺人事件が疑われた場合、アンドリューは立派な容疑者候補になる。夫が再び眠りこむと、アリスは目覚まし時計の針を正しい時刻になおす。朝になってサンダース夫人の死体が見つかったとき、みんなは悪夢を見て足を滑らせたのだと思うだろう。ダレンはその直後、完璧なアリバイを備えてロンドンから戻ってくる……

これが基本的な計画だった。しかしミステリ小説を山ほど読んでいたダレンは、さらなる悪だくみを思いついた。雪がちょうどいい具合に降ってくれれば、もっとうまいトリックを仕掛けることができる。秘書のシェリルはしばらくロンドンに留まらねばならず、始発列車で別荘にむかうと知って、これは使えるとダレンは思った。シェリル・チャップマンを共犯者に仕立てるのだ。もちろん、本人が気づかないうちに。それに彼がシェリルに気があるふりをすれば、アリスとの関係を疑われずにすむという利点もある。

「すべて順調にことが運び、あたり一帯が初雪に包まれたなら」とダレンは、作戦遂行予定日の直前に説明した。「オプション計画を実行に移そう。そうすれば、純白の雪景色がぼくらのためにひと役買ってくれる。アリバイが完璧になるだけでなく、そもそも殺人自体が物理的にありえないと思わせることができるんだ。ヴィクトリアの死体は雪原の真ん中で見つかる。転んで石に頭をぶつけたに違いない。背後には、彼女自身の足跡しか残っていないのだから……」

「でも、どうすればそんなことできるの？」アリスはうっとりと愛人を見つめて言った。

「それなんだがね。われながらすばらしい思いつきさ。うまくやり遂げるのは、確かにちょっと難しいが……」

「まずはキスをしてちょうだい……女は優しくしてもらわないと、気持ちを集中できないのよ」

エピローグ

四月も終わりに近づくまで、わたしはオーウェン・バーンズに会わなかった。彼の近況が聞けるかもしれないと期待して、ロンドンには何度も行ったのだが、いつも不在だった。オーウェンは忙しく飛びまわるあいまにフランスへ出かけ、パリで豹男の謎を解いた。豹男とは、パリの司法当局も手を焼いている凶悪な強盗だった。新聞各紙はすばらしい活躍に拍手喝采を送った。ついでにフランス警察の無能ぶりをあげつらおうという意図もあっただろう。いっぽうサンダース事件については、その後ほとんど進展がなかった。アリスとダレンが姿を消したことくらいだが、それも二か月前の話だ。以来、新たな情報はなにもない。オーウェンの奇妙な指摘を考慮して、ロンドン警視庁のウェデキンド警部のところへたびたび問い合わせに行くのもためらわれたが、二人の失踪はどう考えても怪しかった。

その日、夜遅くアパートの呼び鈴を鳴らすと、オーウェンはわたしを熱烈に歓迎し、わたしたち二人のお気に入りの隠れ家であるハデス・クラブで一杯おごろうと誘ってくれた。クラブの暖炉には、冥府《タルタロス》の支配者ハデスの胸像が鎮座している。これからする打ち明け話には、あの像がよく似合っているからとオーウェンは言った。こうしてオーウェンは、犯人の正体とその奸計を明かしてくれたのだった。

「信じがたい話だな」とわたしは言った。「それにしても、こんなふうに姿を消してしまうとは！　今、二人がどこにいるのか、見当ぐらいついているんだろ？」

「いいや、皆目」とオーウェンは首を横にふって答えた。「ともかく、イギリスを出たとは思えない。沿岸地方の旅行者リストを念入りに確認したのだが。わからないな、アキレス、さっぱりわからない」

「でも、どうして二人に知らせたんだ。やつらの犯罪に、情状酌量の余地はないと思うんだが」

「自分でも不思議なんだ、本当に」オーウェンは指をあごにあて、考えこむように繰り返した。「でも、今説明したことはちゃんと理解できたみたいだな」

「もちろんさ。馬鹿にしないでくれよ。彼らはヴィクトリア・サンダースの遺産を手に入れようとしたんだろ。疑いの目をそらすため、アリスはダレンを毛嫌いしているふりをした。本を使った奸計。ダレンの二段構えのアリバイ。それにアリスのアリバイ工作も忘れちゃいけない。彼女は時計の針を二時間戻して、夫を騙したんだよな。アリスは秘書のシェリルに嫉妬しているように見せかけ、夫に食ってかかった……」

「そうさ、実に名演技だ。アキレス、きみだってなにも気づかなかっただろ？」

「そのとおりだ。アリスにはまんまと一杯喰わされたな。見事なものさ、嫉妬深い妻の役も、気難しい妻の役も……細かなところもよく考えているし。例えば、寝室のドアノブがまわったという夢の話もそうだ。それならサンダース夫人が悪夢を見ても不思議はないと、われわれに思いこませるためだったんだな」

「それもダレンの入れ知恵さ」とオーウェンは言った。「大好きなミステリ小説にでも出てきたんだろう。サスペンスシーンの常套だからね。ダレンも悪だくみの才能を実行に移すのではなく、アイディアを練るだけにしておけば、すばらしいミステリ作家になれたかもしれないのに。それにしても共犯者のアリスは、大した役者ぶりだ。本当に夢だったのだろうかなんて、おどおどして見せて、それから実際に体験した鉄道事故の恐ろしい思い出を、さりげなく持ち出してくるんだから。正直、あのときはぼくもすっかり信じてしまったよ……」

「でもまだ、最後の一点が残ってるぞ、オーウェン」とわたしは遮った。「足跡を残さずに雪原の真ん中へ、どうやってヴィクトリア・サンダースの死体を運んだのか。前もって言っておくが、きみがそのトリックを説明しない限り、ここから一歩も出さないからな。ハデスが証人だ」

「しかたないな」とオーウェンは微笑み、冥界の支配者の胸像をふり返った。「いやなに、別にそれほど難しい謎解きじゃないさ。われわれがすでに手にしている証拠と、ダレンとアリスが共犯だという事実をもとにすればね。まずはダレンとシェリルが汽車のなかで出会ったところから始めよう。実のところあれは、偶然ではなかった。きみもわかっているだろうが、彼らの計画の一部だったんだ。次に靴の一件がある……覚えているだろ、ダレンとシェリルはレヴン・ロッジに着いたとき、靴を脱いだじゃないか。あれも偶然じゃなかったのさ。ダレンは雪で汚れたブーツをわざと拭き忘れ、玄関に湿った足跡がつくようにした。それを見たチャンドラが行儀の悪さに苛立ち、靴を脱ぐように言うだろうとわかっていたんだ。チャンドラは二人にスリッパを出して、なかに通した。そこにアリスがやって来た……

八時五分。アリスはシェリルのブーツを履いて、《通路》と呼ぶことにする小道を通って林に入った。家の正面《ファッサード》から林までは、数メートルの距離がある。アリスはそのあと同じ《通路》を抜け、犬を散歩に連れていった。雪に残った足跡をごちゃごちゃに紛らわすためにね。彼女がサンダース夫人を殺したあと、死体を引きずって林に隠しておいたときも、同じ経路を使ったのだろう。もしかするとアリスは死体を薪置き場に隠し、ダレンがあとから林に運んだのかもしれない。ぼくは前者だと思うがね。アリスは見かけによらず力があるし、彼女とサンダース夫人は体重が変わらなそうだから。いずれにせよ、作戦開始の時点で死体は林のなかに準備されていた。しかしその前に、アリスはシェリルのブーツを履いてX地点――警察が死体を発見した場所を、そう呼んでおこう――まで往復した。かかる時間は十分程度だ。こうして、まず《ミス・シェリル》の足跡がその場に残る。ここで重要なのは、アリスは往路で磔刑像から十メートルほど離れて歩くよう注意したという点だ。それがどんな意味を持っていたのかについては、またあとで触れることにしよう。八時十五分、アリスはシェリルのブーツをもとに戻し、死体のそばで待っている共犯者のところへ急行した。ダレンはサンダース夫人の靴を脱がせておいた。アリスはそれを履き、

図2

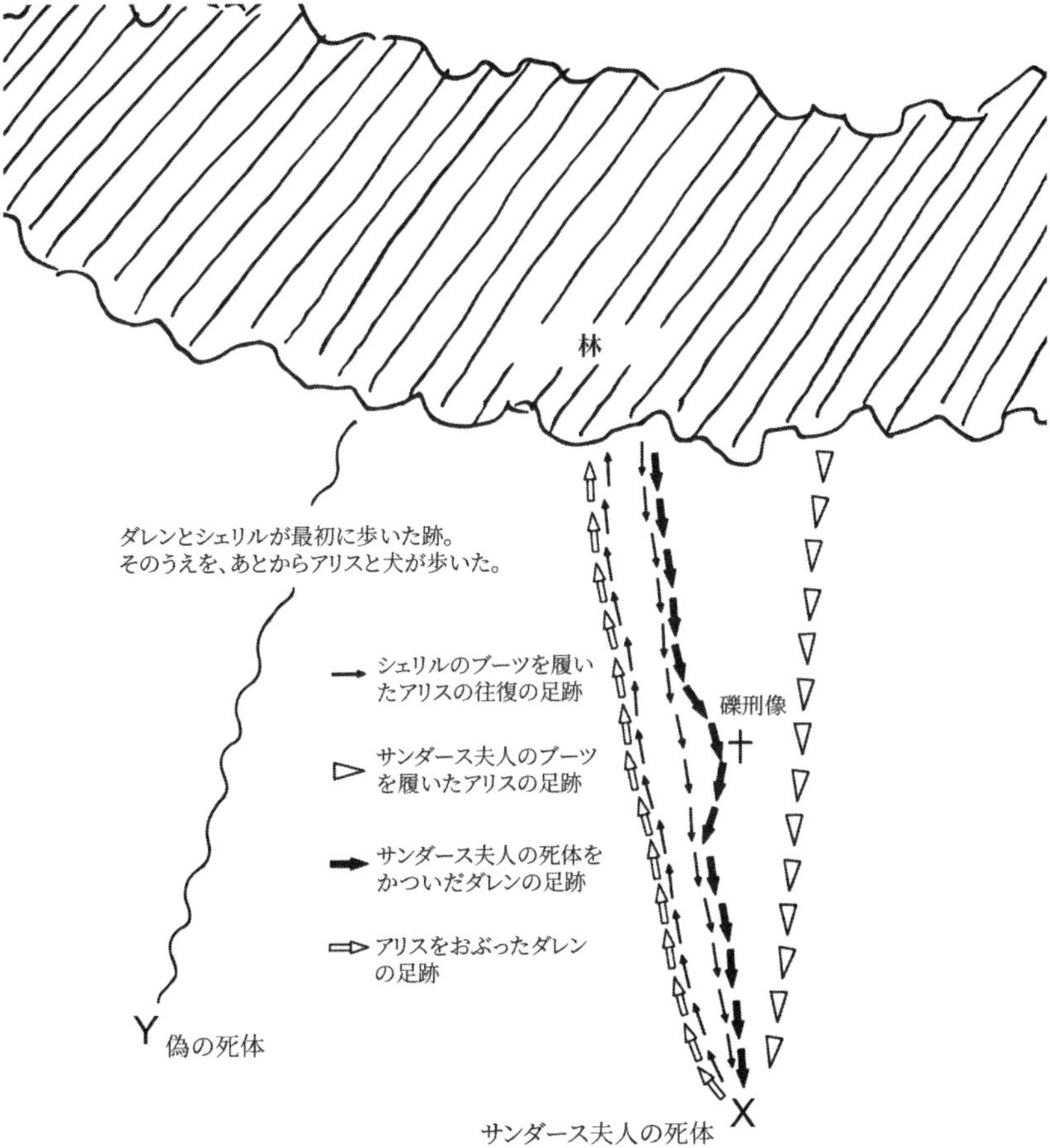
林
ダレンとシェリルが最初に歩いた跡。
そのうえを、あとからアリスと犬が歩いた。
シェリルのブーツを履いたアリスの往復の足跡
サンダース夫人のブーツを履いたアリスの足跡
サンダース夫人の死体をかついだダレンの足跡
アリスをおぶったダレンの足跡
磔刑像
Y 偽の死体
X
サンダース夫人の死体

少し違ったコースをたどってもう一度X地点まで行った。われわれが被害者の《最後の足跡》だと思ったのがそれさ。こうしてシェリルの往復の足跡に加え、サンダース夫人の片道の足跡が雪のうえに残ることになった。ここまではいいかな?」

「よくわかった。残るはダレンの往復の足跡だな」

「そのとおり。いっぽうダレンは死体を背負い、アリスが待つX地点にむかった。そこで死体を降ろすと、アリスは靴を脱いで、もともとの持ち主である被害者の足に履かせた。二人はトリックが見破られないよう、形跡を少し消した。そしてアリスはダレンの背中におぶさり、二人して屋敷に戻った。こうしてここにもうひとつ、ダレンの往復の足跡がつけ加わったというわけさ。雪に残ったダレンの足跡の形状は、行きも帰りも違いはなかった。ほとんど同じ体重の女をおぶっていたのだからね。それでぼくも警視庁の専門家も、ころっと騙されてしまった。犯人が死体を背負っていったという仮定を、誤って退けてしまったんだ……八時半近く、ダレンはブーツをスリッパに履き替え、急いで居間に行って朝食をとり始めた。十分後、アリスがちらりと顔を出した。さっきも言ったように、彼女は《通路》を通って犬の散歩に出かけた。ここまでも、問題ないかね?」

「ああ、大丈夫だ。いやはや、驚くべき計略だな。きみみたいな名探偵でも欺かれることがあるんだと、よくわかったよ」

「余計なことを言うんじゃない、アキレス。もし続きを聞きたいなら……」

「まあ、ぼくにも予想がついてきたけれどね」

「ここまでくれば、そうだろうとも。というわけで、アリスは犬を連れて林に入り、あたりを行ったり来たりした。犬を散歩させているんだから、当然のことだ。彼女はバッグに黒いかつらと紫のコートを入れてあった。もうわかっただろ、アリスは死体の役を演じようとしているんだ。まずは犬を木につなぐ。しまいにはわんわんと鳴き始めるだろうが、それは別にかまわない。犬は散歩していても鳴くものだからね。金髪をヘアネットで隠して黒いかつらをかぶる。サンダース夫人に似せるよう、少し化粧をしていたかもしれない。こうしてアリスはX地点ではなく、今度はY地点にむかったんだ。そこでダレンとシェリルは散歩しながら、《忌わしい発見》をするというわけだ。林の出口からY地点までの距離は、X地点と同じく約三百メートル。しかしY地点のほうがずっと西にあって、X地点から百メートルほど離れている。アリスは哀れなサンダース夫人と同じかっこうで死体のように横たわり、ダレンとシェリルが来るのを待った。

ダレンはシェリルを連れて林に入ると、どちらにむかったらいいのか迷っているふりをした。足跡の判別がつきにくくするため、そしてシェリルが方向を見失うようにと。二人が通った道筋を、彼女が覚えていては困るからだ。しかしなんと言っても、決め手は磔刑像のトリックだ。それについてシェリルがどう証言していたか、思い出してみたまえ。彼女は磔刑像をはっきり見てはいないんだ。少し離れてうしろにいたダレンがつまずいたふりをしたので、てっきりそこに磔刑像があるものと思いこんでしまったのさ。霧がかかっていたので、よく見えなかったと言っていたが、本当は初めから磔刑像などなかったんだ。実際には、百メートルも東にあるのだから。あとのことは、もう説明するまでもないだろう。死体を見つけたら、ダレンが主導権を握ってことを進めることができる。シェリルのほうは震えあがって、怪しむ余裕なんかなかっただろうからね。二人は急いでレヴン・ロッジに引き返した。

アリスはすぐさま起きあがり、ダレンとシェリルの足跡を踏みつけて、できるだけ判別がつきにくくした。それから犬を放し、足跡のうえを走りまわらせた。残っていた足跡も、これでさらにわからなくなった。もう充分というところで彼女も屋敷に引き返し、恐ろしい知らせにおののく女を演じた。彼女の役目は終わった。あとはその活躍にふさわしい休息を楽しむだけだ。こうして罠は仕掛けられた。ダレンが警察官を現場に案内するとき、シェリルもおとなしくついていった。磔刑像の脇を抜けると――それが被害者の位置を示す標識になった――本物のサンダース夫人の死体が待っていた。幾筋にもなって続く足跡は、この状況にぴったり適している。

アリスが犬を散歩させたときの足跡は、現場からとても離れていたので、事件に関係があるとは思えなかった。だから警察も、ざっと調べただけだった。誰か別の人間がそのあたりを歩いたんだろうというくらいにしか、考えなかったんだ。ぼく自身、あのときは、調べてみたほうがいいとは思わなかったからね」

「だとしたらそれが巧妙な罠だったなんて、誰にも見抜けやしないだろうさ」

なぜかオーウェンはわたしの皮肉を聞き流し、遠い目をしてこう言った。

「この事件について、話はこれですべてだ」

「足跡の疑問は、確かに解明された。きみはこの種の謎解きにかけては、あいかわらず天才的だな。でもまだ……わからないことがある」

「わからないこと？　ぼくは細部に至るまで、明らかにしたはずだが」

「残忍な二人に対する、きみの寛大な態度のことさ。おかしいじゃないか。さっきみたいな言い逃れでは通用しないぜ。それはきみだって、よくわかっているだろうが……」

沈黙が続いた。そのなかに、まわりの客たちのざわめきが響いた。

「まあ、予想はつくけれどね」とわたしは続けた。「彼女のためだな？　あの麗しのアリスがお気に召したってわけか。そんなことだろうと、初めから思っていたよ。魅力的な手をしているなんて言ったけれど、本当は彼女のすべてを褒めちぎりたかったんじゃないのか。それじゃあきみは彼女のために、探偵としての仕事に手心を加えたってわけか？　きみはアリスにお預けを食らわされ、言いなりになってしまったんだな」

オーウェンはもう一度ハデスの胸像をふり返り、じっと見つめながら答えた。

「そうかもしれないな、アキレス……でも、本当によくわからないんだ。彼女はもうこの世にいないんじゃないか。そんな気もするくらいで……」

「どうして、そう思うんだ？」

「彼女からいっさい連絡が来ないからね。お礼の言葉のひとつくらい、言ってくれてもいいはずなのに。でも、なぜそんなことたずねるんだ？　なぜぼくがこれをして、あれをしなかったのか？　なぜ風が吹き、日が輝くのか？　なぜ地球はまわっているのか？　なぜわれわれは生まれたのか？　ぼくには答えられないな、アキレス。星に訊くがいいさ。それを教えてくれるのは星だけだ……」

訳者あとがき――アルテ『金時計』

平岡敦

ポール・アルテ「オーウェン・バーンズ」シリーズの邦訳第一弾として刊行された『あやかしの裏通り』は、『本格ミステリ・ベスト10』第二位、『このミステリーがすごい！』第六位、「週刊文春ミステリーベスト10」第八位にランクインするなど大好評を博した。続く第二弾は、なんとアルテ五年ぶりの新作です。

一九八七年『第四の扉』でデビューして以来、毎年ほぼ一冊、多いときは二冊、三冊と作品を発表し続けてきたアルテだが、Le masque du vampire『吸血鬼の仮面』（二〇一四年）を最後に、新作が途絶えていた。アルテの旺盛な創作意欲もついに枯れてしまったのかと危惧されていただけに、公式ホームページに新作 La montre en or の刊行が予告されるや、フランスのアルテ・ファンたちから歓声があがったことは言うまでもない。しかしそこには、「契約上の理由により、この作品はまず海外での翻訳が出ることになるだろう」という一文が添えられていた。そう、本書こそオリジナル・フランス語版に先駆けて刊行された、その「海外での翻訳」なのである。わが国の本格ミステリ愛好家諸氏には、アルテの新作を世界中どこの国よりも早く読める幸せを味わっていただければと思う。

メインのトリックは「雪のなかでの不可能犯罪」。雪原の真ん中に他殺と思われる死体が横たわっている。しかしそこには、犯人の足跡がいっさい残っていなかった、という本格ミステリでお馴染みのテーマだ。シリーズ第一作にあたる『混沌の王』を始めとして、オーウェン・バーンズが何度かこの謎に挑んでいることは、本文中でも触れられているとおりである。

しかし今回、それは作品全体の半分にすぎない。一九一一年を舞台にしたバーンズの活躍と並行して、一九九一年を舞台にしたもうひとつの物語が展開するからだ。こちらのパートの主人公は若い劇作家。彼は子供のころ、たまたまテレビで観た映画の予告編に激しい衝撃を受ける。その映画をもう一度観たいと長年願い続けているのだが、誰のなんという作品なのかがわからない。そこで古い映画に詳しい精神分析家に助力を求め探索に乗り出すが、その裏に隠されていた意外な事実がやがて明らかになる。ここでも不可解な殺人事件とその謎解きが描かれるものの、ストーリーの根幹にあるのは輪廻転生《リインカーネーション》という幻想的なモチーフだ。本格ミステリのなかにそうした要素を盛りこむことは、作家にとって大きな挑戦だろう。ひさかたぶりに筆を執ったアルテの意気ごみが伝わってくる一作だと言える。

そういえば作中、劇作家が書きあげた戯曲について、次のような記述が見られる。「今回の物語はまったくのミステリというわけではなく、彼はそこにファンタジーの要素も加えた。これまで試みたことがないような、言葉の力を存分に生かして。もしかしたら、やりすぎかもしれない。でも、これは挑戦だった」（一七五ページ）と。アルテは『第四の扉』でも、作品にかける思いを登場人物のセリフに託しているので（ハヤカワ文庫「訳者あとがき」参照）、ここには本作執筆の意図がこめられているのかもしれない。

『金時計』のなかで重要な役割を果たしている映画『姿なき殺人者』は、実在の作品である。原題は The Unseen（一九四五年）。脚本にはレイモンド・チャンドラーが参加している。残念ながら日本では未公開で、ＤＶＤにもなっていないようだが、字幕がついていないものならばネット上で観ることができる。

もうひとつ、やはり重要な小道具として使われているロバート・W・チェイムバーズの『黄衣の王』も実在の本で、こちらは翻訳も出ている（大瀧啓裕訳、創元推理文庫）。そのなかに登場する二幕の戯曲『黄衣の王』は、最後まで読んだ者が精神に変調をきたすという呪われた作品で、「この本は都市から都市へ、大陸から大陸へと伝染病のように広まって、発禁処分になったり、没収されたり、新聞や教会に排撃されたり、文学のアナーキストのなかでもっとも過激な者たちにさえ激しく非難されたりした」とある。さらに本作では、主人公の劇作家がチェイムバーズの作品からインスピレーションを受けて書いた同名の戯曲まで登場し、それがまた恐ろしい威力を発揮するという凝った構成になっている。

最後に一九一一年のパートと一九九一年のパートがどう結びつくのかについて、一読しただけでは見落としてしまうかもしれない細部の仕掛けをひとつ、老婆心ながら指摘しておこう。四八ページで言及されている船《リュジタニア号》の名が、終わり近くになってもう一度出てくる箇所があるので、ぜひともそこに注目してお読みいただきたい。アルテがいかに緻密な物語作りをしているかがわかるはずだ。

「オーウェン・バーンズ」シリーズの長編、残り五作の邦訳も無事刊行ができますよう、引き続きご支援のほどをお願いします。

二〇一九年三月

訳者紹介

平岡敦　フランス文学翻訳家。1955年千葉市生まれ。早稲田大学第一文学部仏文科卒、中央大学大学院仏文学専攻修了。大学在学中はワセダミステリクラブに所属。現在は中央大学、青山学院大学、法政大学等で仏語、仏文学を講じるかたわら、フランス・ミステリを中心に純文学、怪奇小説、ファンタジー、SF、児童文学、絵本など幅広い分野で翻訳活動を続けている。『この世でいちばんすばらしい馬』および『水曜日の本屋さん』で産経児童出版文化賞を、『オペラ座の怪人』で日仏翻訳文学賞を、『天国でまた会おう』で日本翻訳家協会翻訳特別賞を受賞する。そのほか主な訳書にグランジェ『クリムゾン・リバー』、アルテ『第四の扉』、ルブラン『怪盗紳士ルパン』がある。

金時計
2019年5月初版第一刷発行

著者・装画　ポール・アルテ
訳者　平岡敦（ひらおかあつし）
企画・編集　張舟、秋好亮平

発行所　(株) 行舟文化
発行者　シュウ　ヨウ
福岡県福岡市東区松田3-12-5 8F
HP：http://www.gyoshu.co.jp
E-mail：info@gyoshu.co.jp
印刷・製本　株式会社シナノ印刷
落丁乱丁のある場合は送料小社負担でお取替え致します。

ISBN 978-4-909735-01-0　C0097
Printed and bound in Japan